てるてるあした

te・ru・te・ru-ashita

加納朋子
Kano Tomoko

幻冬舎

てるてるあした

目次

春の嵐　5

壊れた時計　51

幽霊とガラスのリンゴ　101

ゾンビ自転車に乗って　149

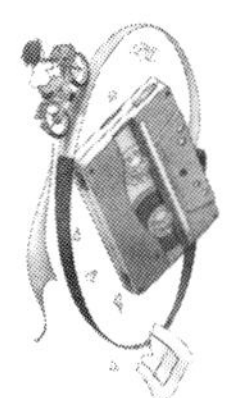

ぺったんゴリラ　195

花が咲いたら　241

実りと終わりの季節　287

ブックデザイン　高木善彦
カバー・本文イラスト　菊池　健

春の嵐

その不思議な赤ん坊に出会ったのは、私の人生最悪の頃のことだった。もっとも、私はまだ十代半ばに過ぎないのだから、悪い悪い最悪だと言われ続けている日本の景気みたいに、少しも上向くことはなくて、それどころか、これからもっと悪いことがあるのかもしれない。けれど、あの街で過ごした時間は——それまでの人生で、存在していることも知らなかったちっぽけな田舎町だ——そしてその街であの子も含めた色んな人に出会えたってことは、なんだかすごく特別なことだって気がしてならない。

それまで、私には特別なことなんて絶対に起こらないと思っていた。特別なことは、特別な人だけに起こるんだと思っていた。

だけどやっぱり、それは起こったのだ。

あの、春の嵐の日を境にして、私の世界はくっきりと色を変えた。

1

ホームに降り立つと、ぬるい風が頬を撫《な》でていった。

生暖《なまあたた》かい、春である。

——来ちゃったよ。

泣きたいような思いで辺りを見渡した。

なんにもない、田舎の駅。広告の入った、色あせたベンチ。白い塗料が剝《は》がれて錆《さび》の浮いた駅名標。あるのはそれだけ。大きく「佐々良」と書かれ、その下にひらがなで「ささら」とある。ローマ字まで添えられているけれど、いかにも無駄っぽい。外国人観光客が降りるような駅じゃないから。

同じ列車で降り立った人たちは、二人とか三人とかの小さなグループで、おっとりと語らいながら出口へ向かう。大抵は白髪頭のお年寄り。同じ年頃の子なんて、一人もいない。

散り残ったような桜の木が、線路沿いに並んでいる。その向こうには、どんより曇った空がある。駅ビルなんてない。デパートもない。少し離れたところに、古そうなホテルが見える。たぶんそれが佐々良で一番高い建物だ。ヒビの入った鉄筋コンクリ四階建て。ちょっと大きな地震がきたら、絶対壊れちゃうよ、あれ。

私は大きくため息をつくと、重たい荷物を持ち上げた。黒くて安っぽい、ナイロンの旅行カバン。修学旅行に持っていったやつ。入っているものは、着替えに洗面道具にパジャマにドライヤーに折りたたみ傘。この辺まではただの旅行の荷物だ。着替えがやけに多すぎるってことを除けば。けれど、この不格好なくらい巨大なカバンには、まだまだ色んなものが詰まっている。小学生のとき、欲しくて欲しくてさんざねだってやっと買ってもらったオルゴールに、お気に入りの目覚まし時計。中一のとき、読書感想文で表彰されたときの表彰状。大好きな漫画本が何冊か。お小遣いを貯めて買った、ガラスでできたリンゴ。好きな音楽を録音したテープ(さすがにカセットデッキまでは持ってこられなかった)。そしてポケットアルバムが数冊に、中学の卒業アルバムが一冊。

この、最後の品物のことを思うと、私の胸はきゅうんと痛む。アルバムのための写真を撮ったときには、まさか卒業後にこんな運命が待ち受けているなんて、思ってもいなかった。今でもまだ、自分の境遇が信じられないでいる。まるで悪い夢でも見ているようだ。けれど手のひらに食い込んでくる荷物の重みはどうしようもなく現実そのもので、私はまた泣きそうになってしまった。

「……お父さんのバカ」

声に出して言いながら、駅の階段を上る。どうせもう他には誰もいないのだ。

「お母さんのバカ。二人とも大っ嫌い。バカ、バカ、バカ」

罵《のの》り声に恨みと力を込めて、一歩一歩階段を上る。荷物は冗談みたいに重かったけど、放り出してしまうわけにはいかない。何しろこのカバンは文字どおりの意味で、私の全財産なのだ。

「お嬢ちゃん、親戚の家にでも遊びに行くのかい?」

改札を抜けようとすると、初老の駅員から声をかけられた。のんびりした中に、ほんの少し不審げな調子が混ざっている。

そりゃそうなのだ。平日の真っ昼間である。世間ではもう春休みが終わって、今日あたりは始業式だの入学式だのを執り行っている頃合だ。その上、小柄で痩《や》せっぽちの私は、十五という年齢よりはもっと幼く見える——ヘタをすれば小学生くらいに見られてしまう。今時の小学生ときたらまあ、びっくりするくらい大人びたのや変に色っぽいのがいるのだ。

私は顎《あご》をぐいと上げ、駅員さんの言葉なんてまるきり聞こえなかったように無視してやった。私だって好きで今頃こんなとこに来たんじゃないやい。人の気も知らないで、大人なんてみんな大っ嫌いだ……。

心の中でつぶやきながら、大急ぎで駅を離れた。振り返って確かめたわけじゃないけど、まだ後ろ姿をじろじろ見られている気がする。思い切って振り返ると、やっぱり見ていた。

やあね、やらしい。ああいう、優しそうでいい人っぽいのに限って、平気で「君、いくら?」とか聞いてくるんだよね。

断っておくけれど、私自身がそう言われた経験があるわけじゃない。ただ、その手の話なら同級生からいくらでも聞けた。実を言うと、繁華街で派手な格好で遊び回っているグループのことを、私はちょっと見下《みくだ》していた。あの子たち、見かけは大人っぽいけど中身は甘えた幼稚園児じゃないのと思っていた。名前がまた、エミリとかセリナとかレイラとか、「どこの国の人ですか?」と言いたくなるようなのばかりだ。

われたんだった。

そういや、レイラには自己紹介したとき、「ヤダァ、うちのおばあちゃんと同じ名前」と笑

そんな余計なことまで思い出し、怒りの炎は新たなエネルギーを得ていよいよ燃えさかる。実際問題として、ものすごく重い荷物を持っているときには、怒っているくらいの方が力が出るものだ。そのカバンをよっこらしょと歩道に置き、駅前の地図をとっくり眺めた。ポケットから折りたたんだ紙を取り出し、両方をつき合わせてみる。だいたい、どっちの方向に行けばいいのかはわかった。あとは道々、人に尋ねるほかないだろう。

そう思い決めてまたよいしょと荷物を持ち上げた。生暖かい風が、さっきより少し強まっている。見上げた空は、どろどろと灰色の雲が広がり、今にもわっと泣き出しそうだ。

冗談じゃない。泣きたいのはこっちだよと思いながら、カバンを引きずるようにして歩き始めた。

駅前も、ぱっとしない感じだ。寂れた雰囲気の土産物屋に古びたのれんの掛かった蕎麦屋。看板の端が割れ落ちちゃってる、スナック兼喫茶の店。その横に、佐々良商店街と書かれたアーチが立っている。クリスマス装飾の残りみたいな金モールの切れ端が、風に吹きちぎられそうな勢いで揺れている。天候のせいか、人の姿はまばらだ。同じ電車で来た、観光客と思《おぼ》しき人たちは皆、どこへ消えてしまったのだろう。着くなりバスか何かに乗って、温泉で有名なもっと奥地の方へ向かったのかもしれない。佐々良なんて街は、さっさと素通りして。

私だってできればこんな街、素通りしてしまいたかった。観光客に来てもらいたいけど、あんまり見向きされなくて、物欲しそうに指をくわえているような街。田舎臭いだけの、中途半端な観光地。そりゃ寂れもするよ、こんなところじゃ。

そう毒づいたとき、頭のてっぺんに最初の雨粒が落ちた。

どうしよう。降ってきちゃった。

そう思う間もなく、大粒の雨は私の髪や服やカバンを、容赦なく濡らし始めた。風はますます強まっている。まるで嵐だ。

慌てて傘を取り出して広げたが、華奢《きゃしゃ》な折りたたみ傘で雨がしのげたのはほんのいっ時のことだった。どんどん強くなる一方の雨と風に傘は翻弄され、ひっくり返り、やがて骨が一本折れてしまった。

これじゃほんとに嵐だよ。

それでもがんばって歩いていたが、そのうちどの辺りで曲がればいいのか覚束《おぼつか》なくなってきた。道を聞こうにも、天気のせいで辺りには人っ子一人いなくなってしまった。まばらになってきた商店では、雨が吹き込むのを避けるためか、シャッターを半分下ろしていたりする。まるで街そのものに拒絶されているみたいだった。びしょ濡れになりながら、それでも勇気を振り絞って一軒の店の戸を開け、赤ん坊を背負ったおばさんに道を教えてもらった。やがて目当ての路地に行き当たり、ほっとした。板塀の向こうに、平屋の小さな家が軒を連ねている。あとは一軒一軒、表札を確認していけばいい。

ところが、ないのだ。目指す〈鈴木〉と書かれた表札が。とうとう袋小路の突き当たりに行ってしまい、引き返しがてらもう一度チェックする。けれど、やっぱりない。曲がるところを間違えたかと、一本先の道や引き返して一本前の道にも曲がってみたが、そうすると住所表示が変わってしまう。やはりさきほどの袋小路で間違いないはずだった。

日本で一番か、それとも二番目かに多い名前のはずなのに。どうしてないのよ。どうしてどうしてどうして……。

どうして、はいつの間にかどうしよう、に変わっていた。

どうしよう。

重いカバンと骨折してぺろんと垂れ下がった傘を持ち、私はおろおろと辺りを行きつ戻りつした。

どうしよう。もし鈴木さんが見つからなかったら。

心の中は、不安の黒雲で真っ暗だった。容赦なく雨は降り、風が吹く。

どうしよう、どうしよう、どうしよう……。

口の中はねとねとしているのに、喉《のど》だけはカラカラ渇く。ふいにおしっこがしたくなる。いっそその場にへたり込んでしまいたかった。けれど舗装されていない道は、泥水でべちゃべちゃだ。

そのとき、ふいに傍らの家の扉が開き、中から若い女の人が出てきた。ミュール……と言うよりは突っ掛けを履き、水色の傘を広げて物問いたげにこちらを見やる。

雨の中で、私たちはしばらく見つめ合っていた。

住所から言えば、まさにこの家のはずなのだ。今、女の人が出てきた家。なのに、表札には別な名前がかかっている。それが目の前の女の人のせいみたいな気がしてきて、なんかちょっとむかむかした。

「……あの」思い切って聞いてみることにしたけれど、我ながら声がとんがっている。雨に濡れてて寒くて気持ち悪くて荷物は重いし疲れたし喉は渇いたしおしっこはしたいし、それ以上に不安で不安でどうしようもなかったから。

私はまだ中学を卒業したばかりの子供なのに。だあれも助けてはくれない。だから自分でなんとかするしかないのだ。

私はほろほろの泣き声が出ないように、大きく息を吸った。

「……鈴木久代さんって人はここにいないんですか」

「ああ」女の人は白い歯を見せてにこりと笑った。長い髪の毛を、子供っぽいお下げに編んでいる。「やっぱり久代さんのお知り合いなの。さっきから行ったり来たりしているのが見えたから、もしかしたらと思って出てきたのよ。もっと早く声をかければ良かった」

細かいことだが、声をかけたのは私の方だ。ほんとに、もっと早くに声をかけてくれたら良かったのに。私は心の中でぷんとふくれた。

小学校のときの友達に、菜穂ちゃんって子がいた。ちょっとどんくさい子で、長縄遊びをしていても、入るタイミングをつかめないでいつまでも立ち竦《すく》んでいるような子だった。この女の人と、菜穂ちゃんとは少し似ているのかもしれない。

もっとも菜穂ちゃんは太っていてあんまり可愛くなかったけど、目の前の女の人はとても華奢でけっこうきれいだった。

私は上着の袖で頬をぐいとこすった。迷子みたいに泣いていたのかと思われるのは屈辱だ。ほっぺたが濡れているのは、このどしゃぶりの雨のせいだ。

「あのね、久代さんはね」

女の人はおっとりとした口調で言い出した。風と雨は相変わらずものすごいってのに。この人、ほんとにとろくさい。私がこんなに濡れて、その上重い荷物を持っているってのに。

私はいらいらして、相手の言葉を遮《さえぎ》った。

「とにかく中に入れて下さい。びしょびしょだし、荷物もあるし」

「あ、そうね。ごめんなさい。どうぞ」

女の人は申し訳なさそうに言って、私を玄関に入れてくれた。

上がり框《かまち》には小柄なおばあさんが立っていて、きらきら光る目で私を上から下まで眺めた。

「サヤさん、誰なの、この子？　お知り合い？」

「久代さんのね」女の人は笑い、付け加えた。「すみません、タオルをお願いします」

「お孫さんじゃないわよねえ、あの人、孫は男の子が一人いるだけなんでしょ」と言いながら、小さいおばあさんは奥へ引っ込み、瞬く間にタオルを抱えて戻ってきた。「さ、どうぞ使って。風邪をひいちゃうわ。それであなたお名前は？　歳《とし》はいくつ？　どこから来たの？」

「あなたが鈴木久代さんですか？」

そう尋ねると、相手はあっさりと首を振った。

「私はお隣の者よ。みんなには珠ちゃんって呼ばれてるわ」

おばあさんのくせに、甘い可愛らしい声で言う。ついでに仕種《しぐさ》も、男の子に媚《こ》びを売ってばかりいるクラスの女の子みたいで、ちょっと気持ち悪い。レイラもおばあちゃんになったらこんな感じかなとふと思う。レイラばあちゃん、か。歳とったらかなり恥ずかしい名前だ。

私は差し出されたタオルで肩や足を拭きながら、変なところで溜飲《りゅういん》を下げていた。その上、ようやく荷物を置くことができて嬉《うれ》しかった。取っ手を握っていた手が赤くなって、じんじんしている。

「おや、お客さんかい？」

奥からもう一人、赤ん坊を抱いたおばあさんが出てきた。今度のはかなり豊満……と言うより、はっきり言ってデブだ。でも見た目はけっこう優しそうで、ほっとした。

私は背筋をぴんと伸ばした。

「あの、私、雨宮照代《あめみやてるよ》って言います……あの、遠い、親戚の」どきどきしながら、私は早口に言った。これから口にしなきゃならない言葉を思うと、頬が熱くなってくる。

一呼吸置いてから、私は言った。

「あの、突然でびっくりされたかと思いますけど、どうか私をここに置いて下さい。私、帰るところがないんです」

「帰るところがないって……家出でもしたのかい？」

相手は呆気《あっけ》にとられたようだった。そりゃ無理もないと思う。誰だって、遠い親戚の女の子が突然押しかけてきたら、びっくりするに決まっている。だけど私には、他にどうすることもできないのだ。

私は首を振り、うつむきながら言った。

「家出じゃありません。私……夜逃げしてきたんです」

2

家族ってものの理不尽なところは、たとえどんなに気が合わなくて価値観が地球と月より離れていても、一緒に暮らさなきゃならないってことだ。夫婦なら離婚できても、親子じゃ子供のうちはどうすることもできない。

私は父と母が大嫌いだ。

少し前までは、普通に嫌いだった。中学生くらいになると、両親のどちらか、あるいは両方が嫌いになって当たり前で、「私、お母さんとは友達親子なの」とか言ってペアルックを着たりする子の方が気持ち悪いと私は思っている。

私の父は誰が見ても冴えない中年オヤジだ。そして母は誰が見たって歳より若く見えたし、美人だった。

もっと小さいうちは友達から、「テルちゃんのお母さん、きれいね」と言われることが、誇らしかった。子供から見たって、美人はやっぱり美人なのだ。授業参観にやってくるお母さんたちの中に、母よりきれいな人なんか、いたためしがない。どんな学校行事でも、母は羽を広げたクジャクみたいに目立つ。みんなは口々に私に言う……テルちゃんのお母さん、きれいね、女優さんみたい、と。本当に、みんな言う。先生までが言う。

素直に聞けなくなったのは、ときどき、その後に意地悪な一言が付け加えられるようになってからのことだ。

だけどテルちゃんには全然似てないね、と。

母に少しも似なかったことと、笑えるくらい父に似てしまったこと。それは私にとって不幸の二段重ねだ。

もちろん、そのことと私が両親を好きになれないでいたこととは無関係である。誰にもどうしようもないことで人に当たり散らすほどには、私ももう子供ではない。

　私の両親には明らかな欠点があった。それは彼らの数少ない共通項でもある。お金に関して極端にルーズで、金銭感覚が限りなくゼロに近いってところだ。

　子供の頃はそれで、いい思いもやな思いもした。おもちゃはねだれば大抵、買ってくれた。母は欲しい服は決して我慢しなかったし、父はいつもぴかぴかの車に乗っていた。みんなでお寿司を食べに行った次の日、学校に持って行かなきゃならない給食費の袋は空っぽだった。お給料日までの何日間か、私は毎朝先生から「また忘れたの？」と咎《とが》められることになった。子供はまた、そういうときに容赦がない。「やあい、忘れんぼ」とはやし立てられることになる。家に帰れば母が呑気な声で「あらあら、もうお米がないわあ」と言い、その日の夕食は茹でてケチャップであえただけのスパゲッティになったりした。それが何日も続いても、母はまるで平気な顔をしていた。母は外食は大好きで、美味しい物も大好きだったけれど、家で食べるご飯は不味《まず》くても仕方がないと考えていたフシがある。父が同じように考えていたかどうかはわからないけれど、決して文句を言うことはなかった。どのみち父は仕事が忙しくて、週末以外は滅多に家で夕食を食べなかったのだから、一番ワリを食っていたのは私なのだ。

　私がチビでいくつになってもゴボウみたいに痩せてて、一向にメリハリのある身体つきにならないのは、はっきり言って母のせいだ。そしてそれは同時に、そんな母を放任していた父のせいでもある。

その父は、母を愛している。それはもう、見てて恥ずかしくなるくらいにメロメロである。だから母のことを、女神様か女王様みたいに扱う。母はそうされることが嬉しくて、父を選んだんだと思う。母だって、父のことがやっぱり好きなのだ。自分を心から崇拝してくれる父が。だから私は、愛のある家庭に育ったとは言える。

だけど愛はしばしば、第三者をはじき出す。これはまあ、しょうがないことだ。当人たちには周りが見えていないんだから、ワタシがいて、アナタがいれば、他にはなんにもいらないわってやつ？　そしてこの場合の〈他〉だとか〈第三者〉ってのは、私だった。

実際、むっとくる。たった一人の娘だっていうのに。

父が私のことを愛していなかったってわけじゃない。ただ、あくまでも母が一番だってことだ。そのこと自体は別にいい。情けないのは、母と私との間に、クルマが入るんじゃないかって疑惑を、しょっちゅう抱かされること。

父の唯一の趣味は、車だった。およそ似合わない、ピカピカのスポーツカーが大好きなのだ。しかも最新型が好き。だから何年かすると、「車検も切れちゃうし……」とか言い訳っぽくつぶやきながら車雑誌のカラー写真をうっとりと眺め始めるのだ。それを止める人間はうちにはいない。母も「あら、これも素敵ねえ」なんて言い出して、やがて我が家に新しい車がやってくる。

私たち家族が未だに借家住まいだったのは、母の浪費もさることながら、父のこの趣味のせいなのだ。ほんと、高級車に乗っているのが金持ちとは限らないって事実を、私は父を見て学んだ。よくいるでしょ？　ベンツとかＢＭＷで安いラーメンチェーン店だの牛丼屋だのに乗りつけたりするやつ。一点豪華主義と言えば聞こえはいいけど、ああいうのって最高にカッコ悪いと思う。第一乗ってるのがうちの父親じゃね。

中学になって私が家族旅行とかドライブをあんまり喜ばなくなっても、父は大して残念そうな顔をしなかった。そして新たにうっとりした顔で眺め出したり床に散らばったりし出したのは、お洒落なオープンカーのカタログだった。全部二人乗りのやつ。それじゃ私が乗れないっつーの。

だけど結局、お洒落なツーシートのオープンカーは、我が家の車庫に収まることはなかった。その前に、とんでもないことが起こったからだ。

すべては、ほんのわずかな時間のあいだにばたばたと起こった。まるで悪夢のようなっていう形容は、まさにああいう状況のことを言うんじゃないだろうか。

三月のことだった。私は無事第一志望の高校に受かって、のんびりと日々を過ごしていた。達成感はあったし、幸せだった。なにしろ地元じゃ名門と呼ばれる偏差値の高い学校だ。自慢じゃないが、私はけっこう頭がいいんである。

満足感に浸りきっていた私は、ぎりぎりまでその事実に気づかずにいた。マラソンランナーが長い距離を走ってきて、ゴールのテープを切りながら倒れ込む……幸福な達成感に包まれて、頭は真っ白。言ってみればそんなふうな感じだった。まるっきり、惚《ほう》けていた。正常な判断力とは無縁な世界に住んでいたのだ。そんなとき、同じ高校に合格した友達から電話がかかってきて、「制服、もう着てみた？　やっぱチョーダサイよね」なんて言うに及んでようやく「あれ？」と思った私は、はっきり言って相当におめでたい。それは認める。合格発表の日、浮かれるあまり一緒に来てくれた母に色んな書類を預けっぱなしにしていた私も、かなり悪い。私は経験から学ばなければならなかったのだ。小学生の頃から、激マズの青汁みたいな苦汁を飲み続けてきたってのに。

とにかく、制服の採寸さえしていなかった私は、当然ながら青くなった。慌ててリビングの引き出しに突進し（大事な書類はみんなそこに入っているのだ）、入学案内の関係書類一式を掘り出した。そして私は、いっそ見なけりゃ良かったと思うくらいにおぞましい物を発掘してしまった。

郵便局と銀行の両方で使える、振り込み用紙である。締め切り期限は……過ぎている。

確かに母は「ちゃんとしとくから大丈夫」と請け合っていた。なのにこのぺらぺらの用紙は、その振り込みがなされていないことを雄弁に物語っている。まるっきり。びた一文。きれいさっぱり。

「どういうこと？」

悲鳴のような声で、私は母に問い質《ただ》した。母はぼうっと振り返って、「なあに？」と言う。

「なあにじゃないよ。入学金、払ってくれたんじゃなかったの？　締め切り期限、過ぎちゃってるじゃないの」

母はまるで悪戯《いたずら》がばれた子供のような顔をして言った。

「それがね、払えなかったのよ」

「なんで？　締め切り過ぎてるんだよ。なんで？　忘れちゃったの？」

もう半泣きの私に、母はおっとりと微笑《ほほえ》んで言った。

「お金がなかったの」

絶句する、とか、二の句が継げない、とかいうのは、まさにこのことである。母からは、こんなことばっかり学んでいる私だ。

これはあれだ、小学校のときの給食費とおんなじだ。私の入学金は、母の服だか靴だかバッグだか化粧品だか、それとも友達同士のリッチなランチだかに化けてしまったのだ……そう思った。そう思って、心の底から母を呪った。こんなに親を憎いと思ったことは、さすがにそれまでにはなかった。

だが、私はまだまだ甘かった。最悪だと思っていた足許にはさらに、奈落のどん底が控えていたのである。

我が家は日本国もびっくりの多重債務に陥っていたのだ。

原因は哀しくなるくらいにはっきりしている。母の服だか靴だかバッグだか化粧品だか、それとも友達同士のリッチなランチだか……そして父のクルマ、だ。

なんでこんな両親の元に生まれたんだろうと、私はさめざめと泣いた。でもすぐに、泣くこともできないほどの事態になってしまった。

それまでは自転車操業でしのいでいた返済が、一ヵ所でけつまずいた。すると、あとはドミノ倒しのようなものである。「これはヤバイ」といち早く思ったのは、うちの両親ではなくて債権者の方だった。彼らは電話と郵便だけじゃ埒《らち》があかないと知ると、我が家に直接足を運ぶようになった。最初は変に丁寧に。やがては思い出すのも怖いような雰囲気になっていった。

そんなある朝、母は朝食のパンに優雅な手つきでマーガリンを塗りながら言った。

「こういうとき、持ち家じゃないのは強いわね」

青ざめた顔で父もうなずいた。

「家賃を踏み倒すことになっちゃうけど。しかしまあ、敷金を払ってあるんだから……」

ちょっとちょっとと私は思った。いきなり、洒落にならない方向に話が行っている。

「大丈夫、友達がいるわ」

どうしてこんなときにと思っちゃうくらい、晴れやかな微笑を浮かべて母が言った。

浪費家の美点は、友達が多いことだというのが母の持論だ。母はつんとすましたタイプの美人ではない。おっとりしてるけど茶目っ気はたっぷりで、底意地の悪いところは全然ない。だから確かに、友達は多かった。どうやって仲良くなったんだか、あっと驚くような遠方にもいたし、びっくりするようなお金持ちの友達もいた。そういう友達を、順繰りに頼っていけばいいと母はお気楽に言う。

「私、アルバイトするわ」と母が言えば、「そうだな。俺もクルマ関係の仕事ならなんでもできる。また一から始めればいいさ」と父も言う。

実際、好きこそものの上手なれで、父は使いもしない大型免許まで持っているし、整備士の資格まである。じゃあなんで今、普通のサラリーマンなんてやってるの？　って感じの人なのだ。

「義務教育が終わっていて良かったな」

私の顔を見ながら、ぼそっと父が言った。

「そんな」思わず私は叫んでいた。「せっかく第一志望に受かったのに。そのために、一生懸命勉強したのに。いやよ、私はちゃんと高校行きますからね」

「残念だけど、無理ね」

残酷なくらいきっぱりと、母は言った。

「悪いと思っているよ」

言葉とは裏腹に、大して悪いとは思っていなそうな声で父も言った。

「今の車が大きくって良かったわね」ほとんど楽しそうに母は言った。「家族三人で、車に寝泊まりするのもいいかもしれないわよ。ボヘミアンっぽくって、素敵じゃない？」

ちっとも素敵じゃない。

とてもじゃないが、付き合いきれない。

そう思ったし、口に出して言いもした。

「だけど一緒に行かなくてどうするの？　この家は家賃滞納してるからすぐに追い出されちゃうわよ」

と母が言えば、父も追い打ちをかけるように言う。

「それになあ、タチの悪い金融業者に債権が譲渡されちゃったら、おまえ女の子だろう？　つかまったらどんな目に遭うか……」

「どんな目って、どんな目よ」

少しビビりながら尋ねると、あまりにもあっさりと母が答えた。

「風俗とかに売られちゃったりして」

きっと私が悲愴な顔をしたのだろう。母はころころと笑って、やだ冗談よおと言った。

どうしてこんなときにそういう冗談を言って笑えるのだ、この人は。

隣で父も笑っていたが、その引きつったような笑みは、母の言うような事態が現実に起こりうることを示している……ように見えた。

もはや涙も出なくなっていた。

悲惨である。こんな悲惨な十五の乙女が他にいるか？　ってくらい悲惨である。

いや、もちろん私だって自分がこの世の不幸を一身に背負っているなんて思っていない。だけど、全国の同じ年頃の女の子を対象に、悲惨度を競い合う大会か何かあったとしたら（どういう大会だ）、地域代表として選抜される程度には悲惨なんじゃないかと思う。だって聞いたことがないもの、身近でこんな話。

それからしばらく、大いにモメた。けれど、長くモメている時間さえなかった。

最終的な結論としては、こうだ。

父母は初志貫徹して、夜逃げ。クルマで友達巡りの旅に出る。荷物は車に積めるだけ、持って出る。

私も夜逃げするところまでは一緒。その後は母の遠い親戚の家に身を寄せる。その人は元学校の先生だから、私の今後の進学問題について、相談に乗ってくれるかもしれない。荷物はカバンに詰め込めるだけ。

以上、である。決定は残酷なほどにシンプルだ。

遠い親戚の鈴木さん？　会ったこともないよ、そんな人。佐々良？　どこ、それ。私の頭の中には、様々な不安と疑問が渦巻《うずま》いた。取り敢えず、一番心配だった点を確かめてみる。

「その鈴木さんだけど……いきなり押しかけて、ほんとに置いてもらえるの？」

「さあね」無責任にも母は首を傾《かし》げた。「でも大丈夫よ。年端《としは》もいかない女の子を、まさか追い出したりしないでしょ」

「……優しい人、なんでしょう？」

希望を込めて、聞く。しかし母はにっと笑って言った。

「いやあ、優しかないわね、全然」

そんなあ、と私が金切り声を上げたとき、玄関のドアを乱暴に蹴飛ばす音がした。借金取りさんのご来訪である。

彼は野太い声でこう言った。

「目ん玉売れ、臓器売れ。女房と娘、ソープに売ってでも金作れ、バカヤロー。なんならこっちで売り飛ばしてやろうか？」

否も応もなかった。最後の最後に、私は「知らない人のとこなんて行きたくない。お父さんやお母さんと一緒に行く」と言ったのだけれど、信じられないことに受け入れてもらえなかった。

「一度自分で決めたことには責任持ちなさい」

変に真面目な顔をして、そんなことを言う。

よく言うよ、自分たちは無責任に借金をこしらえといてさ。

結局、と私は悟った。私が一緒に行けば、足手まといになるんだ。だから遠くの親戚に押しつけて、自分たちだけさっさと逃げ出すんだ……。

お父さんとお母さんの友達という人が助けてくれて、夜逃げはなんとか無事に成功した。遠くの駅で降ろされて、見慣れない携帯電話を手渡された。裏側に本体のものと思しき電話番号とメールアドレスが貼り付けてある。その下に、別な番号が書き添えてあった。

「プリペイド式よ、友達に買ってもらったの。テルちゃんの分と、私たちの分をね」得意そうに母は言った。「これ、使用説明書。何かあったらこの番号に電話するのよ。あんまり使いすぎないようにね」と。

私は一人で切符を買い、一人で電車に乗って、一人で佐々良にやってきた。

母の遠い親戚だという、鈴木久代さんだけが、頼りだった。

3

私の話の間中、あの珠ちゃんとかいう小柄なおばあちゃんが「まあ」とか「ほんとに」とか感嘆の声を上げていた。肝心の鈴木さんは、サヤという人が何か口を挟みたそうにしているのを「まあお待ちよ」と押しとどめる以外はほとんど無言だった。赤ちゃんは何やらよくわからない言語でしゃべったり、そこらをよたよたと歩いたりしている。家の中はと言えば、いかにも狭かった。見たところ、小さな部屋が二間しかない。こんな家に、私の居場所なんてあるんだろうか……。

そんな不安に駆られながらも懸命に事情を説明し、最後に両手をついて頭を下げた。

「突然なことで本当にご迷惑でしょうが、どうか私をこの家に置いて下さい」

母の言い種じゃないけど、こんな〈年端もいかない女の子〉がこれほど必死に頼んでいるんだから、という姑息《こそく》な計算はあった。これで置いてくれなかったらオニだよ、とも。

だけど目の前の太ったおばあさんは、難しい顔をして腕を組み「そうは言ってもねえ」なんて言ったのだ。

「お願いします。私、他に行くとこないんです」

「だけどサヤさんがなんて言うか」

「サヤさん？」

私は傍らの女の人を振り返った。

「ここはサヤさんの家だからねえ」

のほほんとした口調でおばあさんは言い、サヤさんは困ったような顔でこちらを見返した。

「あなたは鈴木久代さんじゃないんですか？」

太ったおばあさんに言うと、相手は不愉快そうに顔をしかめた。

「あんな鶏ガラばあさんと一緒にしないでくれないかい。私は夏って名前だよ」

「あのね」とサヤさんが口を挟んだ。「鈴木さんは以前確かにこのおうちに住んでらしたんだけど、引っ越されたのよ。あなたのお母さん、ご存じなかったのね」

「引っ越した！」

絶望に、目の前が真っ暗になった。

「……じゃあ、私……いったいどうすれば……」

「あの、あのね……」畳の上に突っ伏しそうな私に、サヤさんが言った。「大丈夫、ちゃんと久代さんのお宅まで送って上げるから。もう少しで雨が止みそうだから、そうしたら、ね」

「知り合いなの？」

私は涙目の顔を上げた。

「大切なお友達よ」

にっこり笑って相手は答えたけれど、そういうことは最初に言ってよね、とちょっとむかっときた。

何よこの人たち、私にみっともない身の上話をさせて、こっそり楽しんでたんじゃないの。なんの関係もないくせに。なによなによなによなによ……。

後から考えると、何もそんなに腹を立てるようなことじゃなかった。ちょっとした誤解に成り行き、そしてタイミングの問題だったわけで、おばあさん二人とサヤさんは私の話を真剣に聞いていただけのことだ。平和そのものの空間の中で、闖入者《ちんにゅうしゃ》は間違いなく私だったというのに。ちゃんと送って上げるとまで言われていたのに。

だけどそのときの私の頭には、バカにされた、侮辱だ、ひどい人たちだ、といったような言葉がぐるぐる回っていて、噴火寸前の状態だった。

きっと、ここ数週間の間に起こった異常な出来事だとか、旅の疲れだとか心細さだとかが、一気に押し寄せていたのだろう。私の心も体も、ズタボロだった。

そう、私はヒステリーを起こす寸前だった。思いつく限りの悪口を、目の前の人たちに投げつけてやりたい衝動に駆られていた。まさにそうしようとして大きく息を吸ったとき——。

それまで縁側のガラス戸にへばりついて、落ちてくる雨粒を興味深そうに見つめていた赤ん坊が、ふいにこちらに向かってよたよたと歩いてきた。そして、にっこり笑ってこう言った。

「——てるてる」

実際には、〈てうてう〉と聞こえた。けれど赤ん坊は間違いなく私に呼びかけているように見えた。

「……私、のこと?」

毒気を抜かれたようになって、私はつぶやいた。

小学校中学校と、それが私のニックネームだった。もちろん、照代の〈てる〉が由来だ。

「でも私、一回しか名乗っていないのに……」

誰にともなく言うと、太ったおばあさんが自慢げに肩を揺すった。

「この子はそりゃもう賢いからね」

「……ほんとに、私のこと、呼んだの?」

赤ん坊に向かってそう聞くと、赤ん坊は「そのとおり」とでもいうようにぱっと笑うと、またよたよたと縁側の方に歩いて行ってしまった。

パンクしたタイヤからプシューッと空気が抜けていくように、私の怒りエネルギーもどこか抜けていってしまった。

ユウスケという名で、歳は一歳と二ヵ月なのよとサヤさんが教えてくれた。彼女が出してくれたお茶が、とても美味しかった。両親と別れてから、食べることはおろか水分を摂ることも忘れていたのだ。

お茶をもう一杯もらい、ついでにお手洗いも借りて出てくると、雨が止んでいた。

「じゃ、そろそろ行きましょうか」

サヤさんが立ち上がり、私はどきりとした。

「あ、あの……鈴木久代さんって、どんな人ですか?」

心の準備をしておきたかった。

「どんな人って」間髪を入れず、夏と名乗ったおばあさんが言った。「ツンケンした鶏ガラみたいな、いけ好かないばあさんさね」

「ちょっと意地悪よね。なんだかお話に出てくる意地悪な魔女みたいな感じ」

くすくす笑ってもう一人までが言う。

「お夏さん。それに珠子さんも」たしなめるようにサヤさんは言った。「そんなことないわよ、大丈夫。久代さんはとてもいい人だから」

なんだか取り繕《つくろ》うように聞こえるのは、気のせいだろうか？

「ああ、いいよいいよ」手早く身支度を始めようとするサヤさんに、お夏さんが声をかけた。「あんたがわざわざ行くこたないよ。どっちみち、帰る道なりだから……ほんの少うし、遠回りだけどね」

ここでわざとらしく言葉が切られたので、私としては謝るしかない。

「すみません」

「ああ、いいんだよ。これ、あんたのかい。えらい大層な荷物だね。サヤさん、ちょっとこの乳母車、借りてくよ。荷車代わりにちょうどいいわな」

「どうぞ」笑いながら、サヤさんは言った。「私もそれ、使おうと思ってたんです。近頃じゃユウスケも大人しく乗ってくれなくなっちゃったけど、思いがけないところで役に立ちますね」

「物は大事にってことさね」

どっこいしょ、とお夏さんが坐り込むと、狭い玄関はもうそれだけで一杯だった。

「珠ちゃん、いい加減、あんたも家にお帰りよ」

急に振り返って大声を出すから、飛び上がりそうに驚いた。部屋の奥から「わかってるわよォ、ねえ、ユウ坊」と珠子さんの声がする。
「それじゃ、お世話になりました」

台所のサヤさんに声をかけると、ちょっと待ってねと言われ、スーパーのレジ袋を渡された。

「久代さんに渡してくれる?」

中を覗き込むと、タッパーにつめられた煮物とラップに包んだ干物が入っていた。

徒歩十五分くらいだと、サヤさんは言っていた。けれど太ったお夏さんと一緒に、ガタピシのベビーカーを押してよちよち歩いていったら、二十分以上かかった。着いたのは、サヤさんの家とどっこいどっこいの、古い小さな家だった。ただしこっちは平屋ではなく、積み木を重ねたように小さな二階が載っている。

「ちょっと、久代さん、夏だよ。あんたのお客さんを連れてきてやったよ」

玄関にベルがあるのに、お夏さんは大音声《だいおんじょう》で呼ばわった。それから相変わらずの大声で、私に耳打ちする。

「あのばあさん最近耳が遠くてさ。これくらいの声で叫ばなきゃ、てんで聞こえやしないのさ」

「誰の耳が遠いって?」

鍵を外す音がして、尖《とが》った声がそう言った。ドアの向こうには、痩せて背の高いおばあさんが立っていた。

「ツンケンした鶏ガラみたいないけ好かないばあさん」とはお夏さんの言だし、「なんだかお話に出てくる意地悪な魔女みたいな感じ」とは珠子さんの評である。なんてひどいことを言うんだろうと思ったけど、目の前のおばあさんはまさしくそんな感じの外見だった。

「あたしの耳がちょっとばかり聞こえにくいとしたら、そりゃあ四六時中われ鐘みたく叫び回ってるあんたのせいさ」刺々《とげとげ》しい声でそう言ってから、鈴木久代さんは私をじろじろと見下ろした。「で？　客ってのは、あんたかい？」

「は、はい」私は慌てて頭を下げた。「雨宮照代です。初めまして」

久代さんは不審げに私を見、それからお夏さんを見やった。

「ちょっとお夏さん。なんなのよ、この子は」

私もショックだったけど、お夏さんも驚いたらしかった。

「なんなのって、あんたの遠い親戚だろ？　可哀想な子なんだよ。はるばるあんたを頼ってきたんだ」

お夏さんはどっこらしょと私の荷物を降ろし、玄関先に押し込んだ。久代さんはその荷物にまで不審そうな目を向けている。

「どれ、あたしはもう帰ろうかね。確かにこの子は送り届けたよ。あ、その乳母車は早めにサヤさんに返しといておくれよ。それじゃ」

早口に言うなり、お夏さんは逃げるように帰ってしまった。

取り残された格好の私は、呆然とその場に佇《たたず》んでいた。

久代さんはまた私の荷物を見、ベビーカーを見、最後に私の顔をまじまじと見て言った。

「で？　あんたはどこの誰で、なんだってあたしんとこへやってきたんだい？」

4

口もきけないでいた私は、黙ってスーパーのレジ袋を差し出した。

「なんだい、これは」

「……サヤさんから」

ようやく出てきた私の声は、我ながら蚊が鳴くようだった。袋を覗き込んだ久代さんは、ため息をつきながら言った。

「あんたの晩ご飯まで用意してくれたってわけ。あの人らしいね、まったく」

晩ご飯と聞いて、私のお腹が大きく鳴った。最後に何か食べたのはいつだっけ、とぼんやり考えた。思い出せなかった。なぜだかもう、佐々良に来る前の記憶が、ぼやけてきつつある。無性に哀しくなったけれど、もう涙も出なかった。

「……それじゃ、私はこれで……」

カチカチの声で、ようやくそれだけ言った。その後、私はなんと続けるつもりだったのだろう？

これで失礼します？　これで帰ります？

帰るところなんて、もうないのに。どこにも、ないのに。

けれど幸か不幸か、私にはその先を続けることができなかった。急に目の前が真っ暗になって、私の意識はそこでぷつりと途絶えてしまったのである。


気が付いたとき、私は布団の上にいた。少し毛玉の浮いた布団カバーは、樟脳《しょうのう》の匂いがした。私は思わず鼻をひくひくさせた。樟脳の他にも、色んな匂いがする。お味噌汁の匂いとか、ご飯の炊ける匂いとか。お魚を焼く匂いとか。

食べ物の匂いに反応したのか、私の胃袋は実に素直にまた鳴った。

「おや、目が覚めたかい？」

という声に驚いて半身を起こすと、炬燵《こたつ》に向かって編み物をしている久代さんがいた。

「貧血を起こしたんだね。おまけにそのままぐうぐう寝ちまってさ。びっくりしたよ、こっちは」

「すみません」謝りながら、顔が熱くなった。これじゃまるで、行き倒れだ。「ここんとこ眠れなくて……それにあまり食べてなかったものだから」

「食べないで、寝てないんじゃ、ぶっ倒れてもおかしくないね」編み物を続けたまま、久代さんは素っ気ない口調で言った。「身体のブレーカーだって、勝手に落ちることがあるんだよ。若いからって、無茶するもんじゃない」

好きで無茶したんじゃないや、と思いながら尋ねた。

「あの……鈴木さんが布団まで運んでくれたんですか？」

あのお夏さんならまだしも、ガリガリに痩せた久代さんの腕を見てしまうと、それは非常に申し訳ないことのように思えた。けれどもまた、久代さんは素っ気なく答えた。

「そんなことできるもんかね。たまたまやってきた郵便局員に手伝わせたんだよ。よし、ひぃ、ふのみ、と。これでいい。さ、晩ご飯にしようかね。あんた、お腹空いてるんでしょう？」

空いているどころではなかった。もう空腹で、目が回りそうだった。

「まずその前に布団を畳みなさい。隅の方に置いとけばいいからね。あ、間の襖は閉めなさいよ、埃が入るから」

本当に学校の先生みたいな口調でそう指示され、私は言われたとおりにした。襖を開けて出て行くと、炬燵の上には二人用の晩ご飯の支度ができていた。おかずはサヤさんにもらったアジの開き。里芋にニンジン、大根の入った煮物も添えてある。それにタマネギの味噌汁、菜の花の和え物というメニューだった。

まるで嫌がらせのように、私の嫌いなものばかりである。もともと魚よりはお肉が好きだし、煮物は苦手だった。味噌汁になんでタマネギなんて入れるのよ、って感じ。菜の花も、なんであんなに苦い物をわざわざ食べるのか、好きな人の気が知れなかった。

けれどまさか人の家で出されたものに、文句をつけるわけにもいかない。何より空腹はもう限界だ。坐って箸を取ろうとしたら、いきなりその手をぴしゃりと叩かれた。

「いただきます、は？」

むかついたけど、我慢して言った。

「……いただきます」

「よろしい」

偉そうに言うと、久代さんも手を合わせて「いただきます」と宣言してから食べ始めた。

魚はまあ、なんとかなった。別に嫌いというわけじゃないし、お腹も空いていたから美味しいとさえ思った。だから魚をおかずにしてご飯をぱくぱく食べた。煮物も苦手ではあったけれど、なんとか食べることはできた。お味噌汁も、汁だけ飲んでいる分には美味しかった。

だけど菜の花は、舌が痺れそうに苦くて、思わず吐き出しそうになった。久代さんにじろりと睨《にら》まれて、なんとか呑み込んだけれど涙が出そうだった。

私が「ごちそうさま」と箸を置くと、案の定、久代さんは私の食器をじろりと見て言った。

「待ちなさい。まだすんでいないでしょう？」

だってキライなんだもん、と言える雰囲気ではない。仕方なく、うえっとなりながらお椀の底に残ったタマネギをさらって口に入れた。最後に、死ぬ思いで菜の花を口に入れ、大雑把《おおざっぱ》にかんでから、大急ぎで呑み込んだ。それでも嫌な味が喉許に込み上げてくる。

「あの、すみませんがお茶、下さい」

丁寧に頼んでみたら、素っ気なく言われた。

「自分で淹《い》れなさい」

指し示した先には、お茶のセットが載った盆があった。とにかく口の中の後味を何とかしたかったので、大急ぎでお茶を淹れる。久代さんが当然のように自分の湯呑みも差し出したので、二人分、淹れた。

「苦いね」ひと口すすってから、久代さんが言った。「これなら坊主の方がまだマシだよ。ああ、茶っ葉がもったいないったら」

むっとしたものの、ひと口飲んでみたらまったくそのとおりだったから余計頭にきた。

私の口の中は結局、どうにもこうにもニガニガのままだった。


食後、食器を片づけながら、私はサヤさんの家でしたのと同じ、借金まみれの両親についての情けない説明を繰り返した。別に相手から要求されたわけではない。私が勝手に話したのだ。

久代さんはただ黙って聞いていた。聞き終えてからも、しばらく無言だった。それで私は余計、不安になった。まだ、今晩この家に泊まってても良いという言葉さえ、聞いていないのだ。

「馬鹿だね、あんたの両親は」

まっ先に言われたのは、そんな言葉だった。

「そりゃ、馬鹿かもしれないけど……」

否定しにくい事実だけど、仮にもその子供に面と向かって言うことないじゃないと思う。

「けど、じゃないよ。大馬鹿さね」久代さんはぴしゃりと私の言葉を遮った。「逃げてどうするってのさ。住民票は放りっぱなしで、税金も滞納してりゃ、じきに保険証だって使えなくなる。病気になったらどうする気なのかね。もちろんあんただって、学校にゃ行けないよ。わかってるだろうけど」

私はしょんぼりとうなずいた。保険証のことまでは気が回らなかったけれど、学校のことは自分でもわかっていて、心がずきずき痛みっぱなしだったからだ。

「……高等学校のことだけど」最後の食器をしまい終えたとき、久代さんは言った。「行きたい気持ちはあるのね」

私は大きくうなずいた。すると久代さんはたたみかけるように言った。

「ぜんたいあんたは高校に行きたいのか、勉強がしたいのか、どっちなの?」

「それは……」ぐっと詰まってから、私は答えた。「同じことでしょう?」

「ちっとも同じじゃないよ。単に勉強がしたいってことなら、どこにいたって、どんなふうにしたってできる。高校に行きたいのなら、多少回り道したって必ず道はある。ただ、どっちにしたってあんたは働かなきゃね」

「働く？」

「仕事を見つけるんだよ。あんたは同級生より一足早く社会に出たんだってことを自覚するんだね」

「好きで出たんじゃありません」

抗議するように私がつぶやくと、久代さんは軽く肩を上げた。

「何をふて腐れているんだかね……まあどっちみち、あたしには関係のないことだけど。さ、さっさと寝る準備を始めなよ。あたしはもう眠いんだ……朝が早いからね」

突き放すような言い方をされ、私は慌てて、追いすがるように尋ねた。

「あの……私、ここにいていいんでしょうか」

「取り敢えず今晩は、だよ。そこんとこ、間違えないでおくれよ」

パンと両手を打って、久代さんはあれこれと指示を始めた。私は言われるまま、二階の和室に寝床を作った。どうやら久代さんはいつも一階に寝ているらしく、襖一枚隔てたところで寝なくてすんでほっとした。

歯を磨いたのに、口の中にはまだ菜の花の苦い味が残っているみたいだった。それは今の私には、悲惨な人生そのものの味に思えた。

パジャマに着替え、枕許に目覚まし時計をセットして、さあ、あとは寝るばかりという段になると、ふいに涙が込み上げてきた。

つい昨日までは、私の家の私の部屋で、私のベッドに寝ていたのに。どうして私は今、魔女みたいなおばあさんの家で、樟脳臭い布団に横になっているのだろう？

同級生たちは今頃、高校生活初日の興奮の中、やはり眠れずにいるのだろうか？　私よりずっと勉強ができなかったあの子やこの子だって、それなりに進路が決まって、今頃は「クラブ活動は何にしよう」とか、「好きな友達とクラスが別れちゃった」とか、そういうどうでもいいことで心を悩ませているのだろう……。

考えれば考えるほど、哀しくて、悔しくて、涙はあとからあとから流れ落ちてくる。どうにもならない思考はぐるぐると渦巻いていくばかりだ。

ふいに、暗闇の中でかすかな電子音が聞こえてきた。どうやら片隅に置いたカバンの方からである。

——てるてる坊主、てる坊主、あした天気にしておくれ……。

というあのメロディだった。

何これ、と思ってから、お母さんからもらった携帯電話に着信が入ったことに気づいた。母はあの騒ぎの最中、わざわざそんな着メロを入れていたのだ。半ば呆れ、半ば感心しつつ、ごそごそ起き出して電気をつけた。カバンから引っ張り出して見ると、メールが一件入っている。どうせなら直接電話くれればいいのに。そう思いながら、メールの中身を覗いてみた。件名は「てるてる」となっている。

てるてる　あした。きょうはないても　あしたはわらう。

それだけの文面だった。

ますます「何これ」である。

速攻で親の携帯に電話したら、しばらく経《た》ってお母さんが出た。

「今のメール、何よ」

どうしても、とんがった声が出てくる。あんたたちのこと、永久に許さないからね、という思いがあるからだ。なのにお母さんは「あらあらテルちゃん？」とものすごく呑気な声で言った。その声を聞いたら腹が立って腹が立って、それでまた少し泣けてきた。

「そっちはどう？」

素っ気なく聞いてみたら、母は妙に楽しそうに言った。

「お友達から怒られたわ。馬鹿だ馬鹿だって」

それ、こっちでも言われてるよ。誰が聞いてもそう言うよ。

心の中でそう思った。母は相変わらず楽しそうに言う。

「それで今ね、パパと話してたとこなのよ。まるで駆け落ちみたいねって」

あほくさ。駆け落ちじゃなくって、夜逃げだってば。ほんと、むっとくる。

「変なメール打ってるヒマがあったら、電話くれればいいじゃない。私が心配じゃないの?」

「鈴木久代さんのところにいるんでしょ? なら、大丈夫よ」

そう言ってお母さんはふふふと笑った。なんだか酔っぱらっているみたいな声だ。本当にお酒を飲んでいるのかもしれない。

「……今のメール、どういう意味?」

「さっきからなあによ、メールって」

「今、送ってきたでしょ。てるてるあしたとかって……」

「送ってないわよお、そんなもの」

そう言って、お母さんはまたふふふと笑った。完璧に酔っぱらっている声だ。

酔っぱらいと話していても通話料金の無駄なので、おやすみなさいと言って通話を打ち切った。どこにいるかも聞きそびれたけど、知らない方がいいのかもしれない、と思う。

さっきのメールをよくよく見ると、初めて見るアドレスだった。

メールの返信方法は知っている。漢字の変換方法だって。

あなたは誰ですか?

そう打ち込んで、送り返した。枕の横に置いて寝たけど、眠りに就くまで、とうとう返事はなかった。

明け方頃、知らない女の子の夢を見た。その子はなぜだかぷんぷん腹を立てていて、終《しま》いに私と喧嘩になった。そのうち二人して、わっと泣いてしまった。

バカみたいな夢だ。バカみたいな一日だ。


朝食は、残りご飯のお茶漬けに、昨日の味噌汁の残りだった。汁っぽいものばかりで、何となくお腹の中がさらさらしていた。具のタマネギはもうあまり残っていなかったから、それだけはほっとした。

「片づけが終わったら、サヤさんとこに行ってきなさい」きちんと背筋を伸ばして食べながら、久代さんは言った。

「借りたものはすぐに返すのが礼儀ってもんです」

ああ、ベビーカーのことかと気づいた。見ると、洗って乾かしたタッパーウエアも載っている。

「道はわかりますね?」

わかって当然とばかりの口調で言われたけれど、実はあまり自信がなかった。

「一緒に行ってくれないの?」

小声で尋ねたら、

「あたしにはあたしの仕事があります」

ぴしゃりとはねつけられてしまった。久代さんにとっては、私がそのまま迷子になってしまっても別に何も困ることはないわけである。そうなると意地でも戻ってきてやるという気になって、久代さんの家の所番地や電話番号を聞き出して携帯のメモリーに入れた。ついでにサヤさんの家の番号も聞いておく。これで万全だ。

いざ出陣しようとしたら、久代さんが「ちょっとお待ちなさい」と出鼻をくじいてくれた。庭に出て行くと、そこらに生えていた菜の花のつぼみを、ぷちぷちとちぎった。それを新聞紙にくるんで差し出した。

「サヤさんに、お土産です。昨夜のお菜をありがとうございましたと、きちんとお礼を言うんですよ」

これが昨夜のアレだったのかと、受け取った包みを見て思った。道理でむやみとワイルドな味だったわけだ。ありがたいことに、今収穫したものでもう菜の花は終わりっぽかった。

空のベビーカーを押しているのは、おかしな具合だった。通りかかる人はきまってベビーカーの中身と私の顔とを順番に見て、怪訝《けげん》そうな顔をする。恥ずかしさのあまり、私の足は自然と速くなっていたから、サヤさんの家にたどり着いたときにはすっかり息切れしていた。

「そんなに急がなくても良かったのに」

サヤさんは赤くなった私の顔を見て笑った。〈お土産〉を見てまた笑った。

昨日は少々乱暴なお出迎えをしてくれたこの佐々良という街は、今朝はとても気持ちよく晴れていた。

サヤさんは〈お土産〉を持って奥に引っ込んだきり、何やらごそごそしている。私は縁側に浅く腰かけて、庭をよたよたと歩き回っている赤ん坊を見ていた。

なんだか人間と言うよりは土偶《どぐう》に近いプロポーションである。あんな生き物が、いっちょ前に立って歩き回っているのが、ひどく不思議だった。

ふと思いついて、自分の携帯電話を取り出した。本当はお母さんのだけど、もう私の物も同然だ。昨日、不思議なメールをくれた人宛に、また同じ文面でメールを送る。私は一度気になると、けっこうしつこいのだ。

ぴっと送信ボタンを押した。

その途端。

庭を歩き回っているちっこい土偶のお腹のポケットで、電子音の音楽が鳴った。曲はまるで冗談みたいな「こんにちは赤ちゃん」。

「あらあら、ユウスケったら」

縁側に丸盆を置いて、サヤさんが言った。お盆の上には、お茶と、なぜか小さなホットケーキが載った皿があった。

「いたずらっ子ね。ママそれ、ずっと探していたのよ」

突っ掛けを履いて、サヤさんが赤ん坊に駆け寄った。お腹のポケットから出てきたのは、銀色に光る携帯電話だった。

「エリカさんかしら？　でもどうしてこっちに……」

ふしぎそうにつぶやきながら、着信ボタンを押す。そして不思議そうに「変ねえ」と言っている。切れちゃったんだろうか。それとも、メールが来ていることに気づいていない、とか。そのメールっていうのはひょっとして、今、私が送ったやつ……？

まさかね。私はそっと首を振った。偶然だよ。これだけ誰でも携帯を持ってりゃ、たまたまタイミングが合うことだってあるよね。

私はサヤさんが出してくれたホットケーキに手を伸ばした。マーガリンで焼いたっぽい匂いがしたけど、それでもふわりと甘くて、なんだかとても懐かしい味がした。

ユウスケくんが私を指差して、また「てるてる」と言った。

……ホント、まっさか、ね。

そう思っていた。まだ、そのときは。

壊れた時計

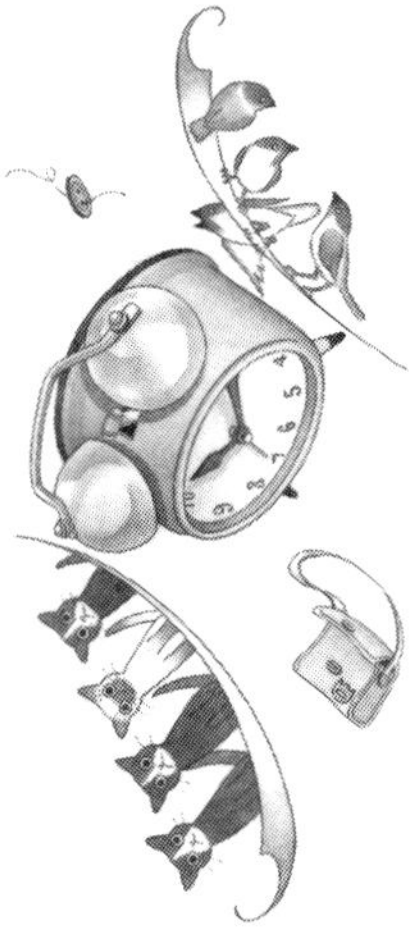

1

朝起きたら、枕許の目覚まし時計が壊れていた。

一瞬「なんで？」と思ったけど、実は心当たりがあった。夜中にトイレに行こうとして、思い切り蹴飛ばしてしまったのだ。

時計は柱に当たって、リンッとベルの音を響かせた。夜光塗料を塗られた針や数字が、暗闇の中でぼうっと光っていた。

時計をそのまま柱の前にそっと置き、私はそろそろと階段を下りた。

踏み板が、キィと鳴いた。闇の底から、いつまで経っても馴染めない匂いが立ち上ってくる。

別に不潔にしてるから、というわけじゃない。掃除はいつも行き届いていて、今、まさに踏んでいる踏み板だってよく磨かれてぴかぴかだ。

なのに、家全体に独特の匂いがある。この家に一歩足を踏み入れたときから、感じていた。

古い畳の匂い。線香の匂い。樟脳の匂い。そんな匂いに混じって、もっと別な匂いもかすかに漂っている。

我が家の……今はもうない我が家の冷蔵庫の、野菜室みたいな匂い。母はよく、そこでキュウリやニンジンやダイコンをしなびさせていた。底にはいつも、タマネギの皮が散乱していた。たまに母が気まぐれに、それらの乾いた野菜を処分しても、そこにはやはり、こもって染みついた匂いだけが冷やされていた。

この家の空気は、冷蔵庫の中のそれに似ている。不快というほどには強くない、ただ、わずかに冷えて、すえた匂いが閉じ込められている。

その匂いの元が何なのか、今の私は知っている。

野菜室の野菜が、腐っているというのじゃなしに匂いを発し始めるように、歳をとってしなびた人間もまた、独特の匂いを発するのだと初めて知った。

私が居候している家の主《あるじ》、鈴木久代さんはとても歳をとっている。たぶん七十歳か、それとも八十歳か……それくらいの大雑把な見積もりしかできない。七十も八十も、それほど違うとも思えない。

「——お手洗いなの？」

久代さんが寝室に使っている四畳半の部屋から、声が聞こえてきた。歳をとって、しわがれた声。そのせいか、イライラと、意地悪そうに聞こえる。本当にイライラしていて、意地悪なのかもしれない。

「――はい」

短く答えて、私は急いで用を足す。「お手洗いなの?」なんて、わかり切ったことを聞かなくたっていいじゃないか。もしかしたら、私のせいで自分が目を覚ましたってことをわからせたくて、わざとあんなことを言っているのかもしれない。

できるだけ水音がしないように、そろそろとレバーを捻《ひね》る。それでもどうしようもなく水は大きな音を立てて流れ、私は水面の渦が止まるまでその場に立ち尽くす。

手洗いを出てもスリッパなんてものはなく、カーペットだって敷かれていない。私は冷たい足のままでひたひたと板の間を歩き、そろそろと階段を上った。

明け方にまた、夢を見たような気がする。知らない女の子の夢。暗い眼をした、冴えない女の子だった。その子は私に何か文句を言い、むかっときてこっちも何か言い返す。そんなくたびれるだけの夢だった。

そうして目が覚めてみたら、時計はぴくりとも動かなくなっていた。

電池が切れたのでも、外れたのでもない。振ってみたり、軽く叩いてみたりしたけれど、針が再び時を刻み始めることはなかった。

落胆して階下に下りると、久代さんはすでに起きていて、窓を開け放ち、掃除に余念がなかった。

「……おはようございます」

小さな声で挨拶すると、久代さんはぴんと背筋を伸ばしたまま、なんだか見下すような感じで「ああ、おはよう」と答えた。それからつっけんどんに付け加える。

「洗濯機……脱水終わってるから、干してちょうだいね。それが終わったら、おみおつけを温めて」

「……はい」

ぼそりと答えて言うとおりにする。

私は居候だし、まだ子供だし、他に行くところもない。だから何でも、この魔女みたいなおばあさんの言うとおりにしなきゃならない。最悪だ。

ついこの間、念願の高校に合格して大喜びしていたのが、夢のようだ。あの日にはお祝いと称して、素敵なレストランに食事に行った。お腹いっぱい食べて、もう食べられないと思ったけど、その後デザートに出たアイスクリームはほんとに美味しかった。家に戻れば、ふかふかのカーペットが敷いてあり、真っ白いソファがあった。温水の出るトイレに、温かい便座があった。毛足の長い、ふわふわのタオルが、当たり前のように掛けてあった。

なのに、今はどうだろう？　台所の流しで顔を洗い、歯を磨く。米屋の名前が入ったペラペラのタオルで顔を拭き、酒屋の名前が入った鏡で髪を整える。冷蔵庫に冷えているのは、ジュースじゃなくて、変な匂いのする薬草茶。ギャーと叫びたくなる、ホント。

いったいこの落差はなんなのだろう？

何だってこんなことになっちゃったんだろう？　もはや、涙も出なかった。

「そうそう」朝食の席で、久代さんがふいに言い出した。「今日、サヤさんたちが電車で買い物に行くそうなんだけどね、あんた暇だろうから、荷物持ちについていくといいよ」

何でそんなことを勝手に決めるのよ。どうせ暇だよ、悪かったね……。

内心で毒づきながら、私は言う。

「……はい」と。

イヤだ、と言う権利なんて、ここへ来た瞬間から私にはなくなっている。

2

「はいこれ、あんたの分」

と切符を手渡され、財布を取り出そうとすると相手は「いいっていいって」と手を振った。

「荷物持ちしてくれるんでしょ？　バイト料よ、気にしないで。あ、あたしエリカ。よろしくね」

そう自己紹介して、にっと笑ったのは、激しく派手な女性だった。歳はたぶんサヤさんと同じくらいだし、スリムな体つきに長い髪というのも共通している。だけど似ているのはそれくらいで、あとは全然違う。髪の毛は金メッシュ入りの真っ赤っかだし、耳には「どっかの部族の人ですか？」と聞きたいようなでっかい民芸調のピアスがぶら下がっている。爪は魔女のそれみたいに長く尖っていて、やっぱり色は真っ赤っかだ。お化粧もアイメイクが強烈で、とても子持ちには見えない。

そのエリカさんの足許には、無愛想なちっちゃい男の子がいた。最初にちらりと私を見たきり、あとは母親の後ろに隠れている。名前はダイヤくん、四歳よと、当人でも母親でもなく、サヤさんが言った。そのサヤさんも子供連れである。以前見た、手押し車みたいなベビーカーじゃなく、簡易型の軽そうなやつに、ユウスケくんを乗せている。ユウスケくんは、何語だかわからない言葉で、しきりにダイヤくんに話しかけていた。

それから私の顔を見て、にいっと笑う。つられたように、ダイヤくんも私の顔をちらりと見やる。まるで、二人で私の噂話でもしていたみたいだ。

さあ行きましょうとサヤさんに言われ、あらためて見ると子供用の（つまり半額の）切符だった。

「……私、これでも十五なんですけど」

眼で抗議しつつエリカさんに言うと、相手はからから笑って言った。

「だーいじょうぶだって。ゼッタイバレないから」

ものすごく失礼な太鼓判を押されてしまった。

自動改札が、どこでオトナと子供を見分けているのかは不明だけれど、エリカさんの言うとおり、別にどうということもなく通れてしまった。駅員さんがちらりとこちらを見たけれど、特に何も言われなかった。

ホームでは十分ほども待たされた。こんなに電車が来ないのなら、あらかじめ時刻表を調べてくればいいのにと、イライラしながら思った。サヤさんとエリカさんは、呑気な顔でおしゃべりをしている。いや、エリカさんが何かぺらぺらしゃべり、サヤさんはにこにこ笑ってそれを聞いている。

ダイヤくんは落ちていたジュースの空き缶を、爪先で蹴飛ばしてみたり、飲み口に指を突っ込んでみたりと忙しそうだ。しばらくして、私たちの前に走ってくると手のひらを上にして見せた。小さなボタンが載っている。誰かのシャツからもげたものだろう。平たくて平凡な、白いボタンだ。

「いいもの拾ったわね」

優しくサヤさんが声をかけると、ダイヤくんはにやっと笑い、ぎゅっとボタンを握り込んだ。そしてそのまま拳《こぶし》を突き出して下に向け、ぱっと手を開く。

「あれ、何でボタンが落ちないの?」

エリカさんが不思議そうに我が子の手を開かせた。そこにちゃんとボタンは載っている。

「きゃあ、なになに?　マジック?」

わくわくしたようにエリカさんが言う。私は脇からぼそりと言った。

「……手がべたべたしてっから、くっついてるだけじゃない？」

糊の役目をしているのは、飲み残しのジュースだ。汚《き》ったなーい。

子供なんて大嫌いだ。何だかべたべたねとねとしていて、口の周りや頬にいつも食べ物の汁だのカスだのをこびりつかせていて、気に食わなければ泣けばいいと思っていて、いつだって自分だけが世界の中心で。

そんなふうに思っているせいか、私は子供に好かれない。今だって、ダイヤくんは私のことなんて完璧無視だ。

「すごいじゃーん、ダイヤ。あんた天才だわー。でもばっちいから、手って拭こうね」

エリカさんは大仰に褒めながら、ウェットティッシュでダイヤくんの手のひらを拭いてやった。その光景に、なぜか胸がちくりと痛む。

ようやく、電車がやってきた。

ドアが開いたので乗り込もうとしたら、坐っていた女の子が突然立ち上がり、こちらに向かって突進してきた。どうやらぼんやりしていて、降りるタイミングが遅れたらしい。私と同い歳くらいだろうか。グレイの地に、白いラインが入った野暮ったいセーラー服を着ている。すれ違いざま、互いの肩がどんと当たった。女の子は「あ」と言ってこちらを見たが、謝りもせずにそのままホームへ走り降りてしまった。

「佐々良高校の子だね、あの制服」

駆け去る後ろ姿を見送りながら、エリカさんが言った。音を立てて、ドアが閉まる。

「何だってお休みの日に、制服着てんのかね」

「クラブ活動じゃないかしら」

エリカさんとサヤさんの言葉に、ああそうか、と思った。

私と同じ年頃の普通の子は、みんなちゃんと高校に通っているのだ。そして勉強したり、クラブ活動したりしているのだ。

「もしかしてエリカさん、佐々良高校の出身?」

サヤさんの質問に、エリカさんは大きく首を振った。

「まっさか。あんなお利口の子たちが行くようなガッコ、あたしが入れるわけないでしょ」

「ふうん、程度のいい学校なんだ」

思わず、つぶやく。でもねえ……こんな田舎じゃ、ねえ。たかが知れてる、きっと。

そんな意地悪なことを考えていたせいか、突然ユウスケくんが上げた「アーッ」という声にどきりとした。

ベビーカーから身を乗り出すようにして、一点を指差している。その先に、一冊のノートが落ちていた。ダイヤくんがすかさず駆け寄り、拾い上げる。そしてなぜかこんなときだけ私に向かって「ん」と突き出した。受け取ってみると、何の変哲もない小型のノートだった。表紙に「1—2　山田偉子」とある。

傍らからひょいと覗き込んだエリカさんが、いきなり笑い声を上げた。

「ヤマダエラコだって、変な名前」

「……ヨリコって読むんじゃないかしら」

おずおずと、サヤさんが口を挟む。

「さっきの子が、落としたんだよね」

私が言うと、エリカさんはめんどくさそうに片手を振った。

「あんたが拾ったんだから、あんたが届けといてよね」

……つーかさ、あんたの子供が拾ったんですけど。

むかっときて、どさりと席に坐った。長いシートが丸々空いている。東京じゃ考えられないくらい、ガラガラだ。

さっきのノートを、何の気なしにめくる。手帳代わりに使っているものらしい。入学したてだけあって、教材などの細かな支払いリストがあったり、持参しなければならないもの、出された課題などについて、きれいな文字で日付毎に要領よく書き留められている。

……そうした実際的な覚え書きの合間に、ちょこちょこ妙な記述があった。

郵便局に仔猫が生まれる。雄三匹、雌一匹。

スエヒロ電気前で交通事故。おじいさんが足に怪我をする。

駅前のクリーニング屋夫婦が二度目の離婚。

何だこれ、と思いながらページを捲《めく》ってどきりとした。

両親の借金で夜逃げしてきた女の子。魔女の家に住む。


はっきりと、そう書かれていた。

何これ。私のこと？

そのとき、そっと肩に手を置かれた。

「降りるわよ、照ちゃん」

サヤさんの言葉に、私は慌てて立ち上がった。

「……駅員さんに預ける、そのノート？」

駅のホームでそう聞かれ、思わず首を振った。

「だ、だいじょうぶです。学校もクラスも名前もわかってるんだから、届けてあげますよ、私が」

「まあ、ご親切なことで」

揶揄《やゆ》するように、エリカさんは言った。

「ほんとに、優しいのねえ、照ちゃんは」

両方の手のひらを合わせて、サヤさんも言った。

なぜだかどちらも同じくらいカチンときたが、顔には出さずに尋ねた。

「あの、魔女って……」

「ん？　久代ばーちゃんのこと？」

エリカさんの言葉に、サヤさんは「エリカさんったら」とたしなめるように言ったが、「魔女」という単語自体は否定していない。

もしかして、久代さんって近所でそういうあだ名で呼ばれているんだろうか？

似合いすぎてて……怖い。

「で、久代ばーちゃんがどうかしたの？」

とエリカさんに聞かれ、別に何でもと誤魔化した。「変なやつ」と言われ、またカチンときた。

降りた駅からはそのままエスカレーターで駅ビルのデパートに入れるようになっていた。駅ビルも、デパートも、佐々良にはないものだ。一行はそのまま、五階にある子供服とおもちゃのフロアへ向かった。賑《にぎ》やかな音がするおもちゃ売り場で、ダイヤくんが釘付けになる。ユウスケくんも、しきりに「アーッ、アーッ」とカラフルなおもちゃに手を伸ばそうとする。

「サヤ。悪いんだけどさ、ダイヤ見ててくれる？　ちょっと下、見てくっから」

いきなりエリカさんが言い出した。すぐ階下には婦人服売り場がある。子供を人に押しつけて、自分だけのんびりショッピングをするつもりらしい。ずいぶん調子のいい人だ。

「ええ、ごゆっくり」

サヤさんはおっとりと微笑んで見送った。

しばらくは夢中になっておもちゃをいじっていたダイヤくんだったが、やがてもの言いたげにちらちらとこちらを見るようになった。少し顔が赤くなっている。なんだ？　と思っていたら、そろりそろりと近づいてきて、どちらへともなく言った。

「ウンチ、でる」

言ってるそばから、プ、ピ、パ、と音だけ先に出てきている。

もはや一刻の猶予もなかった。

サヤさんがダイヤくんを横抱きにするようにして走り出し、私は慌ててベビーカーを押してついていった。

ところが、間の悪いことに女性用トイレには行列ができている。

「どうしよう……別の階に行きましょうか？」

私の提案に、サヤさんは首を振った。

「それじゃ、きっと間に合わない……照ちゃん、見張っててくれる?」

言うなりサヤさんはダイヤくんを連れて、あろうことか男性用トイレに飛び込んでしまった。

そこは一応、無人だった。今のところは……。

サヤさんとダイヤくんが個室に消えた直後、サラリーマンっぽい、背広を着た男性が入っていった。ヤバいっと思い、すかさず叫ぶ。

「サ、ダイヤくーん、慌てなくていいから、ゆっくりねー」

男性用トイレの中は静まりかえっている。

しばらくして、背広の男の人が出てきた。

「ダイヤくーん、もういいんじゃない?　出ておいで」

そう叫んだ途端、ちゃっとドアの開く音がして、見事なスピードでサヤさんが飛び出してきた。もちろんダイヤくんも一緒である。

「ありがとう、照ちゃん」

私にささやくなり、二人は手を洗うために女性用トイレに入り直した。それからサヤさんは何食わぬ顔をして出てきて、私に向かってにっこり笑う。

「サヤさんって、見かけによらずけっこう大胆ですね」

呆《あき》れて私が言うと、

「緊急事態だから、ね」

照れたように言って、サヤさんはまたにこりと笑った。男性用トイレに入っちゃうなんて、オバサンの行動だよ、サヤさん。

そこへエリカさんが「おまたせー」とばたばたと走ってきた。手に小さな紙袋を提げている。そしてサヤさんと二人、

「じゃ、行こうか」

「ええ」

とうなずき合っている。

「行くってどこへ？」

「公園」

二人の声が重なった。

買い物に来たんじゃなかったの？　といぶかりながらついていくと、駅から徒歩十分くらいのところに大きな公園があった。一歩足を踏み入れて、なるほどと思う。

そこではフリーマーケットを開催中だった。ちらほら食べ物の屋台も混ざっていて、ちょっとしたお祭り騒ぎだった。

「何か買いたいものがあったらあたしに言うのよ。値切って値切って、値切り倒してやるから」

そう言い残すなり、エリカさんはたたっと駆け出していった。子犬のようにダイヤくんも後

を追う。それを見送りながら聞いてみた。

「なにを買いに来たんですか？」

「幼稚園の制服だの指定カバンだの一式を、ね」にこりと笑ってサヤさんが答える。

「今年卒園した子のを売っているのよ」

「人のお古を使うんですか？」

ちょっとびっくりして尋ねると、サヤさんは苦笑めいた表情を浮かべた。

「安いのよ、とにかく。新品同様のものもあるし、子供はどんどん大きくなるでしょう？　服はあっという間に着られなくなっちゃうし、おもちゃはすぐに飽きちゃうし。こういうとこで買うのが一番なのよ……私も、エリカさんに教わったんだけどね」

じゃ、私も行ってくるわと、サヤさんはファイト溢《あふ》れる笑顔を残して人混みに消えていった。

一人残された私は、所在なくその辺を見て歩いた。

サヤさんが言っていたように、子供服やおもちゃが多い。婦人服もある。靴もある。本もある。結婚式の引き出物をそのまま持ってきたような食器類もある。何が何だかわからないガラクタもある。こうしたところを覗くのは初めてだったけれど、思ったよりは面白い。

おまけしますよ、とか、安いですよ、とかの声を適当に無視しながら見て歩いていくうち、ある一角でふと足が止まった。扇風機だとかＣＤコンポとか電気ストーブなどの電気製品が並んでいる。比較的小型のものばかりとはいえ、そんなものを扱っているのはその一角だけだ。中学生くらいの男の子が、一人で店番をしている。

「ねえ、松ちゃん。これ、お願いできる?」

女の人が、客と思しき男性を引き連れてやってきた。手には四角いゲーム機が載っている。

「オッケー。ちょっと貸してみな」

松ちゃんと呼ばれた男の子は、ゲーム機を受け取って何やら傍らのごっつい機械に接続した。

「ほら、ちゃーんと動くでしょ?」

女の人が、客の男性に自慢げに言った。彼女が借りたのは、小型の発電機であるらしい。確かに買い手にしてみれば、フリマでゲーム機を買うのは不安だろう。いくら安くても、壊れていたのでは何にもならないのだから。そしてそれはもちろん、トースターや電気スタンドを買うのだっておんなじことだ。

色々並んだ中に目覚まし時計を見つけ、思わずしゃがみ込んだ。鳥の巣箱の形をした、可愛らしいデザインだ。文字盤には四羽の小鳥が描かれている。針は小枝に模してある。

「ああ、それ。いい声で鳴くよ」

ふいに松ちゃんが声をかけてきた。

「鳴く?」

「ああ。きれいな鳥の声で起こしてくれんだよ。新品で買えば三千円はするぜ。大負けに負けて、千円でどう?」

私は曖昧《あいまい》に笑って首を振った。目覚まし時計だって、百円で買える時代だ。私が持っているお金は限られていて、それは今後目減りする一方だろうから、凝ったデザインの時計なんて——たとえそれがどんなに可愛くて、どれほど良い声で鳴こうと——単なる贅沢品に過ぎなかった。

「目覚まし、持ってないの?」

そう聞かれ、私は力なく首を振った。

「持ってたけど、壊れたの……今朝」

「壊れた? なんで?」

「蹴とばしたの」

「蹴ったァ? 時計はサッカーボールじゃねえんだぞ」

呆れたように言われ、むかっときた。

「わかってるわよ、それくらい。中坊のくせに、生意気ね」

そう言った途端、相手は大声を張り上げた。

「オレは中坊じゃねー。こう見えても十六だぞ」

げ。一コ年上だったのか。見えねー。そう思っていると、相手の眼がきらりと光った。

「オマエ今、見えねーとか思ったろ」まるで心を読んだみたいなことを言ってから、松ちゃんは余計な一言を付け加えた。

「このブース」

「なっ」さすがにぐさりときて、私は叫んだ。「何よ、このチビ」

互いに殺意の籠った眼で睨み合っていると、サヤさんがやってきた。

「やっと見つけた。こんなとこにいたの？」

ベビーカーの押手にS字フックがかけてあり、そこに戦利品らしきビニール袋がいくつもぶら下がっている。

「あ、サヤさん」

私よりも先に、松ちゃんが声を上げた。心なしかやけに弾《はず》んだ口調である。

「知り合いですか？」

こんなとこで知人に会うなんて、さすがは田舎だよね、と思う。サヤさんはにっこり笑って答えた。

「リサイクルの電気屋さんよ。アイロンが壊れちゃってね、新しいのが欲しいと思って探していたら、壊れたのを見せてくれって言われて……持って行ったら、あっという間になおしてくれたの。まるで魔法みたいだったわ」

松ちゃんは、いやあそんなと手を振った。

「パソコンとか携帯電話はさすがに手も足も出ないけど、ここに並べてるものくらいだったらわりと単純な造りだからさ、ちょっとした部品交換くらいでなおっちゃうことが多いんですよ。ああ、キミもさ、その壊れた時計っての、持っておいでよ。蹴っ飛ばしたショックで壊れたってんなら、きっと部品がずれたとか外れたとか、そういうことだと思うんだよね。ちょちょいとなおしてあげるから。ああ、店の場所はこれ」

やたらぺらぺらしゃべりながら、一枚のチラシを私に押しつけた。そしてサヤさんの方をちらりと見やり、ぽっと頰を染めたりしている。

けっ、わかりやすいやつ。どうして男ってみんな、こういうタイプに弱いんだろ。

チラシに目を落として、あれ、と思った。

「リサイクル家電、雑貨、家具。修理も承ります。スエヒロ電気」

住所に電話番号、簡単な地図が載っている。

スエヒロ電気って、どっかで見た憶えのある名前なような……。

数秒間考えて、ようやく気づいた。

あのノートに書いてあったのだ。エラ子が落として行ったノート。

「あのさ、ひょっとして、お店の前で交通事故とかってあったの?」

「よく知ってんなあ、オマエ」キミ、からオマエに戻って、松ちゃんは言った。

「先週の、えと、金曜日だったな。定休日の次の日だったから。びっくりしたよ、店開けるなりさ、目の前でだもんよ。オレが救急車呼んだんだぜ。ま、じいさんの怪我は大したことなかったけどさ」

最後の台詞《せりふ》は、心なしか残念そうに聞こえた。けれど、それ以外の部分で、なぜか引っかかった。金曜日……？

私は手提げ袋からノートを引っ張り出して、ぱらぱらめくる。

「先週の金曜日っつったら、十四日だよね」

「……そうだな」

不思議そうに、松ちゃんは相槌《あいづち》を打つ。

件《くだん》の書き込みは、十三日の木曜日のところにあった。

〈スエヒロ電気前で交通事故。おじいさんが足に怪我をする〉

「おじいさんが……足に怪我をしたのね？」

「そうだけどさ……なんだ、そのノート」

「何でもない」

ノートをしまいかけ、ふと思い直して別なページを見やった。

〈両親の借金で夜逃げしてきた女の子。魔女の家に住む〉

私が佐々良にやってきたのは四月の八日。そして書き込みは、四月七日のところにあった。

考え込んでいると、

「ヤッホー、皆さんおそろいで」

と弾んだ声が聞こえた。

「出たな、ケバケバ女」

またしても、私より先に反応したのは松ちゃんの方だった。

「エリカさんとも知り合いだったの？」

「んー、お得意様よねん」エリカさんは上機嫌で答えた。「あたしが前に勤めてたスナックの店長が夜逃げしたときにね、カラオケの機材とかエアコンだとかをちょっとね、買い取りしてもらっちゃったの」

「まるきり火事場泥ボーじゃねーか」

松ちゃんがわめくのに、エリカさんはうるさそうに手を振った。

「うっさいわね。給料未払いだったんだから、とーぜんでしょーが」

「その前にも、似たようなもん、持ってきたろ」

「このご時世だからね。いいかげん、不景気終わってくんないかしらね」

「てめーが店、つぎつぎ潰してんじゃねーのかよ」

「まー、失礼しちゃうわね、このガキは」

「まあまあ、二人とも……」

サヤさんが、にこにこしながら割って入った。「エリカさん、目当てのものは見つかった？」

「ああ、バッチリよ。ダイヤ、ちょっと遅くなったけど、これで明日っからはみんなと一緒の制服だからねー」

そういえば、もうとっくに入園している頃である。ぎょっとして尋ねた。

「今までは何を着て通ってたんですか？」

「うん？　普段着だけど」

何でもなさそうにエリカさんは言う。

「ダイヤくんが可哀想じゃないですか」

「だーいじょうぶ」エリカさんはにっと笑って言った。

「この子はそんな、ヤワな神経してないから」

「だって、入園式の写真とか、ずっと残るんですよ。それなのに……」

「うっさいわね」エリカさんは長い髪をぱっとかき上げた。「入園料、六万。保育料が年長クラスで月二万。プラス給食費と牛乳代、他にも遠足代やら何やら。制服はまともにそろえたら四万円以上すんのよ。他にお道具代もかかるし。佐々良には私立の幼稚園しかないからさ」

ぐっと詰まっている私に、エリカさんは嘆息して続けた。

「あーあ、公立の保育園に入れりゃ、問題なかったんだけどなあ。夜の仕事だと、どうしても審査ではねられちゃうのよね。サヤ、あんたはがんばんなよ……あ、そだそだ」

ふいにエリカさんはサヤさんの方に向き直った。

「プレゼント」

ぐいとデパートの紙袋を突き出した。

「なに？」

サヤさんはちょっと目を丸くして、袋を受け取った。

「化粧品だよ。安心して。ビギナーズセットだから、そんな突拍子もない色は入ってないよ。あんたいつもほとんどスッピンでしょ。今日日《きょうび》、子持ち女の就職は厳しいんだからさ。きれいにして、せいぜいがんばりなよ、ね」

サヤさんはと見やると、早くも眼をうるうるさせている。

「……どうもありがとう」

「やだ、何泣いてんのよ、この人は。言っとくけど、特価品なんだからね。安物なんだから……」

「……泣かせた」

傍らから、ダイヤくんがぼそりとつぶやいた。

ちらりと松ちゃんを見やると、もらい泣きなのかちょっと眼を赤くしている。感動しているっぽい。

私は小さくため息をついた。

なんておめでたい人たちなんだろう。

3

佐々良高校は久代ばあちゃん（エリカさんが何度もそう呼んでいたので、いつの間にか移ってしまった……もちろん、面と向かってそんな呼び方はしないけれど）の家から歩いていけるところにあった。私の手提げカバンの中には、昨日拾ったエラ子のノートが入っている。

お昼前、郵便を届けに来た配達人に聞いてみた。仔猫が生まれたのは、正確にはいつなのか、と。

まだ若いその配達人は、「ああ」と笑って言った。

「七日だよ。だから、一匹だけいた雌には、ナナって名付けたんだ。君、猫好きかい？　今、引き取り手を捜してるとこなんだけど」

私は曖昧に笑って首を振った。猫は好きだけど、居候にペットを飼う資格なんてあるはずもない。

それよりも、はっきりしたことがあった。郵便局の猫に関する記述があるのは四月の四日のこと……。まだ仔猫が生まれる前だ。

昨日、フリマからの帰り道、サヤさんが言っていた。

「佐々良は不思議な街よ。他の場所では絶対起きないことが、ここでなら起きるの。あり得ないことが、当たり前みたいな顔をして、会いに来てくれるの」

「……サヤさんにも何か、不思議なことが起きたの？」

そう聞いてみたけれど、サヤさんは微笑むばかりで何も教えてくれなかった。

佐々良高校の門の前で、私はしばらく立ち竦んでいた。

昼休みの最中だった。お天気が良かったから、グラウンドにはサッカーボールを追いかけ回している男の子たちがいたし、噴水や花壇のところには、数人の固まりになって、ジュースを飲んだりおしゃべりに興じている女の子たちがいた。

制服を着ていないというただそれだけのことで、ひどく入って行きにくい雰囲気と疎外感とがあった。同じ年頃の子たちばかりなのに。こんな田舎の高校、もし私が受験していればきっと合格していたに違いないのに。

よーし。

私は心を決めて、すたすたと中に入って行った。

私は東京の高校生。だけど入学直後に父親の転勤が決まってしまい、こちらの高校に編入試験を受けるかどうか迷っている……。

一瞬のうちに、そんなストーリィを作り上げた。誰かに声をかけられたら、そう答えればいい。ちょっと見学に来たのだ、と。

誰に問われても不自然でないよう、受け答えを練り上げているうちに、呆気なく一年二組にたどり着いてしまった。皆、私のことをちらちら見るものの、誰も声をかけてこようとはしない。

果たしてすぐに見つけ出せるものか、実は不安だった。なんと言っても、昨日、ほんのちょっと見かけただけの女の子だ。

けれどそれは余計な心配だった。ざっと見渡した教室の中で、エラ子は私と同じくらい浮き上がって見えた。別に何か変わったことをしているわけではない。ざわついた片隅で、つまらなそうにパンを食べているだけだ。向こうもこちらに気づき、近づいていく私をひどく不審そうに見つめている。

「ねえ」思い切って、声をかけた。

「あんた、山田さんでしょ」

「そうだけど」

「山田エラ子」

「ヨリコよ」

むっとしたようにエラ子は言ったが、それにはかまわず続けた。

「あんた、昨日ノート落としたでしょ。電車の中で」

エラ子は「あ」という顔をした。ようやく、私があのときぶつかった相手だと気づいたらしい。

とは言え、いまさら謝る気もなさそうだった。

「なに、拾ってくれたわけ？」

横柄《おうへい》な口調で言う。

「まあね」

「じゃ、返してよ」

と私は肩をすくめた。

右手を突き出すエラ子に、私は「その前に」と言った。

「教えてよ。あんた、なんで私が佐々良に来ることを知っていたの……実際に来る前の日に」

エラ子は怪訝そうに片眉を上げた。

「何の話？」

「猫が生まれる前から、生まれることを知ってたし。交通事故のことだって」

エラ子は私をじっと見つめ、それからにっと笑った。

「ノートの中身、読んだわけね」

「……質問に答えてよ」

「エラソーに。でも、ま、見たんならしょうがない。教えてあげる。私ね」とエラ子はわざとらしく声をひそめた。「どうやら予知能力があるみたいなの」

「ホントに？」

疑ってるのが露骨に顔に出たらしい。

「何よ、信じてもらわなくっても別にいいわよ」

エラ子はつんとそっぽを向き、飲み終えたコーヒー牛乳のパックを潰した。

そのとき、予鈴が鳴った。気がつくと、教室は戻ってきた生徒たちで溢れていた。みんな、部外者の私を不思議そうに見ている。

私はノートを取り出して、エラ子の机に置いた。

「とにかくこれ、わざわざ持ってきてあげたんだから感謝してよね。じゃ、また」

言い捨てるなり、とっとと駆け出した。途中、先生らしき男の人とすれ違ったけれど、一礼するふりをして顔を伏せ、そのまま学校の外まで逃げ出した。

いったい私は、何がしたかったんだろう？

予知能力だって？　先のことがわかるって？

およそ、馬鹿げている。まともに信じる方が、どうかしている。

私は携帯電話を取り出して、ワンタッチダイアルボタンを押した。しばらくして、お馴染みの音声が流れる。ため息をついて、何となくサヤさんの家に向けて歩き出した。

正直言って、サヤさんのことは苦手だった。サヤさんの家に集まってくる人たちも。

だけど他に、行くところがなかった。久代ばあちゃんはいつもの病院通いで、帰っても誰もいない。することもない。今の私には、図書館の貸し出しカードを作ることさえできない。

私はサヤさんに電話を入れた。サヤさんの所に行くときには必ずそうするよう、久代ばあちゃんに言われているのだ。

「常に、人の役に立てることはないか、考えなさい。何かできることはないか、聞きなさい」と。

久代ばあちゃんのルールは、今の私にとっては法律も同然だ。

サヤさんに、「今から伺いますが、何か買い物でもしていきましょうか?」と尋ねたら、「ありがとう、今のところは大丈夫」という答えが返ってきた。それじゃあと切ろうとしたところ、ふいに電話の相手が代わった。

「いいとこに電話くれたじゃん。今、どこにいるの?」

エリカさんの声だった。

「どこって……佐々良高校の近くですけど」

「あ、ほんとにノート届けに行ったんだ……親切だねえ、感心感心。そんでさあ、親切ついでに、そのすぐそばにきみどり幼稚園っていうのがあるんだけどさ、ダイヤのお迎え行ってくんないかなあ……」

「はぁ?」

「こっち今、手が放せなくってさ。ちゃんと電話してテルの名前言っとくから、全然へーき。じゃ、よろしくねん」

悪いねぇなんて言いながら、さっさと切ってしまった。絶対、ひとかけらも悪いなんて思ってない、エリカさんは。

私は昨日会ったばっかりの人の役にも立たなきゃいけないんだろうか？

釈然としない思いを抱えながら、ようやくのことできみどり幼稚園にたどり着いた。フェンス越しに覗くと、ダイヤくんが女の子と二人でじゃれ合っているのが見えた。

「あゆかー、もう帰ろうよ」

母親らしい人が、イライラした様子で女の子に声をかけている。傍らではその妹なのだろう、二歳くらいの女の子が盛大にぐずっていた。

「やだ。ダイヤくんのお迎えくるまであそぶの」

こちらのお迎えが遅れたせいで、迷惑をかけているらしい。私は慌てて園内に入り、「すみません、遅くなりました」と先生やあゆかちゃんのお母さんにまでぺこぺこと頭を下げた。

先生からはやんわりと遠回しに、いつもお迎えが遅いということを注意され、安全上からも責任上からも、いつもと違う人が突然お迎えに来るのは望ましくないんですよと、はっきり言われた。そして最後に、

「まあ、あなたに言ってもねえ……仕方がないんだけどねえ……」と、まるでお使いに来た子供相手のように言われ、それはそれでちょっとむかっときた。

昨日買ったばかりの、サイズの合わない制服を着たダイヤくんの手を引き、コンビニの前に

差しかかったとき、突然自動ドアが開いて中からエラ子が出てきた。

お互い「あ」と言ったきり、しばらく立ち止まっていた。

「……授業はどうしたのよ？　フケてきたわけ？」

そう尋ねたら、エラ子はしれっと言った。

「今日は半ドン」

「嘘ばっかり。半ドンの日にお弁当なんて食べるわけないじゃんよ」

「るっさいわね。あんたを待ってたのよ」エラ子はにっと笑って言った。「……あんたがここに来ることが、わかってたから」

「わかってたから……何なのよ」

「私に聞きたいことがあるんでしょ？」

何だかすべてを見透かしたかのようにそう言われ、私はほとんど反射的に言い返していた。

「聞きたいことなんて何もないし、あんたに用もあ・り・ま・せ・ん」

4

「――おや、来たね」

サヤさんの家に着いたら、垣根越しに私を見つけた久代ばあちゃんが声をかけてきた。

「病院から、まっすぐこっちに来たんだ……」

私が思わずつぶやくと、お茶を淹れていたサヤさんが心配そうに聞いた。

「久代さん、病院って」

「いつものことさね」久代ばあちゃんは肩をすくめた。「年寄りはね、あんたたち若者がコンビニに通うみたいにして、病院通いをする。何もあたしだけじゃない。お夏さんだって、珠ちゃんだっておんなじことさね」

「まったくね」お夏さんがどっしりとした身体を揺すった。「あたしも近頃足の痛みがひどくってさ。長く歩くのは辛いんだよ、実際のところ」

「ああ、気の毒にねえ……いや、あんたの足が、だよ。いくら象なみの足だって言っても、そんだけの体重を載っけて気の遠くなるような年月歩かされたんだ、そりゃあ、悲鳴のひとつも上げようってもんさ」

「象足で悪うござんしたね。あんたのひからびた足よりゃあ、百倍人間らしいってもんさ。どうだろまあ、あのモズのはやにえみたいな足。まあ、足に限らず全身そうだけどさ」

「まあた、ばあちゃんたちったら、どうして寄ると触ると喧嘩ばっかりしてんのよ」呆れ果てたというように、エリカさんが割って入った。

「老い先短いんだからさあ、もっと仲良くしたらどうよ。喧嘩するんなら、あの世に行ってからでも遅くないじゃん」

「一言多いんだよ、あんたは」

そう一喝したところで、ようやく久代ばあちゃんはまた私の方に向き直った。

「ああ、ご苦労だったね。そら、エリカ」

促され、エリカさんはジーパンのポケットから小銭入れを引っ張り出した。

「サンキュー、助かったよ。はい、これお礼」と手の上に、ちゃらりと小銭を握らされた。全部で三百円くらいだろうか。まるで子供のお駄賃である。

どうも、と受け取って自分の財布に入れた。正直言って、今はこれっぱかりの小銭でも、ありがたかった。

「や、ほんと助かったよ」エリカさんは馴れ馴れしく私の肩をポンと叩いた。「今、全員手が放せなくってさ」

見るとみんな、せっせと針を動かしている。どうやら袋物を作っているようだった。

「体操着入れに上履き入れ。コップ入れに弁当箱袋。わざとみたいに、売ってないサイズばっかり指定されてるんだよね」エリカさんは頭をぼりぼり掻きながら解説してくれた。「絶対、園側の陰謀だね。母親を苦しめるための……」

それで皆に泣きついて、作ってもらっている最中であるらしい。

「でも、入園からもうだいぶ経ってますよね。今まではどうしていたんですか?」

「コンビニの袋とかで、てきとーにすませてたよ」

「可哀想なダイちゃん」

と言ったのは珠子ばあちゃんだ。

「だーじょうぶだったら。ダイヤはそれしきのことでくじけるようなヤワな神経してないから」

なんていい加減な母親だろう。私はこっそりため息をついた。何だか誰かを思い出すなあ……。エリカさんは、私の母にどこか似ているのだ。

「あんたはさだめし、夏休みの宿題を、八月の終わりどころか九月になってから人に写させてもらってた口だろうね」

久代ばあちゃんは、ぶつぶつ言いながら針を動かしている。

「それで」と私は尋ねた。「エリカさんは何をしているんですか?」

見たところ、彼女の手許には縫い物はない。

「重要な役割」とエリカさんは胸を張った。「みんなの針に、糸を通す役。ばあちゃんたちみんな、眼がアレだからさあ……」

「できた」サヤさんが満足そうな声を上げた。見ると、体操着袋に特撮ヒーローらしい見事なアップリケ刺繍が施されている。

「すっごい、さっすが器用だねぇ。パチモンだなんて、全然わかんないよ。ありがとう、サヤ。ほらダイヤ、見てごらん」

大喜びしながらエリカさんは、ダイヤくんに袋を見せた。ダイヤくんはひどく嬉しげに、にいっと笑った。

おんなじような笑顔を、幼稚園で、あゆかちゃんと遊んでいるときにも見せていたっけなと思った。

こんな小さな子供でさえ、きちんと社会に参加している。そこでちゃんと友達を作り、うまくやっている。

私は、壊れてしまった時計のことを思った。

私の時計だけが、止まってしまった。みんなの時計はちゃんと動いていて、みんな確実に前に進んでいるのに。私だけが立ち止まったまま、どこへも行けずにいる。

「……照ちゃんが来てくれて、ほっとしてるのよ」ふいにサヤさんが話しかけてきた。「珠子さんはお隣だから気をつけていられるし、お夏さんは息子さん夫婦と同居だしね。久代さんが誰かと一緒にいてくれるのは、本当にありがたいわ」

「独居老人の孤独な死とかって、よく聞く話だもんね」

エリカさんがけらけら笑って言った——こんな老人が溢れている家じゃ、洒落にならないんですけど。

「サヤさん」思い切って、私は言った。「昨日、言ってましたよね。ここでは不思議なことが……あり得ないことが起きるって。たとえば、先のことがわかったりする人がいたとして……

それ、本当だと思います？」

「山田偉子って女の子のことかい？　ノートを忘れていった」

横合いから、久代ばあちゃんにずばりと言われ、どきっとした。

「山田……ヨリコ？　どこかで聞いたような……」珠子ばあちゃんが歳に似合わない可愛い声で言い、首を傾げた。「ああ、そうそう。思い出した。久代ちゃんじゃないけど、病院よ、病院。時たま会うのよね、山田さん。その人がまあ、おしゃべり好きなの」

「高校生の女の子が、ばあさん相手に何をそう、ペラペラしゃべるのかね」

お夏ばあちゃんの言葉に、珠子ばあちゃんは首を振った。

「違う違う。話するのは山田シゲ子って人よ。あたしたちと同い歳くらいかしらね。なんかね、けっこう自慢っぽいことばかし言う人よ。親戚の娘に出来のいいのがいて、佐々良高校に受かったから学費を出して上げてるの、なんて言ってたわ。その子の名付け親でもあるんですって。将来偉い人になるようにって名付けたらしいわ」

「なーんだ、ホントにエラ子なんじゃん」

小馬鹿にしたように、エリカさんが茶々を入れた。当人が聞いたら、きっとすごく気を悪くすることだろう。

「ああ、駄目よ、ユウスケ」サヤさんが少しだけ大きな声を上げた。「そこにお絵かきしちゃ駄目。こっちの紙にして」

と裏の白いチラシを渡す。

「なんだい、家計簿かい?」

お夏さんの問いに、サヤさんは笑って言った。

「それも兼ねてますけど、まあ、育児日記みたいなものです。あ、持って行っちゃ駄目よ」

ユウ坊はクレヨンで落書きしたノートを持って、得意げに私に見せに来た。サヤさんの細かい几帳面な文字を真似たのだろう、点々だの小さな丸だのが、空白をフルに使って書き込まれている。

「おや、ユウ坊や。字ィ字書いたのかい。そうかい、あんたはほんとに賢いねえ」

お夏ばあちゃんが覗き込み、とろけそうな声で言った。それを見ながら、私は白けた声で言った。

「……やっぱり、不思議なことなんて何にも起きないじゃないの、サヤさん」

気づいてしまったのだ、ユウ坊がノートを見せに来てくれたときに。

自慢じゃないが、私は子供好きじゃない。それが伝わるのだろう、子供の方でも私のことを好きじゃない……大抵の場合。

なのに何でユウ坊は、わざわざ私を目指して来たんだろう。

最初は、そんなことを思っていた。そうしてノートを見ているうちに、別なことに気づいた。

これは、私が見た別なノートとおんなじことなんだ、と。

エラ子のノートは、入学説明会の日から始まっていた。その日その日の連絡事項や何かを、エラ子は張り切って記入していた。丁寧に、バランス良く、一日ごとの行間もたっぷり空けて。

一方、エラ子は学費でお世話になっている親戚の家を訪ね、話し相手になっていた。そのおばあちゃんの話す内容は、病院通いで仕入れてきたご近所の噂話ばかり。

私はじとっと珠子ばあちゃんを見やった。あの人が無類の噂好きだってことは、知り合って間もない私にだってわかる。珠子ばあちゃんが一方的に人の話を聞いてばかりだったなんてことが、あるわけない。きっと、自分の話もしている。あるいは、隣近所に起きた出来事や、大雨の春の日に、隣家を訪れた風変わりな女の子のことだって。

エラ子はそういう話のいくつかを、ノートの隙間に書き込んだのだ。適当な場所に、気まぐれに。

先のことなんて、誰にもわかるわけがない。

不思議なことなんて、起こるはずもない。

私は唐突に立ち上がり、久代ばあちゃんに声をかけた。

「先に帰ってます……お買い物に行って、洗濯物を取り入れて……色々、してるから」

放り出すようにつぶやいて、さっさと玄関に向かった。サヤさんが何か言ったみたいだったけれど、そのときにはもう、靴を履いて飛び出していた。

5

小走りに路地を抜けたら、出口のところでエラ子にばったり会った。

だっさいセーラー服に、やたらと太い三つ編み頭。エラ子の制服姿は、今の私にははっきりと暴力だ。電車で初めて見かけたときだってそうだった。どんとぶつかられた、あの一瞬の間に、私は胸が締めつけられるような思いでセーラー服を着たエラ子を見ていた。

「……何よ。後を尾《つ》けてきたの?」

攻撃的な口調で、私は言った。

「違うわよ。ここへ来たら、あんたに会えるのがわかってたから、来たのよ。言ったでしょ? 私には先のことがわかるんだから」

まだ言ってるよ。バレバレの嘘を。

嘘つきエラ子。ほら吹きエラ子。そんな嘘で、ちょっとでも自分が神秘的に……特別に見えたりすると思ってる?

「ああ、そうですか、エラ子さん」

「その、エラ子ってのやめてよね」

「何で? ぴったりじゃん。エラソーだから、エラ子。お金持ちの親戚に感謝しなくっちゃね」そう言ってから、私は思いきり意地悪な口調で付け加えた「あんたさ、友達いないでしょ」

エラ子の唇が、悔しそうに歪《ゆが》んだ。それは昨日の、松ちゃんの表情によく似ていた。

結局のところ、〈チビ〉も〈友達がいない〉も、全部自分に跳ね返ってくる痛い言葉だ。跳弾みたいに逆に私の心臓に撃ち込まれ、自分で自分の言葉に傷つく。馬鹿みたいだ。

二人して睨み合っていると、ふいに「てるてる坊主」のメロディが鳴った。私の手提げカバンに入っている、携帯電話だ。

エラ子はそっちのけで、携帯電話を取り出した。入ったのは通話ではなく、メールだった。

液晶画面にはひらがなばかりで、こんな通信が入っていた。

ふしぎなことはきっとおこる。もしそれをひつようとしているなら。

以前に一度だけ来た、知らないアドレス。誰から来たのかわからないメール……。

なに、これ。わけわかんないよ。

私は失望の吐息を漏らした。待っていた電話ではなかったから。

ここ数日、母の携帯電話に繋《つな》がらなくなっていた。借金漬けの挙げ句に夜逃げだなんて、世にも不名誉な別れ方をした親子を結ぶ、たったひとつの絆《きずな》だったのに。

何度かけても、かけ直しても、聞こえてくるのは「おかけになった番号は……」で始まる無機質な声だけだ。

その声を聞くたび、腹立たしさと恐怖で身体がバラバラにちぎれそうだった。もしかして、父と母は借金取りに捕まってしまったのだろうか？　ヤクザみたいな人たちに捕まって、ひどい目に遭っているんだろうか？

私はもう二度と、両親には会えないのだろうか？

不安で不安で不安で不安で……土砂崩れみたいに押し寄せてくる不安に、押し潰されそうになっていた。

怖くて怖くて、でももう涙も出なかった。

もう乾ききってしまった……はずだった。

なのに私の両目から、涙が溢れ、ぽろりとこぼれた。私の携帯電話を羨ましそうな眼で見ていたエラ子が、ぎょっとしたように私の顔を見た。

エラ子なんて、ただの嘘つきだ。ほら吹きの、だっさい田舎の高校生……そんなことはもう、わかっている。わかっているのに、私は涙声で言っていた。

「……ねえ。先のことがわかるんなら、教えてよ。お父さんとお母さんは、いつ私を迎えに来てくれるのか」

今の私には、それが心底知りたいことだった。

エラ子はひどくビビッたみたいな顔で私を見、それからちょっとバツが悪そうな顔になり、最後に名前どおりの偉そうな顔になって言った。

「コホン。えー、大丈夫。あなたのお父さんとお母さんは、絶対あなたを迎えに来ます。私にはわかります。大丈夫。絶対。大丈夫」

最後の方はほとんど必死になって、大丈夫、と絶対、とを繰り返していた。

その様子がおかしくて、私は泣きながら笑ってしまった。

バーカ。最初っから、信じてたわけじゃなかったよ。あんたがただの嘘つきだって、ちゃーんとわかってるんだから……。

だけど、エラ子が言ってくれたのは、私が一番欲しかった言葉だった。

嘘でもいいから。気休めでもいいから。そう言って欲しかったのだ、誰かに。

「……ほんとに大丈夫？」

と私は聞く。

「大丈夫」

とエラ子は保証する。

「絶対に？」

「絶対に」

自信たっぷりに、エラ子は言う。

バーカ、バーカ、こいつ大馬鹿。何を根拠にそんなこと言えるのよ。そんな自信たっぷりに……必死になっちゃってさ。

たぶんこの子は、このまま私がどんなにしつこく聞いたって、自信たっぷりに保証してくれるんだろう。

ぜんぜん、いいやつなんかじゃないけど。嘘つきで、ほら吹きだけど。学校フケちゃうような不良だし、アサハカだし馬鹿だけど。

だけど……。

不思議なことは、本当に起こるんだろうか？　もしそれを必要とし、信じていれば。

「……どうもありがとう」

ずいぶん経ってから、私は言った。エラ子は何とも言いようのない表情を浮かべ、それから、口を二、三度何か言いたげに開けたのだけれど、結局、偉そうな態度で鷹揚にうなずいた。

いったん口にした〈予言〉を翻《ひるがえ》さないことが、エラ子なりの誠意なのかもしれない……すごく好意的に解釈すれば、だけど。

「じゃあね」と私は言い、ちょっと迷ってから付け加えた。「またね」

エラ子はにっと笑って、「うん」と言った。そのくせ、二人のどちらも住所や電話番号を教え合ったりはしなかった。

エラ子がどこに住んでいるかなんて、別に興味ない。

エラ子がこの後、お金持ちの親戚のうちに行くのか、それとも家に帰るのかなんて、私に関係ないことだ。

けれどそのうち、そこいらでまた会うに決まっている。佐々良みたいに、人口少なそうな田舎町なら、絶対。

だから私たちは、ものすごく素っ気なく右と左に別れた。もちろん振り返ったりはしなかった。エラ子も、たぶん。

私は自分にだけ聞こえる鼻歌を歌いながら、久代ばあちゃんの家に向かった……壊れてしまった時計を取りに。唐突に、スエヒロ電気に行ってみる気になったのだ。

地図を見ながらたどり着き、店の奥にいた松ちゃんに、時計とエリカさんにもらった小銭とを突き出して言った。

「これで、なおしてくれる？」

松ちゃんは私をじろりと見ると、時計だけを受け取ってドライバーで分解し始めた。故障はほんとに大したことなかったみたいで、ものの数分でなおってしまった。サヤさんが「魔法みたい」と言っていたけれど、もしほんとにそうならあのドライバーは魔法の杖だ。

「そら」と手渡されたとき、私の目覚まし時計はまた正確な時を刻んでいた。

「ありがとう」

心からそう言ったら、松ちゃんは無愛想に言った。

「もう、寝ぼけて蹴っ飛ばすんじゃねーぞ」

一言余計だっての、まったく。

手のひらの中で温まってしまった小銭を渡そうとしたけれど、松ちゃんは「いいよ、こんなの修理のうちにはいらねー」と受け取らなかった。

「その代わり」と商売人の顔になって付け加える。「そのうち、うちの店で何か買ってくれよ」

「ここで働いてるの？」

そう尋ねたら、松ちゃんはひょいと肩をすぼめた。

「遊んでるようには見えねーだろ」

私は真っ直ぐに松ちゃんを見て言った。

「ここで、買うよ、いつか。私も仕事を探すから。働いて、お金を稼げるようになったら、買う」

「おう、よろしくな」

ニカッと笑って、松ちゃんは言った。

なおしてもらった時計を胸に抱くようにして、私はスエヒロ電気をあとにした。

私の心臓の音と、時計の動く音とが、不細工なハーモニーを奏でている。

壊れた時計はもう一度、立派に動き出した。

私の時は、止まってなんかいない。

お父さんとお母さんだって……。

「……大丈夫。絶対。大丈夫」

エラ子にもらった言葉を、呪文のように繰り返しながら、私は田舎道をずんずん歩き続けていた。

幽霊とガラスのリンゴ

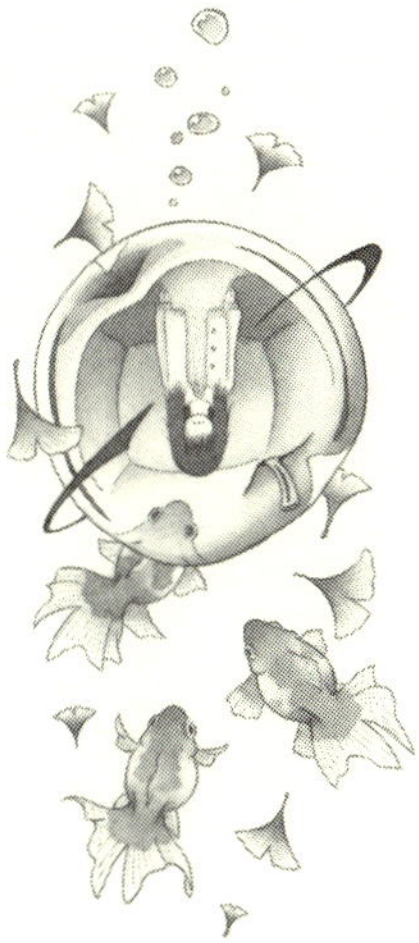

1

佐々良には、ファーストフードのお店は一軒しかない。日本全国どこにでもあるこのハンバーガー屋は、東京で行ったことのある同じチェーンのお店とそっくり同じだ。駅前のその店の前を通るたび、私はそんな当たり前の事実にちょっとだけほっとする。

だけどそのとき、私はこれまでになく緊張してハンバーガー屋の前に立った。大きく息を吸ってから、店の中に入る。平日の、午前十時過ぎなんて半端な時間。店の中は、がらんと空いていた。

「いらっしゃいませー」

勢いよく声をかけられながら、私はぎこちなくカウンターの前に歩み寄った。

「あの、バイトしたいんですけど」

思い切ってひと息に言ってみたのに、「はい?」と首を傾げられた。東京のお店は若いお姉さんだったけど、ここはおばさんだ。茶色っぽく染めた髪にきついパーマをあてている。流行なんてものとは無関係な髪型だ。

この人耳が遠いんじゃないの、と思いながらもう一度同じことを繰り返した。

「ああ、アルバイトね」

おばさんは、私を上から下までじろじろ見ながら言った。なんかやな感じ。

「だけどあんた、今日学校は？　中学生でしょ」

「……中学はもう卒業しました」

屈辱をこらえて、私は答える。おばさんは遠慮のない目を向けたまま、さらに追い打ちをかけた。

「ああら、高校生？　でも学校はあるでしょ。今日は平日なんだし」

「……高校には合格しましたけど、家庭の事情で行けなくなってしまったんです。それで私も働かないといけなくて」

「あらそうなの、大変ねえ。ちょっと待ってて」

どう見ても嬉しそうに言いながら、おばさんはくるりと背を向けて、奥に声をかけた。

「店長、アルバイト希望の子です」

「はいはいよっと」

間延びした返事をしながら、男の人がのっそりと出てきた。こちらはおばさんよりは若い。二十代後半くらいだろうか。もっとも、私から見ればこの人だってやっぱりおじさんだ。顔は若いけど、生え際の辺りがちょっとヤバめな感じ。

彼に向かって私は、またもや同じ説明を繰り返す羽目になった。て言うか最初のおばさん、ただのパートのくせして、採用権限なんて全然ないくせして、偉っそうに事情なんて聞くなよなと、今さらながら腹が立つ。

「バイトねー、ううん……」聞き終えた店長さんは、ひどく歯切れの悪い口調でつぶやいた。

「平日を希望しているの？」

「ええ、まあ……」

「平日はねえ、パートの人たちで手が足りちゃってるんだよね。今募集してる高校生アルバイトってのは、夕方以降とか、休日とか、主婦の人が来にくい時間帯なんだよね」

「だったらお休みの日でも、夕方でも……」

勢い込んで言いかけると、店長さんはちょっと首を傾げて小声で聞いた。

「君、ご両親の了解は得ているの？」

「えっと……」ぐっと詰まってから、私は懸命に言葉を続けた。「父と母は佐々良にはいなくて……私、遠い親戚の家にお世話になってるから」

「ううん、そういうんだとね、何かあったときにさ……」

相変わらず歯切れが悪い。

このときになってようやく、相手が婉曲《えんきょく》に断ろうとしているのだと気づいた。その事実は、私をひどく傷つけた。

たかだかハンバーガーショップのアルバイトじゃないか？　きっと誰にだってできる。もちろん私にだって。

私はどんなに難しい数学の問題だって、すらすら解いてみせる。英単語のスペルだって、クラスの誰よりもよく覚えていた。有名な文学作品の冒頭を見ただけで、誰の何というタイトルの作品か、たちどころに答えることができる。歴史の年表だってバッチリだ。

なのに、私はここで必要ない人間なのだ。パートのおばさんなら必要で、高校生でありさえすればどんな馬鹿でも必要なのに、私は必要とされないのだ。悔しさに、青ざめそうだった。

言葉を曖昧にひらひらさせながら、結局のところ、君はお呼びじゃないんだよという意味のことを遠回しに言う店長さんに向かって、私はぷいと横を向いて言った。

「じゃ、もういいです」

そのまますたすたとドアに向かって歩き出す。それが私の、なけなしのプライドだった。

商店街をぼんやり歩いていると、学生アルバイト募集の文字が目に入った。乾物屋である。売っているものは地味だけど、しょぼくれた感じの商店街の中ではまあまあ活気のありそうな店だった。店構えもそこそこ大きい。

「こんにちは」

ぼそりとつぶやいて中に入っていくと、店の中年女性はあからさまに不審そうな目で私を見た。お客さんを見る目ではなく、アルバイト志望の学生を見る目でもなく、「平日の昼間っから、こんな子供が何をウロウロしているの?」という目だ。

佐々良に来てから……世間で春休みと呼ばれる短い日々が過ぎてからは、こんな視線にはもう慣れっこになっている。私は何でもないふうを装って、ひと息に言った。

「あの、アルバイトを募集しているって……」

店の人は、にべもない口調で言った。

「探しているのは学生さんなんだけどね。あんたみたいな子供は駄目」

「子供じゃありません。十五歳です」

そう口にしてから、今、自分の身分について断言できることが、氏名と年齢だけしかないことに気づいて、ちょっとショックを受けた。

「十五なら子供だよ」

店の人は、さらににべもない口調で言った。

たぶん私はむっとした顔をしたのだろう。相手はしげしげと私を見やってから、素っ気なく肩を揺すった。

「どうも無愛想な子だねえ……うちは客商売だから、愛想笑いのひとつもできない人は雇えないんだよ。十五だろうと、ハタチだろうとね」

はっきりそう言われ、私は力なく肩を落とした。

アルバイトなんて、楽勝だと思っていた。クラスメイトのエミリはいつだったか、ファーストフードでバイトしたって言っていた。みんな親切で、楽ちんで、おやつまで出たって言っていた。もっとも彼女の場合、お店の店長が従兄《いとこ》だっていう裏があったのだけれど。

エミリなんて顔は可愛いけど馬鹿なのに。文化祭なんかでも、あてがわれた役割をぜんぶ「えー、エミリわかんなあい」ですませていた。あんな子にできて、なぜ私にはできないのだろう？　ファーストフード店の店長に知り合いがいないから？　それとも佐々良がどのつくような田舎だから？

それとも……。

粘り着くように嫌な感じが、身体全体に覆い被さってきた。

私は道の真ん中で立ち止まり、ぶるぶると首を振った。それでもやっぱり、嫌な感じは離れていかなかった。

悔しさに、涙が出そうだった。

何者でもない自分、誰からも必要とはされない自分が、たまらなく惨めだった。

早足に商店街を抜けていった。そうすれば少なくとも、何か目的があるように見えるだろう。けれどこのちっぽけな田舎町に、私のいられる場所はただひとつっきりだ。

鈴木久代さん。まるで西洋の魔女みたいに背が高くて痩せてててとんがってて、実際他人からも魔女なんて陰口を叩かれてる、今までに会ったこともなかった遠い親戚。

帰ってみると家の主は留守だったので、少しほっとした。庭に回って、縁の下の重ねた鉢の中から鍵を取り出す。ここの家の鍵は、固い上に泣き声みたいな音を立てる。引き戸を開けると、かすかな匂いが鼻を衝いた。ギンナンの匂いがまだ残ってると、私は一人顔をしかめる。

昨日、久代さんがおやつだと言って、から炒りしたギンナンを出してくれた。お礼を言って食べたけど、本当はギンナンなんて大嫌いだった。なのにこの家には、まだまだ海苔《のり》の缶いっぱいのギンナンがある。去年の秋、みんなでどこだかに行き、大量に拾ってきたのだそうだ。自然の恵みはありがたく頂かなければなんて言いながら、久代さんはしょっちゅう芹《せり》だのノビルの根だのタンポポの葉っぱだのを食卓に載せる。私に言わせれば、どれも自然の暴力みたいな味がする。

「だって草だよ？　その辺に生えてる、雑草だよ？」

つぶやきながら、靴を脱ぐ。

ふっと、昔のことを思い出していた。

まだ小さい頃、どこか都内の大きな公園に連れて行ってもらったことがあった。お父さんは例によって新車を買ったばかりで、だからどこでもいいからドライブに行きたかったのだと思う。きれいな銀杏《いちょう》並木のある公園だった。お父さんは口を開けば「もう帰ろうよ」とばかり言っていた。お母さんはさっさと歩いていた。二人の少し後を、幼い私は懸命について歩いた。

舗装された道は、ひしゃげた黄色いドット模様で埋め尽くされていた。辺り一面に、なんとも言えない悪臭が漂っている。

「ギンナンだわ」

母がつまんなそうにつぶやく。

落ちているのが木の実で、それが臭いのだとようやく気づいた。その臭い実を、スーパーのレジ袋に懸命に詰め込んでいるおばあさんがいた。

「ねえ、あれ、拾ってどうするの？」

こっそり尋ねると「食べるのよ」という答えが返ってきて驚愕《きょうがく》した。「どうしてあんな臭いものを……」とつぶやくと、お母さんは小馬鹿にしたように「よっぽどお腹が空いてるんじゃない？」と言った。そしてお父さんは何度も、「なるべく踏まないようにしろよ。車の中が臭くなるからな」と心配そうに言っていた……。

どうしてあんなときのことを思い出したりしたのだろう？　お母さんはちっとも楽しそうじゃなかった。なぜだか泣きそうな目をして、一本の銀杏の幹を見つめていた。あのときだけじゃない。お母さんはいつも、私じゃない、何か他の物を見つめていたような気がする。


トン、と階段を上りかけて、どきりとした。

階段を上りきったところに、知らない女の子がいた。

その事実だけでも、充分驚く。この家にいる子供は、私一人のはずだから。

だけど、それだけじゃなかった。

女の子の身体は、ほんの少しだけ、けれど確かに透き通っていた。

2

「——階段の怪談ってわけねえ」

エリカさんはあられをぽりぽりつまみながら、からかうような口調で言った。

いや、からかうような、ではない。はっきりとからかっているのだ。態度や顔の表情や声音から、面白がっているのがありありとわかってしまう。

冗談じゃない。私は本当に、心の底から怖かったのだ。

ああいうときって、「キャー」なんて悲鳴を上げたり、あちこちぶつかって転びそうになりながら逃げたり、あるいはその場でばったり気絶したり、なんてことはできないものなんだと初めて知った。

塩の柱にでもなったみたいに、ただひたすら固まっていたのだ、私は。最初に階段の上を見上げたときの、首の角度さえ変えることができず、見たくもないものを凝視する結果になった。

女の子は、私よりも年下に見えた。私よりもずっと小柄で、痩せていた。不揃いな前髪が目の上に被さっているせいで、ひどく陰気な顔つきに見えた。野暮ったい千鳥格子のジャンパースカートの上に、毛玉の浮いたカーディガンを重ねていた。階段の最上階に腰を下ろしていて、だから下手をすると下着が見えてしまいそうな角度なのだけれど、どうもその辺りは薄暗くぼんやりとしていて、そしてどう見てもやっぱりわずかに透き通っているのだった。

いったいどれほどの間、そうして硬直したままになっていたのかはわからない。呪縛を解いてくれたのは、ちょっともの悲しいメロディの、電子音だった。

てるてる坊主、てる坊主、あした天気にしておくれ……。

それは私の携帯電話の着メロで、その携帯は私がぶら下げている手提げカバンの中に入っていて……そんな迂遠な思考経路を辿っているうちに、いつの間にか身体が勝手に動いていた。手許のカバンから携帯を取り出し、相手も確認せずに電話に出た。とにかく誰にでもいいから、「タスケテー」と叫びたかった。

そうして息を吸い込み、ふと上を見ると。

女の子の姿はどこにもなかった。

「もしもし、照代ちゃん」携帯電話越しに聞こえてきたのは、サヤさんの呑気な声だった。

「今、久代さんこっちにいらしたから。ね、照ちゃんもこっちいらっしゃいよ。皆で一緒に、お昼いただきましょう」

そのまま回れ右をして、家を飛び出してきたというわけだ。

息せき切って駆けつけたサヤさんの家には、いつものメンバーがそろっていた。サヤさんにユウ坊、エリカさんにダイヤくん。そして久代さん、お夏さん、珠子さんの三婆（エリカさん言うところの）である。

血も凍るような私の体験話を聞いておきながら、皆の反応は今ひとつ薄いと言うか妙だった。頭から否定したり疑ったりするわけではない。と言って、怖がったりぞっとしたりするふうでもない。

エリカさんのしょうもない駄洒落はともかく、サヤさんはいきなり目をキラキラさせたかと思うとうつむいてしまうし、珠子さんは「生きた人間の話の方が面白いわよ」って感じだし、お夏さんなんて「そういうこともあるかもねえ」なんて呑気につぶやいている。久代さんときた日には、自分の家のことなのに見事なまでに無表情、無関心だ。

「そういうこともあるかもねえって……」一同の中では一番ましな反応を示したお夏さんに向かって私は言った。

「じゃあ、何ですか？　佐々良ってもともとそういうところなんですか？」

「そういう、って？」

お夏さんが巨体をもぞもぞと揺すって聞き返す。

「だから、幽霊とか、オバケとかが当たり前の、心霊スポットだったんですか？」

「やあねえ、人の生まれ育った土地を、恐山《おそれざん》か何かみたいに」

珠子さんが小首を傾げて、可愛らしく言う。でもしわしわのおばあちゃんだから、どっちかって言うと不気味だ。

「恐山って、別にユーレイが出るとかそういう場所じゃないでしょ」

少し顔をしかめて、エリカさんが言った。

「そんなとこにゃ行ったこともないから知らないけどさ」お夏さんが言った。「幽霊って言うのかなんだか、まあそれに近いようなもんなら、本当にいるよ」

「ひょっとして見たことあるんですか、お夏さんも」

そう尋ねても、お夏さんはほとんど肉に埋もれているような首をすくめるだけだった。

「千鳥格子のジャンパースカートに、カーディガンって言ってたよね」

それまで何やらずっと考え込んでいた久代さんが、ふいに言った。

「あ、はい……」

「ひょっとして、カーディガンは白い毛糸のじゃなかったかい？　こう……花模様を編み込んだやつ」

「やっぱり久代さんもあの子を見たことあるんですか？」

久代さんは平然とうなずいた。

「あたしが知ってるのは、生きて動いている姿だけどね。大昔の話さ」

「おおやだ。なんで久代ちゃんに取り憑《つ》いてんのさ、その子」

お夏さんは大仰に肩を揺すった。

「さあてね。懐かしかったんだろうさ。まあ何にしても、生きてる人間に何か悪さをするような、そんなタチの悪いもんじゃないから安心することさね」

「安心って……」

できるわけないじゃん。

「そんなことよりか、照代。あんた今日、仕事を探しに行ったんだろう？　どんな按配《あんばい》だったね？」

「そんなことって……」

私は呆れて口をぱくぱくさせた。

何なのだろう、この人たちは。頭から信じないと言うなら、まだわかる。なのに私の話をすんなり信じた上で、このリアクションは何？　まるで出たのが幽霊じゃなくて、ゴキブリか何かだったみたいじゃない。

「……ねえ」ふいに、サヤさんがよく通る声で言った。

「人の気持ちは、どこにいってしまうのかしらね。心って、いつ、どんなふうに生まれて、どこへ消えてしまうのかしらね」

まるで歌うように、そんなことを言う。この人も、何を考えているのだか、今ひとつよくわからない。久代さんみたいに私の話を流したってわけでもないけれど、真正面から受けている感じでもない。わけがわからない。

他のみんなはわかっているのだろうか？　ただ、顔を上げて、黙って聞いている。サヤさんはすっと白い手を伸ばし、ユウ坊を抱き上げた。

「この子がお腹の中にいたとき、確かにこの子に心はあったと思うの。でもその心はどこからやってきたのかしら。目に見えないくらいの小さな卵だった頃、もう心はあったのかしら。それに……人が死んだ後、心はどこへ行ってしまうのかしら」

「……存外」ひどくしわがれた声で、久代さんは言った。

「それほど遠いところに行くわけでもないのかもしれないね」

「死んだ後でも心は残って、つまりそれが幽霊ってこと？」

思わず口を挟んでいた。

「心残り、ね」久代さんは私を見て、何だか奇妙な表情を浮かべた。「つまりそれは、未練ってことさ」

「……わかるように言って下さい」

「あんたは何でも、はっきり説明されなけりゃ気が済まない性分みたいだね。だけどね、世の中きちんと言葉にできることばっかりじゃないいんだよ。目に見えないもの、触れないもの、説明しようのないものってのは、実際にあるんだ。それを無理矢理言葉にしてみたところで、物事の本質とずれてしまうのが関の山さ。自分自身の気持ちだって、言葉にした途端、何か別のものに変わっちまう。言葉なんて、無力なもんさね。あんたが見たものにしたってそうさ。ここであれこれ言って、それで何になる？　それは確かにいたんだろう。だけど、それについてぴぃぴぃぎゃあぎゃあ騒ぐだけ無駄ってもんさ。そんなことよりはあんた、もっと大事なことがあるだろうに」

「さすが元学校の先生だ。難しい演説もお説教も、堂に入ったもんさね」

お夏さんが茶化すように言い、久代さんはフンと鼻を鳴らした。

「大事なことって？」

低い声で、私は聞き返した。

「何度も同じことを言わせる気かい？　仕事のことに決まってるじゃないか。食べてくためには稼がなきゃならない。これはわかりやすい現実だよ。幽霊なんたらと違ってね。で、仕事は見つかったのかい？」

私は黙って首を振った。

「見つかりませんでした、じゃ済まないだろ？　子供の使いじゃないんだから、見つかるまで探さなきゃね」

ハリネズミみたいにとんがった、情け容赦のない口調だった。

「私も耳が痛いわ」

サヤさんが取りなすように言う。

「あんたは頑張ってるよ。それはちゃあんと知ってる」

「わ、私だって……」知らないうちに、唇がわなわなと震えていた。

「頑張ったんだから。だけど駄目だったんだから。ちゃんとした保護者がいなくて、高校にも行ってない子は雇えないって言われたんだから」

ついでに、言われた。言葉には出さなくても、言われた。愛想もない、可愛くもない女の子は駄目だって。

言葉と一緒に、涙もぐっと呑み込んだ。泣いたら負けだと思ったから。

久代さんは平気な顔で、さらに追い打ちをかけてきた。

「おやまあ、そうかい。で、それは何ヵ所で？」

「……二ヵ所」

「努力が足りないね」

切って捨てるように言われ、思わず私は立ち上がり、足を踏みならしていた。

「何よ。私の気持ちがあんたなんかに……あんたたちなんかに、わかってたまるもんですか」

絞り出すようにそれだけ言い、私はサヤさんの小さな家を逃げるようにして飛び出していた。

3

飛び出してはきたものの、やっぱり今の私には、帰るところなんて久代さんの家より他にはない。

さんざ迷って玄関の鍵を開けたけれど――よくもまあ、あの情況で施錠できたものだと、自分で自分に感心してしまう――開き戸に手をかけることさえできずに、そのままぐずぐずしていた。

さっきのことを思い出しただけで、肌が細かく粟立《あわだ》つ。

あれは……いったい何だったのだろう？

ひどく情けなかったが、サヤさんの居間が恋しくなった。どんなにいけ好かない人たちだって、少なくとも生きた人間だ。亡霊だとかオバケだとかよりは、いくらかでもマシというものだろう。

「照ちゃん」

いきなり背後から声をかけられ、心臓が止まるかと思った。そっと振り向くと、肩で息をしたサヤさんが立っていた。ベビーカーの上の、ユウ坊も一緒だ。

「良かった、追いついた」

にっこり笑った顔がとてもきれいだったから、しゃくに障った。何よ、人のこと、死ぬほど脅かしといてさ。

「……大丈夫、だからね」

またにこりと笑って言われ、私は「は？」と首を傾げた。

「ほら、さっき照ちゃんが言ってたこと。照ちゃんが見たものが何なのかは、私にもわからないけど。でもそれは、怖かったり、あなたに悪意を持っていたりするものじゃないの。だから大丈夫なのよ」

「……何でそんなことが言えるの？」

自信たっぷりに、さ。

サヤさんは笑ったままの顔で言った。

「私の亡くなった夫もね、やっぱり来てくれたから。現れ方は少し違うけど、ほんの限られた間のことだったけど、でも帰ってきてくれたの。私があんまり弱くて頼りなくて馬鹿だったから。きっと見ていられなかったのよ。だから、ね、大丈夫」

私はしばらく言葉をなくして突っ立っていた。

サヤさんの旦那さんが亡くなっているのは知っていた。簞笥《たんす》の上に遺影があったから。だけどサヤさんの言葉には、まるで変な宗教を信じ込んじゃっている人みたいな胡散臭《うさんくさ》さがあった。

とは言え……私があり得ないようなものを見てしまったのは、間違いなく事実だ。

「……大丈夫って。何でそんなことが言えるの？　私が見たのは、家族でも知り合いでもなくて、全然知らない女の子なのよ」

「久代さんは何か心当たりがあるみたいだったわ。もしあなたに危険があると思ったら、あの場でそう言っていたはず。だから大丈夫なのよ」

これで四度、サヤさんは「大丈夫」と口にした。そう言われるたびに、なぜか「でも」とか「だけど」とか反論したくなった。無責任に大丈夫なんて言って欲しくなかった。幽霊の出るような気持ち悪い家に、寝起きしなきゃならないのは私なのだから。私と……そして久代さんと。

久代さんは私の話を聞いて、全然気味悪く思ったりしてないのだろうか？

きっとそうなのだろう。意地悪でひね曲がってて、あの人自身が魔女なんだから。幽霊が怖いなんてこと、あるわけがない。

「久代さんはとっても優しい、いい人よ」

まるで私の心を読んだように、サヤさんが言った。

その言葉に、ふいにエミちゃんのことを思い出した。小学生のときに仲の良かった子だ。底抜けにお人好しで、天真爛漫《らんまん》で、そしてとびきり可愛らしい子だった。

エミちゃんは言う。

――テルちゃんはあの先生のこと怖くて嫌いだって言うけど、でもね、ホントは優しい、いい先生なんだよ。私たちのことをホントに思ってくれてるんだよ。

――テルちゃんはあの男の子のこと、乱暴で威張り屋だって言うけど、でもね、いいところもあるんだよ。私、知ってる。

でも私はエミちゃんの言葉を素直になんて聞けなかった。だって担任の先生は、はっきりとエミちゃんのことを可愛がっていた。ヒイキしていた。あの男の子は、エミちゃんにだけは妙に優しかった。エミちゃんの言うことだけは、ちゃんと聞いた。そして二人は、私のことなんて歯牙《しが》にもかけていなかった。

エミちゃんにはわからない。私の気持ちなんて、永久にわからない。

自分を好いてくれたり、可愛がってくれる人を、好きになったり褒めたりするのはとても簡単だ。

久代さんは、サヤさんにだけはまるで別人みたいに優しい。皮肉っぽいことも、嫌みたらしいことも言わない。

サヤさんは知らない。久代さんと私の、乾いて冷え冷えとした食事の様子なんて。たまに口を開けば、働けと言う。私が甘えていると言う。いつまでも落ち込んでいるなんて、時間の無駄だと言う。

居候には甘えることも落ち込むことも許されない。そして働いてお金を入れなければ、たぶんそう遠くないうちにここから追い出されるのだろう。そのとき私はどうすればいいのか。

自分の無力さが恨めしく、返事もせずに立ち尽くしていると、サヤさんがやけに元気な口調で言った。

「ね、良かったら一緒に家に入りましょう」

「……ありがとう」

口の中でぼそりとつぶやく。何の気持ちもこもっていない、平べったいお礼の言葉。

家の中は、いつもと変わりなかった。いつもと同じ匂いがして、いつもと同じように素っ気なかった。もちろん階段にも、他の部屋にも、あの女の子の姿はなかった。

「ね。大丈夫だったでしょう」

仮に私の部屋とされている場所で、サヤさんはまたしても繰り返す。大丈夫、と。

二階の、狭苦しい四畳半だ。その隅にしつらえられた違い棚に、サヤさんは手を伸ばした。

「まあ、綺麗ね」

彼女の少し荒れた指の先には、ガラスのリンゴがあった。

本物の吹きガラスのリンゴだ。たぶん私の持ち物の中では最も高価な品物。東京のデパートで見かけて、欲しくて欲しくてお小遣いとお年玉を貯めてようやく買ったリンゴ。

お母さんは……このリンゴを見て、そして値段を聞いて鼻で笑っていた。あの人は間違いなく浪費家だけど、自分が価値を認めないものに関してはひどく冷淡だ。身を飾ることもできなければ、何か実際の役に立つわけでもないのに、何だってこの子は……そんな目をして、私とリンゴとを見ていた。

だけど……。なんにもない殺風景な今のこの部屋の中で。このガラスのリンゴだけが唯一の装飾品だった。何の役にも立たないけど、だけどたったひとつの美しいもの。ずしりと重くて冷たくて、掌で包んでいると少しずつ私の体温を吸い取り、そしてぬくもってくるもの……。

「触らないで」

私は体当たりをするようにサヤさんに駆け寄った。驚いたサヤさんはバランスを崩し、その手の先がリンゴに触れ……。

あっと思ったときには、ガラスのリンゴは違い棚の下の段にぶつかり、物入れの角に当たり……。

粉々に砕け散ったりはしなかった。そうなったのはむしろ、私の心だ。

サヤさんがオロオロとリンゴを拾い上げた。あちこち欠け、無数の細かい亀裂の走ったリンゴは、まるで蜘蛛《くも》が住み着いて瞬く間に巣を織り上げたような有様だ。

「ご、ごめんなさい、照ちゃん。私……」

サヤさんが必死な面もちで謝ろうとするのを終いまで聞きもせず、私はまたしても、久代さんの家を飛び出したのだった。

4

何だか家を飛び出してばかりいる日だ。最低だ。この街に来てからずっと、私は怒ってばかりいる。あらゆる人に、腹を立てている。いい加減もう、疲れてしまった。

この佐々良という街で、私が身を置くところなんてやっぱりどこにもない。

父と母は、今頃どこでどうしているのだろう？

携帯電話は、相変わらず繋がらない。もしかしてもう借金取りに捕まって……言葉にするのも恐ろしいような目に遭っているんじゃないかしら……。それでも生きていればまだいい。まさか、保険金をかけられて殺されて、なんてことは……。

歩きながら、ぶるぶると身を震わせる。のどかで平和な春の日だっていうのに。

想像力なんてものは、情況が悪い際にはいっそないくらいの方がなんぼか楽には違いない。今だって充分最悪なのに。もっと悪いことがあるかもしれないなんて、考えることさえ嫌だ。

歩いて歩いて。行く手を阻まれた川に沿って歩くうち、小さな公園を見つけた。そこのひとつしかないベンチの上に、佐々良では数少ない知り合いが座っていた。

ぎりぎりまで近づいてから、今気づきましたという感じで私は声をかけた。

「……エラ子じゃん」

だっさいセーラー服の制服に、肩に乗っかった極太の三つ編み二つ。つまんなそうな顔で漫画本を読んでいるのは、エラ子こと山田偉子だった。

「ヨリ子だっつってんの」

エラ子はちらりとこっちを見て、つんと顎を振りながら言った。

「あんたさ、何でこんな真っ昼間にこんなとこいるわけ。あ、わかった。さぼりでしょ」

エラ子は佐々良高校に通っている。その登下校の時間帯、私はなるべく通学路だの駅前商店街だのに踏み込まないよう心がけていた。わらわらと道いっぱいに広がって歩く彼らを見るのは、ひどくうっとうしかったから。

外れてみて、初めてわかる。集団っていうのは、はた迷惑で傍若無人《ぼうじゃくぶじん》だ。群れている人間は、声が大きい。馬鹿笑いをする。自分と、その仲間だけしか目に入らない。荷物を人にぶつけても、気づきもしない。だからムカツク。

「何よ、あんたに関係ないでしょ？」

明らかにうろたえた目をして、エラ子は言った。エラ子は嘘つきのクセして、隠し事がとても下手だ。

「うん。関係ないから別にいいや。それよかさ、あんた、幽霊って見たことある？」

私にとって目下の一大事はそっちの方だ。エラ子は下からすくい上げるように私を見て、それから首を傾げた。

「何よ、いきなり……そういうあんたはどうなのよ」

「見たから聞いてるの。それもついさっき」

もしかしたら私は、誰彼なしに「幽霊を見た」と触れて回ることで、あの瞬間自分にこびりついた何かをこそげ落とそうとしているのかもしれない。

「マジ？」わずかに目を見開いてから、覆い被せるように言った。「だけどあたしだって見たことあるよ、幽霊くらい」

ちょっとため息が出た。あからさまに対抗意識からだけってわかる嘘つかれてもなあ……。

「はいはい。で、どんなんだった?」

「えっと、中学んときのさ、肝試しで。一人ずつ、お墓ん中通り抜けなきゃならなかったのよね。そんときさ、隅っこの方になんか白い塊がさ……」

「ヒュー、ドロドロって? ふうん、へえ、そうなんだ」

ひとかけらも信じてませんよって思いを込めて、肩をすぼめてやる。

「……ヤなやつ」

エラ子がじろりと私を睨んだ。それにはかまわず、聞いてみる。

「あのさあ、ここってそういう土地柄なわけ?」

「そういうって?」

「だから、幽霊とかそういうのが当たり前な」

「そんなわけないでしょ。あんたが見たって言ってるユーレイは、どこに出たのよ」

「……私が今、住んでる家」

「マジ? それは……イヤかも」

エラ子は思い切り顔をしかめた。

「イヤかもじゃなくて、イヤなの」

「だろうね。神社でも行って、お払いしてくれば？」

エラ子はとても若者とは思えないようなレトロな提案をしてきた。

「どこの神社？」

「佐々良神社に決まってるでしょ。結構有名なんだから。観光名所だよ」

「知らない」

にべもなく言うと、エラ子は「ああそうですか」とつぶやいてから立ち上がった。「じゃ、一緒に行く？」

思いがけない言葉に、少し驚いた。

「連れてってくれんの？」

「別に、帰り道だし、ちょうどあたしもお祈りしたいことがあるの」

エラ子は先に立ってさっさと歩き出す。


「何、熱心にお祈りしてんの？」

賽銭《さいせん》箱の前で、隣に立つエラ子のあまりの気迫に思わず聞いた。

「ん。数学のタカハシに災いが降りかかりますようにって」

「何、それ」

そりゃお祈りじゃなくって呪いだよ。あほくさ、と思いながら私は小銭入れを探った。五円玉を選びかけ、思い直して一円玉を取り出す。我ながらいじましいが、今や文字どおり一円だって無駄にできない身の上だ。

投げ入れると、当たり前だがアルミ貨の落ちる音はいかにも安っぽくって頼りない。心許ないながらも「どうか二度とあの幽霊に会いませんように」とお祈りし、ガラガラと鈴を鳴らした。

エラ子はしつこく胸の前で両手を合わせたまま、憤然とした口調で言った。

「だって数学の先生、最低なんだよ。こないだの実力テストのあたしの点数、みんなにバラすんだもん。おかげで大恥かいちゃったわよ」

エラ子によると、数学教師はテストのクラス最高点と最低点を参考までにと挙げた直後に、「次はもっと頑張ってくれよ」とエラ子の肩をぽんと叩いたのだそうだ。

「……バラされると恥ずかしい最低点って、いったい何点よ？」

私の当然の質問に、エラ子はぶうっとむくれて答えない。

「それにしても、入学早々もう落ちこぼれてるってわけ？　はやっ。早すぎっ。ああ、そうか。そんでむくれてサボってたんだ。馬鹿じゃないの」

「うっさいわね。じゃああんたなら満点が取れるってわけ？」

「授業も受けてない私が解けるわけないでしょ」

「入学早々の実力テストだから、中身は全部中坊んときの復習よ」自分が解けなかったくせに、エラ子は偉そうに胸を張る。「あんたはさぞアタマいいんでしょうから、今ここで解いてごらんよ」

いきなりカバンをごそごそやって、折りたたんだ紙を取り出した。広げてみると、赤いバッテンだらけの答案だ。

「さんじゅうはってん?」思わず素っ頓狂な声が出る。「どーやったらそんな恥ずかしい点が取れるわけ?」

「だから偉そうに言うのは、全部解いてからにしろっての」

「やってやろうじゃないの」

売り言葉に買い言葉、成り行き上、私は神社の境内で数学の問題に取り組むことになってしまった。

「あ、あたしが解けたところの解答は見ちゃ駄目だよ」

わざわざ解答欄を折り曲げるのが姑息である。

エラ子に解けた程度の問題なんて、考えるまでもない。速攻で解けるような簡単なものだ。応用問題にはちょっと骨が折れたけれど、それでも三十分後にはすべての答えを欄外に書いて、「はい」と答案用紙をエラ子に渡してやった。

エラ子は目を丸くしながらノートの解答と見比べて、「合ってるよ」とつぶやいた。へん、どんなもんだい。

「あんたってホントに頭良かったんだ」

エラ子が心底感心したふうだったので、私はちょっと気分が良かった。

「ま、ね。数学は一番得意だけど」

「あたしは一番苦手。あ、そうだそうだ。こっちも解いてみてよ」

ノートに挟んだプリントを取り出す。私はにやっと笑って首を振った。

「宿題は自分でやんなさい」

「えー、そこをなんとか。百円上げるからさあ」

馬鹿馬鹿しい、と断りかけて気が変わった。

「どれ。ちょっと見せてみ?」

数学のプリントを覗き込むと、私の知らない問題だった。新たに習った箇所からの出題なのだろう。

「教科書出して」

「え?」

「数学の教科書。それとノートも」

私の言葉に、エラ子は慌ててカバンを探る。

まだ真っさらな教科書の匂いに、不覚にも涙が出そうになった。

結局、教科書とノートを読んで理解し、問題を解くまでに小一時間もかかってしまった。

「これなら自分でやった方が早かったかも」という顔のエラ子に、しっかり百円を請求する。

銀色のコイン一枚の成果だけど、不思議な達成感はあった。一円玉よりはちょっとだけ重い、達成感。

数学ってきちんと答えが出るから、だから好きなんだとふいに思った。あれかこれかなんて迷うこともない。唯一無二の、揺るぎのない解答。なんてすっきりしているんだろう。なんて対照的なんだろう……久代さん言うところの、説明しようのないもの、けれど確かに存在しているもの、とどのつまり幽霊みたいなもの、とは。

また何かあったらヨロシクね、と手を振る懲りないエラ子と別れ、私は久代さんの家に戻ることにした。何しろ昼ご飯を抜いている。幽霊怖さより、空腹の方が勝っていた。それにどっちみち、いつかはあの家に戻らなきゃならない。嫌なことを先延ばしにしていたって、誰も助けてはくれない。

神社の境内を出て大通りに差しかかったところで、携帯電話が鳴った。取り出して見ると、メールが来ていた。

あのこはけっしてわるいものじゃない。ただ、ずっとかなしいだけ。

仮名ばかりの本文にも、アドレスにも、見憶えがあった。これで何度目かの、誰だかわからない人からのメール。

頭の中で文字を変換してみる。


あの子は決して悪いものじゃない。ただ、ずっと哀しいだけ。


あの子って、誰？　なぜ哀しいの？

一人、哀しいのは私の方だ。


久代さんの家に戻ると、サヤさんがほっとしたように迎えてくれた。本当にごめんなさいねとしつこく謝られ、正直うっとうしかった。馬鹿じゃなかろうか、この人は。壊れたリンゴなんてものより、今問題なのは幽霊の方じゃないの。

久代さんも帰ってきている。編み物の手も止めずに私をじろりと見て、「おにぎりとおみおつけがあるから、食べなさい」と命令するように言った。

自分で温めた味噌汁とおにぎりを食卓に運び、ぺたんと坐りかけてどきりとした。

猫の額ほどの庭に、ユウ坊がいるのが見える。しきりに何かおしゃべりをしている。ユウ坊が何を言っているのかは、わからない。けれど赤ん坊は明らかに語りかけていた……目の前にいる、あの女の子に向かって。

5

「まあまあ、ユウスケ。風さんとお話ししてるのかしら?」

のどかそのものの口調で、サヤさんは言った。久代さんも、目を細めてユウ坊を見やる。二人には、見えていないのだ。

ユウ坊は、嬉しそうににこにこ笑っている。女の子の方は、当惑したような、どこか不思議そうな表情だ。やがてその身体全体が徐々に薄くなっていき……消えた。完全に消える前に、私の方にかすかな一瞥《いちべつ》を残して。

「……ナイナイ。ナイナイ」

母親の方に振り返って、ユウ坊が言った。

「どうしたの? 何がないの?」

のんびりとサヤさんが答える。

いなくなっちゃった、と言っているのだ、ユウ坊は。今までここにいた女の子が、いなくなっちゃったよ、と。

ユウ坊はふいに私を振り返って、まるで同意を求めるように首を傾げた。私は思わず、大きくうなずく。

そうだよ、ユウ坊。女の子は確かにいた。私も見たよ、ユウ坊……。

「どうしたの？　お味噌汁、冷めちゃうわよ」

サヤさんに言われ、私はあらためて自分の空腹に気づいた。ほとんど機械的におにぎりにかぶりつき、咀嚼《そしゃく》する。上の空のようでいて、塩味のよくきいたおにぎりはとても美味しかった。冷めかけたお味噌汁をすすりながら（ありがたいことに、具はわかめと豆腐だった）、別なことにも気づいていた。

不思議なことだし、どうしてなのかもわからないけれど。あの女の子のことが、さほど怖くなくなっていた。

真っ昼間に出てくる、非常識な幽霊が。

あれが何なのかはわからない。なぜ出てくるのかも。けれど誰かがメールで言ってきたように、悪いものではないのだろう、きっと。

「……照ちゃん」ユウ坊の手足を濡らしたタオルで拭きながら、サヤさんが遠慮がちに言った。

「さっきはどこへ行っていたの？」

「佐々良神社へ……前にノート届けて上げた子と会ったから……少し、話とかしてたの」

そう答えると、サヤさんは安心したようだった。

「そう。お友達ができたのね。良かった」

「別に友達ってわけじゃ……」

「あそこはいいところでしょ。銀杏の木がたくさんあって、夏は涼しいし秋は金色の葉っぱが見事で。去年の秋にね、みんなでギンナンを拾いに行ったのよ」

サヤさんの言葉に、ふとギンナンの焼ける匂いを思い出す。同時に、子供の頃の思い出も。匂いの記憶はついでのように、エラ子の真新しい教科書の匂いも引っ張り出してきた。何か考えるより先に、私は口を開いていた。

「あの……佐々良高校の教科書って、手に入れることはできない、かな……古いやつでいいんだけど……」

「独りで勉強するつもりかい？」

久代さんが眼鏡を外して私を振り返る。

「できるかどうかわからないけど。でも今日、エラ子の数学の問題、ちゃんと解けたよ。時間はかかったけど、でも解けた」

「すごいのねえ、照ちゃん」心底感心したように、サヤさんは言った。「私は数学、さっぱりだったわ」

久代さんは少し考えているふうだったが、やがてまた編み物の続きを始めた。

「何人か、心当たりがあるから当たってみるよ。卒業生のお古で良けりゃ、きっとタダで譲ってくれるよ」

「お願いします」

私が頭を下げると、サヤさんははしゃいだように言った。

「ね、照ちゃん。勉強なら久代さんに教わればいいわ。久代さん、昔学校の先生だったんだから」

「よしとくれ」久代さんは苦笑めいて顔を歪めた。「あたしが教えてたのは小学生だよ。それでもまあ、国語と歴史くらいならなんとかなるかもしれないけどね。数学はサヤさん同様、さっぱりさ……算数ならなんとかなってもね」

「エリカさんも数学が一番苦手だって言ってたわ」

「あの娘は算数でけつまずいたクチだろうよ。九九が全部言えるものか、一度聞いてみたいくらいのもんだ……それにしても、どういうわけだか女には数学苦手ってのが多いねえ」

どうせ私は女らしくないよ、と唇を尖らせる。空いた食器を持って立ち上がると、いきなりサヤさんが声をかけてきた。

「あ、食べ終わった？　なら一緒に出かけましょ」

「出たり入ったり、忙《せわ》しないことだねえ」

呆れたように久代さんが言う。

「出かけるって……どこへ？」

ふふっと笑ってから、サヤさんは子供っぽい口調で言った。

「内緒」

さっさとリュックを背負い、ユウ坊を抱っこする。

「じゃ、照ちゃんをお借りしますね。夕ご飯までにはお返ししますから。さ、行きましょう」

いつもどおりのおっとりとしたしゃべり方なのに、なぜかイヤだとは言えないムードがあった。サヤさんって、大人しそうに見えて実は強引な人なのかもしれないと、ちょっと思った。て言うか、佐々良の人ってみんなこうなんだろうか。「ほら、早くついておいで」って感じ。私は犬じゃないっての。

犬じゃないから、尻尾は振らない。うんざりした態度も隠さない。

そんなことを考えながら靴を履いていたら、なぜか急に泣きたくなってきた。

6

要所要所で『佐々良市街マップ』と睨めっこしながら、かなり心許ない足取りでサヤさんは私を先導していく。

「私ってほんと、方向音痴なのよねえ」てくてく歩きながら何度も言われ、こちらまで心細くなってしまった。

途中、声をかけてくる人が何人もいる。仕事中の郵便屋さんとか、お客さんを案内している最中の不動産屋さんとか。郵便屋さんはすでに何度も会ったことのある人だ。不動産屋さんはハゲてて髭《ひげ》もじゃで、見た目は怖いけどにこにこ笑いながらサヤさんに挨拶してきた。他にも、サヤさんの方から話しかける人もいる。お店のおばちゃんとか、散歩中のお年寄りとか。

「ユウスケを連れてるとね、お年寄りからよく声をかけられるのよ。それで顔見知りになっちゃった人って、多いわ」

そう言いながら、サヤさんは塀の上の猫にまで挨拶をしている。猫の方も上機嫌で、ニャーと鳴いた。

「……サヤさんて、みんなから好かれてていいですよね」

「好かれているかどうかはわからないけど、私はみんなのこと好きだから」

ごく控え目な口調なのに、なぜだか自信たっぷりに聞こえてしまう。

「……サヤさんには、嫌いな人っていないんですか？」

サヤさんは不思議そうに振り返って首を傾げた。

「なぜ？　照ちゃんは、嫌いな人がいるの？」

ほら、大人はいつもこうだ。答えにくい質問には、正面から答えずにはぐらかす。逆に同じ質問を投げ返して、ごまかす。だから私はストレートに答えてやった。

「……いるよ、いっぱい。お父さんも嫌い。お母さんも嫌い。学校の先生も嫌い。クラスメイトだって、嫌な子ばっかりだった。近所のおばさんも嫌い。偉そうだったり、イヤらしかったりするオヤジも嫌い」

あんただって大嫌い……そう続けかけて、さすがに止めた。

「……照ちゃんの『キライ』は、別の言葉に聞こえる」わずかに眉をひそめ、そして困ったような顔で、サヤさんは言った。「久代さんのことも、やっぱり嫌い？」

問われて私は小さく首を振った。

「……そんな恩知らずなことは言えません」

心で思っていても、という言葉は呑み込む。

「私もね、嫌いって言うか、苦手な人たちはいるわよ……少なくとも、以前はとても苦手だったの。だけど、最近じゃそうでもなくなってきたわ。それは向こうが変わったんじゃなくって、私が変わったからだと思うの。うまく言えないけど照ちゃんも……」

私は無言で足を速めた。

そんなこと言われて。そんなふうに言われて、ハイそうですかなんて、素直に聞けるわけないじゃない。

「人の気持ちって、相手にぶつかって返ってくると思うのよ。一生懸命相手のいいところを探して、〈好き〉っていう気持ちをほんの少しでも持てば、同じ気持ちが返ってくるんじゃないかしら」

背中に、サヤさんの言葉がぶつかってくる。私はくるりと振り返り、冷ややかな口調で言った。

「私が人を嫌いまくってるから、みんなも私のことを嫌いだって、そう言いたいんですね」

「……そうじゃないわ。全然、そうじゃないけど……気を悪くしたんなら、ごめんなさいね。私、口下手で……うまく言えないの」

サヤさんは当惑したようにつぶやいた。

だから何で謝るのよ、大人のくせに。生意気で可愛げのない小娘に、何を謝ってるのよ。

「……滑らかに説教されても、それはそれでムカつきますけどね」

つっけんどんに言いながら、どんどん自分が嫌いになってくる。

だからサヤさんは嫌いだ。私をすごく嫌な子にしてしまうから。きれいで優しくてみんなから好かれているサヤさんを、まるで妬《ねた》んでいるみたいな気持ちにさせられてしまうから。

〈好き〉っていう気持ちが返ってくるなんて、嘘っぱちだ。サヤさんにとっては事実かもしれないけど、私にとっては笑っちゃうくらいの——笑えないけど——絵空事だ。

ほんの小さな子供の頃から、私が好きになった大人も子供も、私以外の別な誰かが好きだった。私のことなんて、誰一人、歯牙にもかけなかった。

サヤさんは棘《とげ》でも刺さったみたいに痛そうな顔で私を見る。そして私は気まずく黙り込む。

サヤさんの言うとおり、〈嫌い〉って気持ちに限って言えば確かに跳ね返ってくるのだろう。私が嫌っている人たちは皆、私のことが嫌いみたいだから。サヤさんだって、じきに私のことが嫌いになる。それはもう、火を見るより明らかってやつだ。いや、とっくにうんざりしているのかもしれない。ほら、今、小さなため息をついた……。

気持ちがぐちゃぐちゃで、くさくさして、ぐるぐる巡っていた。

誰かが嫌いだと思うとき、実はそう考えている自分が一番、嫌いだ。嫌でたまらない。

自分が嫌いだという思いは、いったいどこにぶつかり、どんなふうに跳ね返ってくるのだろう?

延々三十分ほども歩かされ、ようやく着いたのは何だか汚らしい工場みたいなところだった。すすけたような建物が、山裾の森の中にぽつんと建っている。サヤさんも初めて来たらしく、しばらくもじもじしていたが、やがて意を決したように中に入っていった。曇りガラスのドアは開け放しになっている。

内部にはむうっと熱が籠っていた。入ってすぐのところに棚があり、ガラスのグラスや一輪挿しみたいな物がたくさん並んでいる。

「吹きガラスの工房なのよ。調べてみたら、佐々良にもあったの」

それが何? と言いかけて気づいた。サヤさんはあのガラスのリンゴのことを気にしているのだ。

部屋の奥に、小さな炉が据え付けられている。その前で、一人の老人が作業をしていた。

炉からは炎が勢いよく燃える音と、凄まじい熱とがあふれ出していた。熱気が、圧力を持ってぐいと身体を押してくる感じがする。

おじいさんは長い鉄パイプを炉から取り出した。先端には、赤くとろけるガラス玉が付いていた。傍らの金属製の平台に、色のついた粉末があり、溶けたガラス玉はその上でくるりと回転した。ちょうどお団子に黄粉《きなこ》をまぶすような按配である。ガラス玉はふたたび炉の中であぶられる。おじいさんのこめかみや背中には、汗がじっとり湧き出し、流れ落ちている。

おじいさんには私たちの存在はまるで目に入らないようだった。サヤさんは邪魔にならないようにだろう、ユウ坊を連れてすっと外に出ていった。私は一人、魅入られたようにおじいさんの手許を見つめている。

鉄パイプの手許側から、ぷっと息を吹き込むと、赤い玉は重たげにゆっくりと膨れた。ガラスはまるで、水飴《みずあめ》みたいに扱いにくく、そして自在だ。とろけたガラスを台の上で転がし、へラでちょいと押さえているうちに、ぐねぐねの玉はまるで魔法のようにグラスの形を取り始めた。

私は息をひそめて、その形の変化を見守っている。

やがてグラスは完成し、バーナーで底の部分があぶられた。そのまま奥のごつい機械の中に入れられる。

「その機械は何ですか?」

好奇心から、思わず尋ねていた。

おじいさんは今初めて私の存在に気づいたというように振り返り、素っ気なく「ジョレイロ」と答えた。だが耳で聞いただけではわからないと気づいたのか、ゆっくりと言い直した。

「徐冷炉。徐々に冷やす炉、だよ。急激に冷えると割れが出るから。この中に入れても、割れるときは割れるがね」

説明し終えて、「で?」と言うようにこちらを見やった。

「吹きガラスって、私にもできるようになりますか?」

なぜか、そんなことを尋ねていた。炉の熱さで、私の額にも汗が伝い落ちている。

「無理だね」とおじいさんはにべもない。そうですよね、と私は肩を落とす。すると相手は「ただし」と付け加えた。「十年やれば、できるようになるかもしれない」

「十年、ですか」

私は吐息をついた。長いのだろう、その年月は。けれど今から十年後、私は二十五歳だ。まだ、二十五歳。人生はその先もずっと続く。

傍らの完成品が並ぶ棚を、あらためて眺めた。縁に赤や青の入ったワイングラス。全体に淡いグリーンのビアグラス。レースのように細かい亀裂模様の入ったシャンパングラス。小さくてキュートな箸置き。口元がフリルみたいに波打った、レトロな金魚鉢。

皆、人が手でこしらえたとはとても思えないほど、美しい品々だ。芸術品とは違う、日用品の美がここにある。ほんの少し贅沢で、きらびやかで、透き通っていて。そして、きんと張り詰めている。それが、水飴みたいな熱い塊から形作られる不思議。いくら眺めていても、興味は尽きない。

こんな作品を、作れるようになっているかもしれない十年後。

それは、あるかもしれない未来の一パターンだ。

傍らに、割れたガラスの入った箱があった。色別にきちんと分けてある。それとは別に、市販のワインボトルと思しき瓶の入った箱もある。きれいに洗ってラベルも剝がされ、やはり色別に分類されている。

「失敗作は、また種ガラスに混ぜて使う。割れたのや、気泡が入ったのや」私の視線に気づいたのか、おじいさんは先回りして説明してくれた。「瓶の方は色ガラスを作るときに少しだけ混ぜる」

「リサイクルですね」

私が短くコメントすると、おじいさんはうるさげに手を振った。

「横文字はようわからん」

その口調と仕種が妙におかしくて、思わず笑ってしまった。そのとき、

「……お邪魔します」今さらのように挨拶をして、サヤさんがまた入ってきた。それからリュックからごそごそと丸い包みを取り出した。布で幾重にもくるまれた、ガラスのリンゴだった。

「あの、これを直していただくことはできないかと思いまして……」

おじいさんは受け取ったリンゴをじろりと見て、素っ気なく言った。

「割れたもんを元どおりになんてことはできないよ」

「あ……そうなんですか」

肩を落とすサヤさんを見て、おじいさんは面倒臭そうに付け加えた。

「まったくおんなじ物を作ることもできない。ひとつひとつ手作りだからね。だが、似たようなもんなら作れる」

「そうですか」サヤさんの顔が輝いた。「それでは、お願いできますか?」

おじいさんは鼻からふんと息を漏らした。

「特注ってことになるから値が張るが、それでもいいかね?」

「え、ええ」

サヤさんはにっこり笑ってうなずいた。ちくり、と胸が痛む。

そのとき、ベビーカーの上のユウ坊が、歩きたがってじたばた暴れ始めた。

「駄目よ、ユウスケ。ここは壊れ物がいっぱいだから、お外で歩きましょうね。照ちゃん、あなたの携帯電話の番号を伝えておいてね。完成したら、お電話頂くようにしておくといいわ」

それじゃお願いします、ともう一度言ってから、サヤさんは外に出ていった。

私は少し迷ってから、おじいさんに小声で言った。

「あの……すみません。さっきの注文、取り消します。リンゴが壊れたの、ほんとは私のせいなのに、サヤさんのせいじゃないのに……」

「サヤさんってのは、今の女の人かい？」

少し笑って、おじいさんが聞く。

「ええ。あの人、お人好しなんです。母子家庭で貧乏なのに、こんな高価なもの、弁償させるわけにはいかないんです。今、持ってても仕方のないものだし……だからいいんです」

「……それを何で直接、あの人に言ってやらない？」

私は黙って、答えなかった。

「注文は無しにしておくよ。それでいいね」

私は無言のまま、こくりとうなずく。

「それからこれは、どうするね」

おじいさんは壊れたリンゴを顎で示した。

「……これを溶かして、また別なグラスとかコップとか、作れますか？」

「ああ、作れるよ」

こともなげに、おじいさんはうなずく。

「じゃ、使って下さい。お願いします」

おじいさんは私とリンゴを交互に見てから、ぼそりと言った。

「……良かったら、また来なさい」

一瞬、何を言われたのかわからなかった。けれどとっさに、私は笑ったのだと思う。それと呼応するように、相手もまた、にこりと笑ったから。

たとえおじいさんの言葉が、単なる社交辞令や気まぐれだったとしても。

それでもやっぱり、私は嬉しかったのだ。


外に出ると、五月の風がさわやかだった。

灼熱の炉の中で、水飴のように溶けていくリンゴのことを考えた。

壊れたガラスは、二度と元の姿にはならない。絶対に。けれど溶かして、別な物を作ることはできるのだ。

たとえ失敗して形がいびつになったり、気泡が入り込んだりしちゃっても。徐冷炉の中でひび割れたとしても。何度だって。何百回だって。生まれ変われ、私のリンゴ。

心の中で、そう唱えながら。

私は向こうで手を振っている母子の方へ、ゆっくりと歩いていった。

ゾンビ自転車に乗って

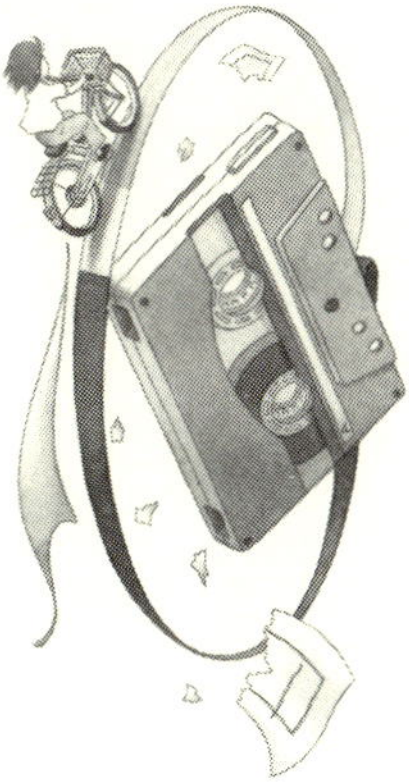

1

たぶん人は、たいがいのことには慣れてしまえるものなのだ。

日々、当たり前のように食卓に載せられる野草だって。その苦みはとうてい好きになれそうにないけれど、慣れることはできた。薬草茶のクセのある味にも。家の中にうっすらと漂う匂いにも。好きなテレビ番組を自由に見られないことにも、シャワーのないお風呂にも、流しで歯を磨くことにも慣れた。

慣れるってのは要するに、諦めることなのかもしれない。

だからもう慣れてしまったのだけど、鈴木久代さんの家に来ていらい、しょっちゅうおかしな夢を見る。見憶えのない場所や、見憶えのない人たちが出てくる、変にリアルな夢だ。

たとえば今朝の夢。

たくさんの、机と椅子がある。先日まで通っていた中学のものより、明らかに小さいから、そこは小学校の教室なのだろう。後ろの壁に、画用紙に描かれた絵が並んでいる。エプロンを着けた女の人。花に水をやっている女の人。子供と手を繋いでいる女の人。どれも皆、にっこり微笑んでいる。〈おかあさん〉というタイトルで描かされたのが、一目でわかる絵ばかりだ。

けれどなかに一枚だけ、おかしな絵が紛れ込んでいた。

それはどう見ても、ただの白い長方形だった。真ん中よりやや上に、線が一本入っている。〈日〉という漢字の真ん中の横棒を、少し上にずらしたような感じ。他の絵はみんなとてもカラフルなのに、それは素っ気ないと言うか、やる気がないと言うか、水色のクレヨン一本きりで描かれていた。その力のない描線で描かれているものが、いったい何なのかはわからないけれど、少なくとも〈おかあさん〉でないことだけは確かだった。

よたよたした字で名前が書いてある。もっとよく見ようと近づきかけたとき、後ろから名前を呼ばれた。

そこで目が覚めた。

私の名を呼んだ声が久代さんと似ているように思ったのだが、似ているも道理、実際に階段の下から久代さんが私を呼んでいたのだった。

まだ窓の外は真っ暗だ。

一週間前から私は、佐々良市場で雑用の仕事をしている。市場の責任者が久代さんの元教え子だとかで、紹介してもらったのだ。朝がとんでもなく早いのがきついけれど、贅沢を言ってられる立場でもない。

最初の数日は、叱られ通しだった。たくさんの人と物とがごたまぜになったなか、何をしていいのかもわからず、ただオロオロと歩き回っていたような気がする。

責任者の大木さんは、しわがれた声で怒鳴るようにしゃべる赤ら顔のおじさんで、見た目からしてものすごく怖かった。実際話してみたら案外に優しかったとかいい人だったとかいうことは全然なくて、まるで鬼みたいに怖かった。さすがは久代さんの知り合いなだけあるよと思う。

「しばらくするとな、佐々良中の小学校から、社会見学だとか言ってまあ、入れ替わり立ち替わり、うじゃうじゃガキがやってくんのよ」脂っぽい頭をぼりぼり掻きながら、大木さんは面倒臭そうに説明した。「教育のためとあっちゃあ仕方ねえけどよ、ま、実際の話、仕事になんねえんだよね。こっちはまいんち忙しいんだからさ。だからさ、あんた。ここで雑用しながら仕事覚えてさ、ガキ共にレクチャーしてやって欲しいのよ」

ガキはガキ同士の方がいいだろうしよおと言い放ち、大木さんはガラガラと笑った。

続いて紹介された事務のおばさんに、「子供は好き?」と聞かれて「いいえ、嫌いです」と正直に答えたら変な顔をされた。

〈雑用〉の半分は、競《せ》りに出される野菜や果物の段ボール箱を開けることだった。どれもしっかりと梱包《こんぽう》されている上、数が生半可じゃないから、それだけでも重労働である。初日から爪の先っぽが割れ、逆剝《さかむ》けができた。母のほっそりとした指をふと思い出す。いつもきれいにマニキュアが塗られていたあの爪じゃ、絶対にこんな作業はできないだろう。

あの人は今、どこで何をやっているんだろう。私のことを、ほんの少しでも思い出しているんだろうか。

市場は久代さんの家からはかなり遠い。バスで通うにも早朝のこととてちょうどいい便がなく、困っているとお夏さんが助け船を出してくれた。お孫さんが中学生の頃に乗っていたとかいう自転車をもらえることになったのだ。

「今日日《きょうび》は大型ゴミに捨てるにもお金がかかるからね。あんたが乗ってくれりゃ、めっけもんだよ」とお夏さんは率直すぎるようなことを言っていた。「鍵が壊れてるけど、こんなの盗んでく物好きもいないだろ」

すると脇から珠ちゃんが言った。

「あら、駄目よ。鍵はちゃんとつけとかなきゃ。ボロけりゃ盗まれないってものでもないらしいわよ」

「確かにねえ」と久代さんまでうなずいていた。「これならちょいと拝借して乗り捨てても、良心は大して疼《うず》かないってもんだ」

「あーあ、上等の新品でも、大型ゴミ同然の古自転車でも盗まれる心配をしなきゃならないなんて、難儀な世の中だね」

お夏さんは太った体を揺すってそう嘆いていた。

かくして私は、皆からさんざボロだの大型ゴミだの言われたガタピシの自転車に乗って、まだ夜も明けないうちから市場に通うことになった。塗装は剝げて錆だらけ、ベルは錆び付いて鳴らないし、前籠《まえかご》はひしゃげているし、ブレーキを使うと心臓に悪い音を立てて軋《きし》るし、あらかじめ聞いていた以上のシロモノだったけれど、それでもないよりはずっといい。鍵はいちばん安いチェーンのを自分で買った。ブレーキの軋みは、サヤさんからオイルを借りて差してみたら少しだけマシになった。

毎朝、目覚ましが鳴るよりも早くに久代さんが階下から声をかけてくる。わざわざ起きなくてもいいですよと言うと、いつもこの時間には目が覚めていると素っ気なく言われた。年寄りは朝が早いというけれど、久代さんのは異常じゃないかと思う。目覚ましがあるからいいですよと言うと、久代さんは肩をすくめて言った。

「あんたが遅刻でもしたら、紹介したあたしの立場がないからね」

ああそうですか。私のためじゃなくって、自分のためなのね、あくまで。

心の中でつぶやきつつ、私は前夜の残りの味噌汁と、寝る前に握っておいた残りご飯のおにぎりを食べる。味噌汁の具は例によって私の大嫌いなタマネギだったけれど、これももう慣れた。黙々と咀嚼する私を、久代さんはいっしょに食べるでもなく、不機嫌そうな顔でただ見ている。まったく、朝っぱらから辛気《しんき》くさいことこの上ない。もう五月になるってのに、厚ぼったいウールのショールなんかを肩にかけている。手には季節外れの編み物だ。ユウスケくんとダイヤくんにセーターを編んでやるんだそうだけど、気が早いにもほどがある。今から夏だよ、夏。

私と久代さんとの関係は、まるで夏に向かう季節のウールのセーターだ。重苦しくてうっとうしくて、チクチクしている。笑っちゃうくらい、ちぐはぐだ。

「照代。あんたも早く、自活できるようにならないとね」私をちらりと見て、ふいに久代さんが言った。「そうそういつまでも、面倒見ていられませんよ、あたしは」

早く出て行け、という意味なのだろう。私の面倒を見るのは、文字どおり面倒なのだ。そう言われてしまうのは、仕方がない。仕方がないけれど、この種の言葉を投げかけられるたびに、不安で胸がえぐられる思いがする。

私は蚊の鳴くような声で「はい」と答えた。それが届いたのかどうか、久代さんは編み物の編み目をじっと数えている。

私は粗末な朝食をそそくさと食べ終え、ちゃっちゃと食器を洗い、そのまま流しで歯を磨き、大急ぎで身支度を整えた。久代さんの家を一歩出ると、いつも大きなため息が出る。無意識のうちに、あの家で吸ったよどんだ空気をぜんぶ吐き出して、入れ替えようとしているのかもしれない。

もう慣れてしまったあの家の匂いが、いつまでもいつまでも身体にまとわりついてくるようで、私はペダルを漕ぐ足に力を込める。まだ夜も明けきらない空から、ひんやりとした風が落ちてくる。ペダルを漕ぐたび、ギィギィキュウキュウと、哀しげな物音が早朝の街に響き渡る。まるで闇をさまようおばけが泣いてるみたいだ。

「――大木さんも物好きだよね。なんだってこの景気が悪いときに、あんな子供を雇うんだよ」

事務室から男の人の声が聞こえて、私はびくりと固まった。

「そうよねえ」女の人の声も言う。「いくらお小遣い程度のお給料だからってねえ」

「しょうがねえだろうがよ」しわがれた声が――大木さんだ――ぼやくように言った。「鈴木先生に頼まれちゃあ、断るに断れねえよ」

「噂のオニババですか」

「そうだよ、オニババだよ。そりゃもう怖いの何のって、今日日のトーフみてえな甘ちゃん先生とはワケが違う、正真正銘の閻魔《えんま》大王みてえなセンコーだったね、ありゃあ」

「大木さんにも怖いものがあったなんてね」

女の人が、クスクス笑った。

「今じゃ鶏ガラみてえなばあさんだがよ、それでもやっぱり怖いんだよねえ。今にも、ピシッと定規で手を叩かれそうでよ。まあ、俺もたいがいな悪ガキだったけどよ。いくつになっても、あの先生だけは苦手だね」

「それ、刷り込みってやつですよ、大木さん」

男の人の声が言って、ゲラゲラ笑った。

「その閻魔先生と照代ちゃんって、どういう関係なんですか？」

「さあね、遠い親戚とか言ってたが。ホラ、今日はあれだろ？　ガキ共がうじゃうじゃ来る日じゃねえか。ガキはガキ同士仲良くしてくれりゃあ、オレらも助かるってもんじゃねえかよ」

「あの子に子供の相手が務まるかしらねえ」

そんな懐疑的な言葉を最後に、話題は今日入る品物についてのものに移った。

私はゆっくり十秒数えてから、事務室のドアを開けた。中にいた三人は、私の姿なんて見えないみたいに、仕事の話を続けている。

2

それはそれは優しく、まるで幼稚園の先生か、教育テレビに出てくる歌のお姉さんみたいな口調で言ったはずだった。

「危ないから、触っちゃ駄目よ」と。

実際、危なかったのだ。

列から外れた男の子が、積み上げられた段ボール箱をいきなりぐいぐい押し始めたのである。箱が崩れて子供が下敷きになるのは自業自得だけれど、中の品物が駄目になってしまうのは困る。よりによって、箱には苺の絵が描いてあった。柔らかい果物は少しでも押されたりつぶれたりしたら、売り物にならなくなる。

引率の先生はと見ると、最後尾からのんびりついてきている。さっきからもうずっと、「おいおい、騒ぐと迷惑だぞー」なんて間延びした口調で言うばかりで、悪ガキの襟首をつかまえて頭をポカリなんてことは一切やらない。

先生と生徒の両方にムカッときつつ、それでもできる限り優しく私は注意した。言われた当の少年は、小馬鹿にしたような一瞥をくれて、世にも憎たらしい顔つきで言った。

「うっせー、ブース」

にやっと笑ってから、動いているフォークリフトの方に駆けていく。そのまま轢《ひ》かれて死んでしまえと思ったけれど、やはり放置もできずに後を追った。私は子供が嫌いなんじゃない、大嫌いなのだと、認識を改める。

フォークリフトを運転していた馬場さんは、困ったようにブレーキを踏んで、私と子供の両方を見やった。子供はますます調子に乗って、フォークリフトに片足を引っかけ、

「やーい、ブ、ス、お、ん、なー」

わざとのように区切って言う。

私は少年につかつかと近づき、その丸々とした頬をぴしゃりとはった。ためらいはなかったし、目の前の子供が心底憎かった。

少年は呆気にとられたように頬を押さえ、それからみるみる真っ赤になった。

「なぐったな、ジドーギャクタイだ。うったえてやるからな。今は先生だって、オレらなぐったらやめさせられるんだからな。おぼえてろよー」

わめき立てる子供に、私は冷ややかに言った。

「児童虐待なんて言葉はね、漢字で書けるようになってから使いなさいね」

騒ぎを聞きつけて、いつの間にか大木さんがやってきていた。わめき続ける子供と、そっぽを向く私と、大騒ぎする他の子供たちとを順繰りにながめてから、大木さんはふいに大笑いした。

「こりゃあ、子供の喧嘩だな、あんちゃん」

「や、ま、そうですね」

あんちゃん呼ばわりされた若い先生は、苦笑してうなずいた。

世にも騒々しい社会見学の一行が立ち去った後、大木さんはなぜか私に缶ジュースを奢《おご》ってくれた。

「よくやったな、照坊。山猿御一行様の相手はくたびれるだろ」

「別に」と私は肩をすぼめた。「腹は立ちましたけど」

一応お礼を言って、オレンジジュースのプルタブを上げた。ジュースを口にするのは、ずいぶん久しぶりな気がする。

「可愛げないねえ」

ぼそりとつぶやくのにカチンときたけれども、聞こえないふりをした。代わりに尋ねた。

「鈴木久代さんの教え子だったんですか」

大木さんはにやっと笑った。

「おおよ。大昔の話だがね。もっともあの人はその頃から、ばあさんだったな。いやまあ、若くはなかったってことだよ。地獄の閻魔大王とか、鬼婆とか言われてたなあ……言ってたのは俺だけどさ」

「……やっぱ、嫌われてたんだ、あのヒト」

小声で言ったのを聞きとがめるように、大木さんは顔を上げた。

「いやさ、確かに鬼婆だったし、怖かったけど、嫌いだったわけじゃねえよ。あんたが親戚だから言うんじゃないぜ。嫌いなセンコーとなんか、未だに年賀状のやり取りなんかしないよ。そりゃあ、鈴木先生は閻魔大王なんて呼ばれることもあったけどよ、閻魔様ってのはおっそろしいこたあおっそろしいだろうが、なんたって正しいからな」

一人で言って、納得したふうに一人うなずく。

だけど、と私は思う。

正しいことって、優しくないよ。フェアな態度に、傷つくことだってあるんだよ。

久代さんの「早く出て行け」発言だって正当だ。彼女だって生活は楽ではないのだし、親戚と言っても一度も会ったことがなかったほどに遠い関係なら、私の面倒を見る義務もない。このことに限らず、久代さんはいつだって真っ当で正しい。なのに、あの子供の「ブスおんな」と同じくらい、いちいち胸に突き刺さる。正しいから、間違ってはいないから、だから余計胸にこたえるのだ。

そうしたことを今、口に出して言わないのは、言っても伝わりっこないとわかり切っているからだ。それこそ、可愛げのない変な子だって思われるだけ。

だから私は、ジュースと一緒に言葉を呑み込む。私のお腹は食べ物ではなく、呑み込んだ言葉や思いで一杯だ。今にもゲップが出そう。

大木さんは、煙草のヤニで汚れた歯を見せて笑った。

「まあ、何だ。給料はちょびっとしか払えねえけどよ、クズ野菜ならいくらでも持って帰っていいから、もうしばらくがんばってくれな」

社会見学シーズンが終わるまでの、短期契約なのである。それが終わったら、また何か仕事を探さなければならない。

私はまたお礼を言って、クズ野菜を袋いっぱいもらった。そのときどきで、もらえるものは違う。運が良ければ、傷がついた果物をもらえることがある。皮が剝けてしまったバナナやつぶれかけたミカンなんてのは、その場で食べられるからとても嬉しい。一度、鯛のアラをもらったことがあった。ビニール袋にどさりと入れられ、何だこの不気味なものはと思ったけれど、持って帰ったら久代さんが大喜びした。夜、ネギと煮たのを食べさせてくれたけれど、確かにとても美味しかった。魚の頭や骨の周りに残った身を食べるなんて、以前なら思いもしなかったことだ。

さっきの悪ガキが箱の山を崩してたら、大粒の苺が手に入るところだったなと、少し惜しいような気がした。多少つぶれてても苺は甘いだろうし、ジャムにしても美味しいだろう。ごくりと喉が鳴ったが、慌てて首を振る。そんなことになっていたら、市場としては大損害だ。

今日もらったのは主に、キャベツやレタスの外葉、折れたキュウリにひびの入ったニンジン、それに熟しすぎて柔らかくなったトマトだ。

さっそくトマトを流しで洗い、その場でガツガツ食べたら、大木さんに「まるで欠食児童だな」と目を丸くされた。

市場の仕事はお昼前には解放される。けれど外食するような余裕はなかったから、食事は久代さんの家に戻るまでお預けだ。朝食を摂ったのはまだ暗いうちのことだから、この時間の空腹は成長期の体にはひどくこたえた。

ジュースとトマトに反応したのか、私のお腹がグウと鳴った。明らかにそれが聞こえたのだろう、大木さんは苦笑して言った。

「良かったら昼飯、食ってくか？　そこのメシ屋でカツ丼でも奢ってやるぞ」

「あ、でも……久代さんが……」

昼食を作って待っていてくれる、はずだ。昨日私が持ち帰ったクズ野菜を主な材料にして。

けれども、〈カツ丼〉という言葉の響きは、あまりにも蠱惑《こわく》的だった。

「この時間なら、まだ作ってないんじゃないか？　電話すれば、間に合うさ」

「でも、そんな」

私の躊躇《ちゅうちょ》の声とは裏腹に、また胃袋が盛大な音を立てて鳴り響いた。

赤面する私に、大木さんは笑って言う。

「あんたの腹時計は、あんたに似ずに素直だな」

何が情けないと言って、この世の中に空腹ほど情けないものはないと思った。

十五分ほどして、私の目の前にもうもうと湯気の上がるカツ丼が置かれたとき、不覚にも涙ぐみそうになった。卵は半熟で、タマネギは透き通っていて、トンカツはこんがりときつね色で、見るからに美味しそうだ。それが、あつあつのご飯の上に載っている。

「いただきます」と言うのももどかしく、私は割り箸を手に取った。いきなり分厚いカツにかぶりつくと、カリカリに揚がった衣の下から、じゅわっと肉汁がしみ出てきた。その肉汁と脂と甘辛味のしみたご飯を、わしわしとかき込み、口いっぱいに頬ばる。湯気のせいもあるかもしれないけれど、本当に泣きそうだった。

「スゲえな。いつも昼にはなに食ってんだ？」

私の食べっぷりに呆れ声を上げ、大木さんは聞いてきた。

「おじやとかうどんとか、そんなのばっかです。夜のおかずはほとんど干物と漬け物とかで、お肉なんて滅多に出てこないし。揚げ物なんて一度もないし」

どうしても、愚痴めいた言い方になる。

本当言うと、不満は食べ物のことだけではない。だいたい、幽霊が出てくる時点で、最低最悪じゃないか？　これよりひどい環境って、ちょっとないだろう。

とは言うものの、なんだか最近、目下のいちばんの不満って食べ物のことなんじゃないかって気がしている。

幽霊なんてものにまで慣れちゃってどうするよと、自分で自分に突っ込んでみた。けれど、本音の部分で、幽霊よりもむしろ野草や山菜てんこ盛りの食卓の方にうんざりしている私がいる。人間、ギリギリの位置に立たされると、恐怖よりも食欲の方が優先されるものらしい。

「年寄りだからな、歯が悪いんだろうよ」ちょっと気の毒そうな顔をして、大木さんは言った。

「歳とると、肉や油ものが駄目になるってのもよく聞く話だな。まあ、若い人にはちと辛いメニューだよなあ……」

「……うち、父方も母方も両親がいないから……歯が悪いとか食べられない物が出てくるとか、気がつきませんでした」

ほとんど、嫌がらせか？　なんて思い始めていた。ちょっと反省。

「いやもちろん、人によるけどな。うちの婆さんなんか、今年九十になるけどよ、自前の歯でトンカツだろうがビフテキだろうが、ばりばり食っちまうからなあ」大木さんはヤニで汚れた歯を見せて笑った。「しかしまあ、今は核家族化が進んでるからなあ。子供と年寄りの距離は、遠いっちゃ、遠いよなあ……どうだい、うまいかい？」

そう尋ねられ、私は箸を動かしながらうなずいた。

「私、今、刑事ドラマの犯人の気持ちがよくわかりました」

「何だって？」

「ほら、取調室でカツ丼を食べながら、『刑事さん、すみません。俺がやりました……』ってあれですよ」お腹が落ち着いてくると、そんな軽口を叩く余裕も出てくるから不思議だ。「私、今まで、お肉の脂身をこんなに美味しいと思って食べたことはないです」

大木さんは笑って言った。

「そうか、そんなにうまいか」

その笑顔をちらりと見て、この人そんなに嫌な人じゃないかもと思った。我ながら現金と言うべきか、食べ物の魔力と言うべきか。

「……久代さんのことを教えてもらえませんか」

唐突に、私は切り出した。

「ん？　さっき言ったろ。おっかない、閻魔大王みたいな先生だったよ」

「どんな先生か、じゃなくて、どんな人だったかってことです」

「そりゃあ無理だ。俺は鈴木先生としてのあの人しか知らねえもんな。いい先生だったとは言えても、いい人かどうかまでは知らねえよ」

あっさり言われ、私は丼の中に視線を落とした。大木さんはそんな私をちらりと見やり、割り箸を持ったままの手で頭を掻いた。

「……子供が一人、いるっつってたな。確か男の子だって」

「旦那さんは？」

「死んだか離婚したんだかは知らねえが、俺が受け持ってもらったときには母一人子一人だったよ」

「息子さんは佐々良には住んでいないんですね」

「俺が知るかい。なんだい、あんた鈴木先生の親戚なんだろ。それくらい、知らねえの」

「親戚って言っても、すごく遠い関係らしいから……」

考えてみたら、私は未だに久代さんのことを何ひとつ知らないのだ。一緒に暮らし始めてもうひと月になるというのに。

……それまで一度も会ったこともない人と、ひと月も共に住んでいるという事実に、改めてびっくりする。佐々良なんて街だって、名前も知らなかった。この街のことも、そこに住む人たちのことも、一生知らないままでも、別に惜しくはなかった。そう思ってしまうことに、ほんの少しの後ろめたさが混じるにしても。

「いい先生だったよ、本当に」添えられたタクアンをかじりながら、大木さんは言った。「落ちこぼれだった俺に、辛抱強く勉強を教えてくれた……放課後、何時間もね」

「放課後、何時間も……」

私はぽつりと相手の言葉尻を繰り返す。おおよ、と大木さんはうなずいた。

「正直、当時はありがた迷惑だったけどよ、今のサラリーマン教師じゃ考えられないようなことをしてくれてたんだよな。ご本人に言ったことはねえけど、感謝してるんだぜ、ほんと」

「放課後、何時間も大木さんの勉強を見ているあいだ、久代さんのお子さんはどうしていたんでしょうね?」

私の疑問に、大木さんは虚を衝かれたような表情を浮かべた。

「そういや……考えたこともなかったな」

「いい人と、いい先生とは別ですよね。いい人と、いいお母さんも、やっぱり別かもしれない」

そうつぶやいたとき私は、また母のことを考えていた。

母の友達は口をそろえて言う。母のことを、あんな素敵で愉快な人はいないと。美人なのに少しもツンケンしたところがなくて、気前が良くてユーモアがあって。

素敵なお母さんねと、いつも言われていた。それが得意で嬉しかったけれど。

胸の裡《うち》では、少しだけ反発していた。あの人は確かに素敵な女の人かもしれない。だけど断じて素敵なお母さんなんかじゃない、と……。

万事において、私のことよりも自分の楽しみを優先するあの人。

クラス一可愛い女の子が私に向けるのとそっくりな眼で……憐れみと優越感がない交ぜになった眼で、実の娘を見るあの人。

派手好きで享楽的で、とんでもなく愚かなあの人。

あの人のことを、嫌いにならずにいるのはひどく難しかった。

そんな思いを、誰にも告げたことはない。思春期特有の、同性の親に対する反発がどうのこうの、なんて解説されたくはなかった。

いちばん恐れていたのは——。

母が私のことなんて少しも好きじゃないんじゃないかって思えてしまうこと。

私は母と違ってちっともきれいじゃなくて、その上性格も可愛げなくて。だから母が私のことを好きになれなくても、仕方がないんだって思えてしまうこと。

だから、先に嫌ってしまう方がラクだ、なんて思っているわけではないのだけれど……。

ぐるぐる回るばかりの私の物思いを、断ち切ったのは大木さんの言葉だった。

「俺にはよくわかんねえけどさあ、なんか、鈴木先生とうまくいってねえわけ？」

「……別に、そういうわけじゃあ……」

「まあ、短い間だけど照坊のこと見ててさ、そんで鈴木先生のことも知ってるから、想像つかなくはねえけどさ。一度、思い切って甘えてみたらどうよ」

その言葉に、ぎょっとして顔を上げた。

「あの久代さんに、ですか？」

「いやまあ、気持ちはわかるけどよ。でもいいんじゃねえの？　あんたまだ、子供なんだから」

自分でも驚いたことに、大木さんのその言葉を耳にしたとたん、ぽろりと涙がこぼれた。うまい具合に下を向いていたから、大木さんは気づかなかったらしい。上機嫌で、続けた。

「子供はさ、大人に甘えたっていいんだよ。いつもいつもってんじゃなくて、ときどき、ならね」

大木さんの声は相変わらずしわがれていたけれど、もう全然、鬼みたいじゃなかった。だから妙に素直に、相手の言葉が聞けた。

本当の理由は、単に胃袋が満たされたからなのかもしれないけれど。もっと身も蓋《ふた》もない言い方しちゃえば、カツ丼奢ってくれたからかも。

だとしたら、人間って結構簡単だ。いや、私が現金なだけか。

そう思うと少し笑えた。そして私はこっくりと、まるで丼とにらめっこするみたいにうなずいたのだった。

3

帰ってみると、久代さんは出かけていて留守だった。ちょっと落胆したような、ほっとしたような、複雑な気分だった。

もらってきた野菜を冷蔵庫にしまっていると、大きなあくびが出た。連日の早起きと仕事の疲れ。その上お腹は一杯だ。眠くなる条件はそろいすぎている。

二階に行って、畳の上にごろりと横になった。ほんの少し昼寝をするくらい、かまわないだろう。

寝ころんだまま、部屋を見渡す。障子のはまった窓に節目の目立つ天井板、違い棚のある収納。角度を変えてもう一度。大丈夫。この部屋には私一人きり。ユーとかレーとかつくものはいない。

安心して、目を閉じた。次の瞬間にはもう、眠りに就いていたらしい。

また、夢を見た。

今朝見たのと同じ、誰もいない教室にいる。いちばん後ろの席に坐っている。なぜだか床が近く見える。汚れた上履きを履いた足で、机の脚を蹴ってみる。最初は弱く、だんだん強く。

やがて勢いよく立ち上がり、振り返った。そこには今朝見た絵が並んでいる。子供が描いた、稚拙な人物画。私はつかつかと近寄り、目の前の一枚をちぎり取った。水色の線で描かれた、あのおかしな長方形の絵。まず四つに破り、それから執拗《しつよう》に細かくちぎっていく。床の上には、舞台に降る紙吹雪《かみふぶき》みたいな紙片が積もっていく。

「自分の絵だから破いていいってことはありませんよ」

後ろから、声をかけられた。のろのろと振り向くと、痩せたおばさんが立っていた。白髪交じりの髪をひっつめにして、眼鏡をかけている。なんだか意地が悪そうだ。そして間違いなく怖そうだ。

上目遣いに観察しているうちに、「あれ」と思った。この人のこと、知ってる気がする……。

「あたしのことは、知っていますね」

まるで私の心の裡を読んだみたいに、おばさんは言った。

知ってるよ、知ってる。思ったけれど、言葉にはできない。

「担任の先生から、あなたのことは聞いています」つけつけした口調で、相手は言った。「困った人ですね。なぜ、皆と同じようにできないんですか?」

皆と同じって何? なんでみんなと同じにしなきゃならないの?

私は反抗的に、相手を睨み据えた。そしてそのままドアの方に歩き出す。

「どこへ行くんです?」

そう声をかけられたけれど、無視して教室を飛び出した。

けれど行きたいところなんてない。学校の中にも、外にも。私がいられる場所なんて、どこにもないのだ。

結局、たどり着いたのはお手洗いだった。上履きのままで入っていき、ふと鏡に映る自分の姿が目に入った。

ぞろりと長い髪の毛。毛玉だらけの服。

ふて腐れたようにこちらを見返しているのは、あの子だった。

幽霊の、あの子。一言も口をきかず、ただぼうっとそこにいるだけのあの子。

なぜあの子の姿が鏡に映っているの? 夢の中でくらい、もっと美人でいたいのに。

これはあの子が見せている夢なのだと気づく。不思議と怖くない。だって今の私は、私じゃなくてあの子なんだから。

「ここにいたんですか」

落ち着き払った声が、お手洗いの壁にカチンと当たった。振り返るまでもない。さっきのおばさんが、私を捜してやってきたのだ。

「破った絵は、自分で片づけなさい」

命令口調でおばさんは言った。私はきっと振り返る。

「イヤ」

初めて耳にした声は、それほど違和感がなかった。興奮にいくぶん甲高《かんだか》くなった子供っぽい声。短いけれど、強い拒絶の声。

……私ならこんな声、出さないけれど。

「なぜですか」

相手の質問に、私は全然関係ないようなことを答えた。

「お母さんなんて、大嫌い」

ふっとため息の音が聞こえた。

「……改めて、自己紹介しますね。私は鈴木久代です。今日からあなたは、私の生徒です。たった一人のね」


何かがふわりと体に被さる感触に、目が覚めた。

屈《かが》んだ姿勢の久代さんが、なぜか気まずそうにつと目を逸《そ》らす。眠り込んでいる私に、タオルケットをかけてくれていたのだ。

「昼寝するなら、上掛けくらいかけなさい」

叱るように言われ、私は少し微笑んだ。

「夢、見てた」うすぼんやりした口調で、私は言う。まだ夢の続きにいるみたいだった。「お母さんなんて大嫌いだって言ってた、私。久代さんも出てきたよ。学校の先生だった。本当にそうだったんでしょ」

「大昔の話ですよ」

薄い唇をひき結んで、久代さんは言う。

「それでね」と私は続ける。「絵を破り捨ててたの。教室の後ろに貼ってあった絵。一枚だけ、おかしな箱みたいな絵で、それを私が細かく破いちゃったの。久代さんに叱られて、あ、そのとき言ったんだ。お母さんなんて大嫌いって。それで教室を飛び出して、お手洗いに行ったの。そしたらね、そこの鏡に映った顔が、私じゃなくてあの子だったの。この家に出てくる、幽霊の女の子」

久代さんはやや当惑したような顔をした。そんな表情を見るのは初めてなので、私は少し愉快になった。

「……あの子が見せているのかねえ……」そうつぶやいた久代さんの横顔は、なんだか苦しげだった。「あたしは教師失格だね。あの子が何を伝えたくてあたしんとこにやってくるのか……何を考えているんだか、ちっともわからないんだから。もちろん、教師なんてとうの昔に辞めちまったけどさ。今になって……今頃になってやってくるなんてね」

「……本当にあったことなの、私が見た夢」

今さらのように私は聞いた。心のどこかでそれはわかっていたように思うけれど、久代さんの口からはっきりそう聞くと、やはり驚きだった。

目覚めてからも、不思議と、怖いという感じはしない。

「本当にあったことだよ。もう二十年、いやもっとかね。昔の話さ。あたしは教頭をやってて、その頃はもうクラス担任はしていなかった。だけどあの子はロクでもない問題児でね。学校に来ることは来るけど、好き勝手に歩き回るわ授業は聞いちゃいないわ、宿題なんて何ひとつやってこないわでね。あるときなんか、授業中にいきなり立ち上がって止めるのも聞かずに校庭に出て行ってさ、後で聞いたら蝶々がいるのが見えたからですって、当たり前のような顔をして言ったそうだよ。人を喰った返事だよね。とうとう担任が音を上げて、それであたしに任されたんだ」

「個人授業をしてたってわけ？　それでその子は良くなった？」

「ちっとも」

久代さんは痩せた肩をすぼめた。

「あたしは千人以上の子供を見送ってきたけどね。あんなに強情な子は他にいやしないよ。他の子と同じことをするなんて、馬鹿馬鹿しいとでも考えてるふうだった。四十人の中の一人でも、たった一人でも、どっちでも変わりないように見えたね。あたしが算数を教えている真っ最中だって、蝶々が見えたとか言っては、ふらふら出て行ってしまうんだから。ちゃんと坐っているように言い聞かせても、聞きゃあしない。自分のしたいようにするし、嫌なことは一切しないって調子でね」

「でもそれなら」思わず私は口を挟んでいた。「その子は久代さんのことは好きだったんじゃないの？　嫌いだったら学校に来なくなっちゃうはずでしょ」

久代さんは眼鏡を外し、ハンカチで丁寧に拭った。その眼はひどくしょぼしょぼと、落ちくぼんで見えた。

「家庭に問題のある子だったからねえ。単に、他に居場所がなかったんだろ」

夢の中で、自分が叫んだ言葉を思い出した。

――お母さんなんて、大嫌い。

あれは、あの子の叫びだ。

あの子は、家にいたくなかったんだろうか。お母さんのいる家に。だから仕方なく、学校に来ていたんだろうか。

みんなと同じでいる、ただそれだけのことができない子には、ずいぶんと辛い場所だったろうに。

嫌なとこにはいたくない。嫌な人とは、いたくない。誰だって……。それがたとえ肉親だって。

私はいきなり身を起こし、ほとんど叫ぶように言った。

「お父さんとお母さんは、私のことが嫌いだから、だからここに捨てて行ったんじゃないよね。

そのうち……すぐ、迎えに来るよね。絶対、大丈夫だよね」

大丈夫、というのは、いつかエラ子に言ってもらった言葉だ。けれど私は、事情を知りもしないエラ子なんかじゃなくて、今ここで、久代さんに保証してもらいたかった。

嘘でも、気休めでもかまわなかったのに。

けれど久代さんの口から出たのは、あまりにも冷たい台詞だった。

「絶対大丈夫、なんてことは言わないよ。実際、いるからね、子供を捨てる親は。知らんぷり、見えないふりをしてりゃあ、消えていなくなってしまうとでも思っているんだろうよ」

心臓が、きゅっと音を立てて縮んだような気がした。

「……じゃあ私は、ずっとここにいなきゃならないの？」

「ずっとなんていられないよ。親許にいようと、どこにいようと、真っ当な人間ならいつかは独り立ちしないとね」

突き放すように素っ気ない言い方だった。

わかっていた。久代さんが私のことを迷惑に思っていることくらい。早く出て行って欲しがってることくらい。

そう思うのは当然で、だから久代さんは悪くない。久代さんはいつだって正しい。

そして正しいことって、やっぱりひどく……残酷だ。

私は久代さんから顔を背けて立ち上がり、階段を駆け下りた。久代さんが背中に声をかけてきたけれど、無視して家を飛び出した。

今、ここにはいたくなかった。とてもいられなかった。

4

ガタガタのオンボロ自転車にまたがり、無茶苦茶にペダルを漕いだ。行く当てなんて、もちろんない。

川原に沿って走るうちに、知り合いを見かけた。小さな公園で、二組の親子が遊んでいる。ダイヤくんが大きなボールを放り投げ、ころがるそれをユウ坊がよちよちと追いかける。それだけのことに、二人ともキャッキャと笑い声を上げていた。傍らのベンチには、子供たちを見守るエリカさんとサヤさんの後ろ姿がある。

声もかけずに、私は遠くからぼんやりと四人の様子をながめていた。

なぜなのだろう？　あの人たちを見ていると、いつも心がささくれ、苛立ってくる。そしてしまいには、なんとも言えずもの悲しい気分になってしまう。

私はサヤさんが大嫌いだった。エリカさんのことだって、同じくらい嫌い。子供だって、大っ嫌いだ。

ふいにユウ坊が顔を上げ、私を真っ直ぐに見た。そしてこちらを指差し、何か言ったように見えた。決まりが悪くなった私は、土手を斜めに駆け下り、そのまま車道を走り去った。まっ昼間の公園なんて、私みたいに半端な歳の人間がいるべき場所ではない。

川に沿ってどんどん走ったところで、ふいに私の携帯電話が鳴った。私は急いでブレーキを踏む。こんなふうに止まると、やっぱり自転車は聞き苦しい音を立てる。殺される獣の、断末魔の叫びみたいに。

私は手提げ袋から携帯電話を取り出した。胸がどきどきしている。どうしても、期待することをやめられない。

そしていつも、失望が期待に取って代わる。そのことにだけは、未だに慣れることができない。

飛び込んできたのは、誰からかわからないメールが一件だけ。

いっしょにボールをおいかけてあそびましょう

どきりとした。まるで今の私の行動を、見ていたようじゃないか？

だけどサヤさんやエリカさんのはずはない。こちらには背を向けていたのだし、ユウ坊が気づいた次の瞬間には、私は死角に隠れていたはずだ。それから振り返ったとしても、私の姿が見えたとは思えない。ダイヤくんだって、向こうを向いていた。私を見られる位置にいたのはユウ坊だけで、事実あの子は私を見たようだった。けれど、ユウ坊が私のことを人に言えたはずはない。だってあの子はまだ、まともにしゃべれない赤ん坊なのだから。

佐々良は、変な街だ。よそじゃ考えられないようなおかしなことが、しょっちゅう起きている。佐々良に住む人たちだってどこか変だ。あり得ないようなことを、平気な顔をして受け入れている。いちいち騒ぐのがばからしくなるくらい。

少し考えて、私はメールを無視することにした。返信したってどうせ返事は来やしないし。考えたって、仕方がない。言いなりになってUターンするのも馬鹿馬鹿しい。何しに来たのかしらって思われるだけだ。

そのまま車道を走り続けていたら、見憶えのある場所に出た。一瞬あれ、と思ったけれど看板を見て思い出した。以前に時計を修理してもらった、スエヒロ電気である。前の道路に小型トラックが停まっていた。そのまま歩道を通り過ぎようとしたら、目の前にいきなり冷蔵庫を抱えた二人組が現れた。一人は小柄なおじいちゃんで、もう一人は松ちゃんである。

二人は通行人の私には気づきもせずに、うんうん唸《うな》りながらどうにかトラックの前まで運び、それから途方に暮れたように荷台を見上げた。リフト機能なんてついていない、ただの軽トラである。

「よーし」意を決したようにおじいちゃんは言った。「まず横にしてだな、そうっと毛布の上を滑らすんだ。気をつけて、そうっとだぞ。そうっと……おっととと」

言ってるはしから、冷蔵庫がぐらりと傾いた。おじいちゃんの上に倒れたりしたら、大怪我だ。

「手伝います」

とっさに自転車をガードレールの脇に止め、声をかけた。すると松ちゃんが私を見て目を丸くした。その顔を見ると、一応私のことを覚えてはいるらしい。冷蔵庫がまたぐらりと揺れた。松ちゃんの方に、重さの大半がかかった格好だ。顔を真っ赤にして踏ん張っている。危ないので脇から手を添えて、いったん冷蔵庫を真っ直ぐにした。

「へえ、松も隅に置けんな。ガールフレンドかい？」

とおじいちゃんがニタニタ笑った。

「ただの通りがかりです。誰がこんなチビ」

「誰が目覚まし蹴飛ばしてぶっ壊す女」

二人同時に反論し、それぞれムカッとし、それからぷっと笑った。

「とにかく、通行の邪魔だからとっとと積んじゃいましょう」

私が言うと、松ちゃんが大仰に肩をすぼめた。

「おまえじゃ、大して助けになりそうもねーな」

「いないよりマシでしょ」

せーので持ち上げ、荷台にもたれさせるようにして積んでいく。確かに私でもいないよりはマシだったらしく、さっきよりは危なげもなく積み終えることができた。

「嬢ちゃん、ありがとな。そんじゃ、お客さんとこに持っていくわ」

おじいちゃんは私に手を振り、瞬く間にトラックを発車させた。

後に残された私と松ちゃんとは、何となく気まずく顔を見合わせた。

「……おまえ、スゲー自転車に乗ってんのな」

先に視線を逸らせた松ちゃんが、ぼそっとつぶやく。

「もらい物だから」

「あーあ、ひでえボロ。こんっなに錆びちゃってさあ」

痛ましげに言われるのに「余計なお世話」と返して自転車のスタンドを上げようとした。するといきなり、「待てよ」と言われた。

松ちゃんは店の中からワイヤーブラシを持ってきて、いきなり自転車の錆を丹念に落とし始めた。

「俺、こーゆーの見ちゃうと、ガマンできねえんだよね」

じょりじょりと、髭を剃るみたいにして赤茶けた錆が落ちていく。

「あ、この辺は単なる油汚れか……良かったな、大事な部品はそんなにやられてないぜ」

独り言のように言いながら、熱心に作業を進める松ちゃんを、私は呆然と見つめていた。

錆をあらかた落とし終えると、何か小さな缶を取り出して、ざらざらになった部分に塗り始めた。眼で尋ねると、めんどくさそうに「錆止めだよ」と松ちゃんは説明した。要所要所にオイルを差し、仕上げにワックスまで塗ってくれ、さらにはボロ切れでぴかぴかに磨き上げてくれた。最後に歪んだ前籠をできる限り整えて、

「ほらよ、一丁上がり」

「……ありがとう」

ぼそりとつぶやく私を尻目に、松ちゃんはなおも不満そうに自転車を睨んでいる。「待ってろよ」と言い残してからまた奥に入っていくと、スプレー缶を持ってきて私の目の前にぐいと突き出した。

「この色、嫌いか?」

それは真っ赤なスプレーペンキの缶だった。

そう答えると、松ちゃんはにっと笑った。

「ううん、好き」

「これなら半端にあまってるやつだから、使ってもいいだろ」

そう言いながら、マスキングテープとビニールで丁寧に自転車の各部を覆い始めた。そして下に新聞紙を敷き、慣れた手つきで自転車のボディを着色し始めたのである。

みるみるうちに、オンボロだった自転車は、目のさめるように真っ赤な色の自転車に変身してしまった。

「専門外のやっつけ仕事だけどよ、結構見られるようになっただろ」

ポカンと口を開けている私に、松ちゃんは得意そうに言った。

「あの……」

「ん？」

——まるで魔法みたい。

本当はそう言いたかったのだけれど、実際口にしたのは別な言葉だった。

「私はどうやって帰れば……」

テープやビニールを外しながら、松ちゃんは器用に肩をすぼめた。

「まだ塗装が乾いてないからな、乗るなよ。本体に触らないように、そうっと押してけ」

「げ」

歩くとなると結構な距離である。

それはそれとして、改めてお礼を言うべきだろなと思い、そのための言葉を口の中で転がしていると遠くから大音声が聞こえてきた。振り返ると真っ黄色のオープンカーが猛スピードで近づいてくるのが見える。カーステレオで、人気女性ボーカルの歌をガンガンに鳴らしていた。

「うるさいなあ」

あっという間に行き過ぎた車を目で追いながら、私は言った。

「曲の趣味はいいけどな」

「あの歌手好きなんだ」

意外な気がして尋ねた。

「まあね」

松ちゃんは素っ気なく答えたが、「まあね」どころではないことは、そのうっすら染まった頬を見ればわかった。

「私、いちばん新しいベストアルバムのテープ持ってるから、今度上げる」

早口で私は言った。家から持ち出してきた品物のひとつだ。けれど私が持っていたって仕方がない……カセットデッキがないのだから。

ここなら中古の電気屋だし、デッキなら売るほどあるだろう。

ぴかぴかに生まれ変わった自転車のお礼がしたかった。

「じゃあそのうち、気が向いたらくれ」

何でもない調子で、松ちゃんは言った。

「わかった。そのうち、気が向いたら持ってくる」そう言ってから、付け足しのように言った。

「自転車、どうもありがとう」

「おう」松ちゃんはにっと笑った。「たいていの物はちゃんと手入れしてやりゃ、生き返るんだよな。おまえが乗ってきたときには、まるでゾンビだったけど」

「ゾンビは余計だよ」

ふくれて言いながら、ガラスのリンゴのことを思い出していた。

壊れてしまったあのリンゴも、今頃は別な何かに生まれ変わっているかもしれない。

私は松ちゃんにさよならを言い、生まれ変わった自転車を押した。手入れをしてもらった自転車はもうゾンビじゃなくて、哀しげな声で泣いたりもしなくて、真っ赤に、それは誇らしげに輝いていた。

5

佐々良神社の脇を通り過ぎようとしたとき、石段の上に鮮やかな紫の塊があるのが見えた。ウールのロングスカートを着た、久代さんである。背筋をぴんと伸ばして、王座にでも坐っているみたいに堂々としている。傍らに、お供みたいな感じでシルバーカーがきちんと立てかけてある。

私は立ち止まり、小さく咳払いをした。久代さんはこちらを見下ろして言う。

「おや、やっと見つけたよ」

「……見つけたのは私だよ」

「今ちょいと休んでただけさ。年寄りを方々歩かせるもんじゃないよ」

「……捜して、くれてたの」

私の問いに、久代さんは苦虫を嚙みつぶしたような顔で答えた。

「いい歳をして、しょっちゅう迷子になるからね、あんたは」

「迷子になんか、なってないよ、私」

小さな子供じゃあるまいしと、ふて腐れて私は言った。

「ここへ来てからのあんたは、ずっと迷い子《まよご》みたいなもんさ」そう言ってから久代さんは首を傾げた。「おや、その自転車、どうしたんだい？」

気づいてくれて、嬉しいような、照れ臭いような、複雑な気分だった。

「スエヒロ電気ってとこで前に時計をなおしてもらったんだけど、その前を通りかかったら冷蔵庫をトラックに積むとこでね、重そうだったし邪魔だったから手伝って上げたの。そしたら私の自転車見て、すごいボロだって言われて、錆を落としたりペンキ塗ってくれたりしたの」

我ながら要領をえない説明だったけれど、久代さんはにっこり笑ってうなずいた。

「そうかい、佐々良でそんな知り合いができたのかい。そりゃあ良かった」

「うん」

と私はうなずく。久代さんはおもむろに立ち上がって言った。

「さ、帰るよ。ほんとにあんたは、興奮して飛び出しちゃあ、渋々帰るの繰り返しだね。進歩がないったら」

「そうだね」せいぜい素直に返事しとこうと、私はまたうなずいた。「もっと成長しないとね」

　すると久代さんはけんもほろろな口調で言った。

「人間は大して成長なんてしやしないさ。あんたの親がいい例でね。愚かな子供は、大きくなってやっぱり愚かな大人になる。成長するのは図体ばかりでね」カチンときている私を尻目に、久代さんは石段を下りてきた。「……あたしだってそうさ。たとえ何十年生きようが、やっぱり愚かなんだよ」

　そのまま二人並んで歩き出す。しばらくは、互いに無言だった。

「……どこで聞いたか、何で読んだかは忘れてしまったけどね」ふいに、久代さんは言った。

「教訓くさい話を思い出しちまった。あるところに、貧しい牧師とその娘がいました。牧師は礼拝の前、献金箱に一枚の硬貨を入れました。人々が帰っていったあと、牧師と娘が期待を込めて箱の中をのぞくと、そこには最初に入れた一枚の硬貨だけがありました。幼い娘は父親に言いました。『もっとたくさん、入れておけば良かったね』と」

　どう相槌を打っていいかわからず、私はただ黙って聞いていた。

「きつい話さね。それっぽっちしか入れていなかった現実を、後になって突きつけられるってのは」

「……何の話？」

「さてね」久代さんはにっと笑った。「たとえば、愛情とかいうものでもさ。人間ってのは了見が狭くできてて、自分が注がれた分しか、人には与えられなかったりするもんなんだよ。そしてそれは数珠みたいに、どんどん次へとつながっちまう……まあ、わかりやすく言えばそういうことさ」

ちっともわかりやすくはなかったけれど、言いたいことは何となくわかる気もした。

「前に、サヤさんに言われたことがあります。人の心は鏡みたいなもので、嫌いだって気持ちも、好きだって気持ちも、ぜんぶ自分に跳ね返ってくるのよって」

「あの人は、お人好しだからね」少し眼を細めて、久代さんは言った。「実際はそんなに簡単じゃあないよ。意識にも留めていなかった人から、嫌われることだってある。理不尽な悪意をむけられることだってね。反対に、どれだけ好いていても、相手はこっちに無関心だったり、それどころか嫌われてたりなんてことは、ザラさね」

胸がずきりと痛んだ。

お母さんは、私のことを別に好きじゃないんじゃないかって、ずっと思い続けてきた。だから、お母さんが本当に私を迎えに来てくれるかどうか、自信がない。私がいちばん疑っている。

――人になにか言われて傷つくのは、大抵の場合それが図星だから。あるいは、恐れていることだから。

私が、サヤさんやエリカさんのことを嫌いなのは、彼女たちが我が子に純粋な、そして無償の愛情を注いでいるのを見るのが辛いから。

それは、自分が一度ももらったことのない、他人に宛てたプレゼントを見るようで。

だからあの子供たちも嫌い。羨ましくて、妬ましくて、自分が真っ黒になってしまうから。そして、そんな自分がいちばん嫌い。

無限にループしていくそんな思いを打ち消すように、私はことさら生意気な口調で言う。

「さっきの話と、微妙に矛盾してませんか」

久代さんは苦笑した。

「そうだね、矛盾している。人間なんて、矛盾だらけの生き物さ」

なんだか、はぐらかされたような気がした。

私は自転車を、久代さんはシルバーカーを押しながら、しばらく並んで歩いていく。

「……その自転車、良かったじゃないさ」とつぜん、久代さんは言った。「生きてりゃ、そういう思いがけない親切を受けることだってあるんだからねえ」

「……うん」

「それに今日は、昼ご飯を奢ってもらったんだろ？　何、食べたのさ」

「カツ丼」

「そうかい。美味しかったかい？」

「うん」

「そうかい。そりゃあ、良かったねえ。人生曇る日がありゃあ、照る日もある。そういうもんさ」

久代さんは、一人何度もうなずく。

もしかして……。

私を慰めようとしているんだろうか？　不器用に……さりげなさを装いながらも、結構露骨に。

久代さんの言葉で、私が傷ついて家を飛び出したこと、少しは気にしている？

らしくないけど。全然、らしくないけど。

サヤさんの言うように、実はけっこういい人なのかもしれない。見かけは魔女で中身は閻魔様で鬼婆だけど。大木さんだって、案外に優しい人だったじゃないか？　最初は態度最悪だった松ちゃんだって、エラ子だって。

「……あのね」私は小声で言った。「お母さんがどうして私を久代さんのとこに預けようと思ったか、わかった気がする」

きっと、久代さんのことを信頼していたのだ。安心して任せられるほどに、好きだったのだ。

そう続けようとしたら、久代さんはにわかに険しい顔になって言った。

「そんなの、決まり切ったことさね。嫌がらせですよ。あんたのお母さんときたら、昔っからあたしを困らせてばかりだったからねえ」

きっぱりと言い切られて、私は固まった。

前言撤回。やっぱこの人、いい人なんかじゃないよ。見かけは魔女で、中身も閻魔様で鬼婆だ。

「……言い忘れていましたけどね」うなだれてとぼとぼ歩く私の背中を、久代さんの声が叩いた。「あたしはあんたのことを、気に入っていますよ、わりとね」

元、ゾンビ自転車を押しながら、何と答えたものか、私は一生懸命に考え続けていた。

ぺったんゴリラ

1

佐々良に夏がやってきた。

夏なんて、ちっとも好きじゃなかった。ろくに泳げもしなかったから、学校のプールは大嫌いだった。

「水着なんて恥ずかしいよ」とか言いながら、結局はおおはしゃぎする女の子たちも、ニタニタスケベ笑いする男の子たちも、みんな馬鹿みたいだと思う。そのくせみんなすいすい泳いじゃって、独りビート板やコースロープに縋《すが》っている自分が、間抜けで情けなくてたまらなかった。

海だって嫌いだ。潮水に浸かると、なんだか体がむずむずして不快だから。強い紫外線を浴びると肌が真っ赤になって、そしてすぐにそばかすが浮いてしまうから。せっかく来たのに、父も母もパラソルの下で寝そべってばかりいるから。いったい何のために彼らは海に行っていたのだろう（決まってる。母は流行《はや》りの水着を着るため、父はそんな母を観賞し、周囲に見せびらかすためだ）。

ちっとも楽しそうじゃない私を、母はつまんなそうにちらりと見て、すぐに興味をなくしたように目を閉じていた。

まぶたを縁取る濃い睫《まつげ》とか。上品に塗られたアイシャドウとか。そうしたものを思い出すと、私はなんとも言えない気持ちになる。蝶の脆《もろ》い羽に載った鱗粉《りんぷん》みたい。母はいつだって、標本箱の中でぴんと羽を伸ばした蝶々みたいにきれいだった。

佐々良にやってきて、鈴木久代さんの家にお世話になるようになった。自然、お年寄りと付き合うことが多くなって。歳をとるってことについて、よく考えるようになった。

母もいつかは、久代さんみたいなしわくちゃのおばあさんになるのだろう。お夏さんのように、でっぷりと太っちゃったりするかもしれない。久代さんやお夏さんには悪いけど、その姿はどうしたって美とはほど遠くて……はっきり言っちゃえば醜くて。そういう姿に、母がいつかなるのだとは、どうしても思えなかった。

もちろん、わかってはいる。往年の美人女優なんかがテレビや雑誌に出ることがあって。映画に出てた頃の輝くような姿と、似ても似つかないおばあちゃんになってたりして。見た瞬間、うわっ、ヒッサーンって思う。って言うか、まだ生きてたの？　とか。そういうことを考えるのは残酷なんだろうけど、でも思う。誰だってそう思う。

何よ、行き着く先は大して変わらないんじゃない。目の覚めるような美人だって、誰一人、洟《はな》も引っかけないようなブスだって。

……そう結論づけて、鼻からふんと息を漏らしてみたけれど、別に爽快な気分にはならなかった。そりゃ、行き着く先は変わらないかもしれないけど、そこまでの長い道行きは大いに変わるんだってことは無視できない事実だから。

むしむしと暑かった。

夏なんだからしょうがないとは言っても、この家にはクーラーどころか扇風機さえなかった。別に今さら驚くようなことじゃないけど。久代さんの生活ぶりを見てたら、冷蔵庫と洗濯機とテレビがあるだけでもびっくりだ。どれも旧式のボロだけど。

『あたしが死ぬまでもってくれりゃあもうけもん』

珍しくおどけた口調で久代さんにそう言われたとき、『家電は普通、百年ももちませんよ』と返したら、受けた。くっくと、皺《しわ》の寄った喉を鳴らしていつまでも笑っていた。私としてはそれほど面白いことを言ったつもりはなかった。お話に出てくるような魔女は生まれたときから老婆の姿で、十年経とうが百年経とうが変わらない気がする。

それはともかく、久代さんがあんなふうに笑うのも、思えば珍しいことだった。

百年経っても死にそうにない家主《いえぬし》は、ここ数日間留守だった。週に一度は通っている病院から電話があり（久代さんに言わせれば、病院通いは子供の習い事と同じようなもので、良くなろうがなるまいがとにかくきちんと通わなくっちゃならないそうだ）、「入院することになったから」と当の本人が淡々と告げた。夏風邪をこじらせたらしいから、大事を取って入院することにしたのだと言う。

久代さんの指示で、押入の下段にしまわれていた〈入院セット〉を届けに行った。一応中を改めたけれど、季節にあったパジャマと替えの下着、洗面道具にタオルなどがきちんと収められていて何ひとつ付け加える物はなかった。底の方には封筒に入った現金や印鑑まで用意されていた。入院手続きにはハンコがいるなんてこと、初めて知った。

赤い自転車をフルスピードで漕ぎ、病院に着いたけれど、久代さんは案外に元気だった。狭っ苦しい四人部屋のいちばん奥で、ベッドの真ん中にしゃんと坐っている。私に気づくと、ほんの少し決まり悪そうな顔をした。

「大丈夫？」

と聞いたら、「注射打ってもらったから大丈夫」という答えが返ってきた。なんだか年配の人って、ものすごい注射信仰を持っている気がする。

「だけど急に入院なんて……」

「大丈夫だよ」ふいに後ろから声がした。いつの間にか、ごま塩頭に白衣の男の人が入ってきている。「鈴木先生なら、たとえ地獄に行っても追い返されるよ。閻魔様を叱りとばして正座させかねない人だからね」

男の人の言葉に、久代さんはつまらなそうにふんと鼻を鳴らした。確かに地獄だなんて、縁起でもない冗談だ。会うのは初めてだけれど、きっとこのおじさんが久代さんの元生徒だという医者に違いない。

「さっ、ボケッとしてないで、持ってきた物を整理して物入れに入れとくれ」

いつものごとく、つけつけとした命令口調で、久代さんが言った。しぶしぶ私は指示に従う。コップはサイドテーブルの上に、化粧ポーチや洗面道具など細々したものはその引き出しに、タオルや着替えは傍らの物入れにしまう。最後に底に入っていたスリッパをベッドの下にポンと置いて完了だ。

「おう、嬢ちゃん、エラいな。よくそんだけ独りで用意したな」

あまりお医者っぽくない言葉遣いで、先生は言った。自分の手柄でもないことで褒められても、ちっとも嬉しくはない。

「これは久代さんがあらかじめ用意しといた物です。私は持ってきただけ」

と言ったら、先生はあからさまに「可愛くないなあ」というような顔をした。久代さんはベッドの上で、皺の数を増やして笑いながら、「備えあれば憂いなし」と言った。

その日はアルバイトがあったので、そのまま自転車に乗って酒屋さんに向かった。ここもご多分に漏れず久代さんの元生徒の店で、頼まれているのは棚卸しの手伝いである。このお店ではそれまでにも何度か店番のバイトをしていたから、さほど緊張はしなかった。手間賃はお小遣い程度だったけれど、賞味期限が間近に迫った調味料や缶詰類をたくさんもらえた。缶詰は多少賞味期限を過ぎても食べられるけれど、調味料は使い切るのに時間がかかる。それで醬油や味醂《みりん》は一本ずつ残し、残りは自転車の前籠に入れてサヤさんのところに持っていくことにした。ついでに大嫌いなアスパラの缶詰も放り込む。処分するなら今のうちだ。

着いてみると、サヤさんの家には珍しく誰も来ていなかった。生け垣越しに、赤ペン片手にせっせと書き物をしているサヤさんの姿が見える。毎度思うけれど、本当にプライバシーのかけらもない家だ。

「お仕事中ですか?」

庭先から声をかけると、サヤさんは「あら」と顔を上げた。

サヤさんは五月に入って、駅前にある小さな会社でパートの仕事を見つけた。ユウ坊の世話は、おばあちゃんズが争うようにしていた。サヤさんとしては保育園に空きができたらすぐにでも入れたかったらしいけれど、一歳児の定員はとても少ない。順番はなかなか回ってきそうになかったし、おばあちゃんたちはそれでちっともかまわないと思っていたらしい。

ところが保育園に空きができる前に、問題が起きた。最初は張り切って通っていたサヤさんが、みるみる元気をなくしていったのだ。食が細くなり、眼の下にクマができた。見ていてわかりやすいやつれ方だった。心配したおばあちゃんズがよってたかって事情を聞き出したところ、サヤさんが職場の先輩女性に苛《いじ》められているということが判明した。どうもその人は、職場の男性がサヤさんのことをヒイキすると憤っているらしい。男性陣がサヤさんを庇《かば》ってくれたらしいが、どうやらそれは逆効果となり、苛めはいよいよ陰湿になってきた。そして一部男性の庇い方が妙にセクハラチックなものになるに及んで、サヤさんは職場を辞めざるを得なくなってしまった。

『あんたも運の悪い人だねえ』

妙にしみじみとお夏さんが言っていたし、他のみんなも同情的だった。ただ一人、エリカさんだけは、

『だけどあんたも悪いんだからね。もっとキッパリぱきっと断んないから、男共が図に乗ったり妙な期待をしたりするんだよ。こんなことなら化粧品なんてプレゼントするんじゃなかった。あんたなんて、ノーメイクでひっつめで眼鏡かけてるくらいでちょうど良かったのよ。あー、あたし、そのやな女の気持ち、ちょっとわかるかもー』

なんてカリカリ怒っていた。お夏さんは『血も涙もないねえ。そう言うあんたがやな女だよ』とかなんとか言っていたけれど、私はエリカさんの方が正しいと思う。とにかく万事においてて、サヤさんは弱気ではっきりしなくてぐずなのだ。もちろん、苛めを肯定する気はさらさらない。それはカッコ悪くて愚劣な行為だ。もしその会社で働いたのがエリカさんだったとしても、トラブルにはなったのかもしれないとも思う。けれど、「運が悪い」の一言ですませるのは、やっぱりどこか間違っていると思うのだ。

だけどそう思うのは、やっぱり私がエリカさん同様〈やな女〉だからなのかもしれない。

それはともかく、その後サヤさんは自宅で校正の仕事を始めた。私が佐々良に来る前から勉

強は続けていたそうだが、やっと仕事をもらえるまでになったらしい。亡くなった伯母さんが出版社に勤めていたとかで、そのつてがどうとか言っていた。

『まだまだ時間がかかりすぎて……』と当人も言っているように、きちんとした定期収入にはほど遠いというのが現状のようだ。聞いてみたことはないけれど、私のお手伝い仕事で得ている収入と、それほど変わらないんじゃないかという気がする。

けれどまあ、自宅でコツコツできる仕事っていうのは、サヤさんには向いているのかもしれない。本が好きだって言うし。やな女の先輩も、セクハラ上司もいないし。何よりユウ坊を預ける必要がないし。

居間の奥では、そのユウ坊が俯《うつぶ》せになって寝ていた。まるでアラーに祈りを捧げるイスラム教徒みたいな格好だ。どうしてあんな体勢で眠れるんだろうと、いつも不思議に思う。子供って、理解不能で奇妙キテレツな生き物だ。

「酒屋さんのバイトで、色々もらったからお裾分けです。多かったらみんなにもわけて上げて下さい。賞味期限が近いから……」

ユウ坊を起こさないように用件だけささやくと、サヤさんはにこりと笑った。

「ありがとう、助かるわ。あ、ちょっと待っててね」

一度奥に引っ込むと、タッパーに詰めた煮っ転がしに漬け物、それと小分けしたお菓子だのを持ってきてくれた。甘いものに飢えていた私は、色とりどりのキャンディーがひとつかみ入っているのを見てほくそ笑む。

いつから始まったシステムなのかは知らないけれど、これはいつものことだった。食べきれない頂き物だの作りすぎたおかずだのを、みんなして当たり前のようにサヤさんの家に持っていく。サヤさんはそれをまた、他の人たちにわけて上げる。すごく原始的な物々交換だけど、みんなが喜んでいるのだから取引としては上手く行っているのだろう。私の見るところ、エリカさんだけはちゃっかりもらいっぱなしな感があるけれど……。

「ちょうどお醬油が切れかけてたところなのよ」またにこっと笑って、サヤさんはスーパーのレジ袋に詰めた食べ物を手渡してくれた。それから軽い感じで付け加える。

「最近、久代さんにお会いしていないけど、お元気？」

聞かれて初めて、あ、そうかと思った。袋の中のキャンディーが、カサリと音を立てる。

「今日、入院しました」

そう答えたら、サヤさんがエーッとか何とか素っ頓狂な声を上げた。その声に驚いたのか、ユウ坊がびくりと動き、何かが破けたみたいにギャーと泣いた。

2

久代さんが入院して四日目に、珠子さんがやってきた。サヤさんのお隣に住むおばあさんである。

「お見舞いに行ったとき預かった久代ちゃんの寝間着、洗濯して持ってきたわ」

シロップでもぶっかけたみたいに、甘ったるい声で珠子さんは言う。くすんだピンクのブラウスに、ウエストゴムのふわっとしたスカートという格好だった。

「それにね、照代ちゃんが一人で大丈夫かどうか見てきて上げるって、久代ちゃんに約束したものだから……」

パジャマの入った袋を差し出しながら、珠子さんは上半身をぐっと伸ばし、部屋の奥をきょろきょろ眺め渡した。

正直言って、この可愛らしい声で話す、小柄で好奇心旺盛なおばあちゃんが、少し苦手だった。もっと言ってしまえば、気味が悪い。いかにも「私は無邪気で罪のない年寄りです」という顔をして、人の生活や心にずかずかと踏み込んでこようとする。にこにこ笑いながら、『それで、ご両親からは何か言ってきた？』なんて尋ねたりする。

一度、久代さんにちらと愚痴ったことがあった。

『あの人、どうしてあんなに他人のことが気になるんだろう。人は人、自分は自分じゃないねえ』

すると久代さんは素っ気なく言った。

『そのとおり、人は人だよ。はるか目上の人のことを、あれこれ言うもんじゃない』

そのとき私は何と答えたろうか。ただ、フンとそっぽを向いたような気もする。

「まあ、それにしても暑いこと。ここまで歩いてきたら、汗かいちゃった。それに喉も渇いたわ。上がらせてもらってもいいかしら？　お茶請けにね、おまんじゅうを持ってきたのよ」

上がり込む気満々の顔をして、珠子さんはにっこり笑う。「どうぞ」と無愛想につぶやいて、いつもの薬草茶をコップに入れて出した。一口飲んで、珠子さんは眼を白黒させた。

「あらあら、きれいに暮らしてるじゃないの。感心ねえ」

めちゃくちゃおざなりに言いながら、珠子さんの視線は落ち着きなくあちこちを撫でていった。その顔はひどく嬉しそうである。

なめるように見たって、面白い物はない。六畳の居間に茶簞笥と簞笥、そして小型テレビ。三畳の台所に冷蔵庫。家具らしい物は、それだけだ。

「久代ちゃん、けっこう長引いちゃってるわよね。ただの夏風邪って、ほんとなの？」

探るように目を光らせて、そんなことを言う。カチンときた。風邪じゃなかったら、なんだって言うんだろう？

「本当ですよ。お医者さんがそう言ってるんだから」

「それならいいんだけど。でもね、ほら、私たち年寄りって、ちょっとした風邪とか怪我が命取りになったりするじゃない。久代ちゃん、万一寝つくようなことになったら、どうするのかしらね。息子さんが一人いるらしいけど、ちゃんと引き取ってお世話してくれるのかしらね。

ほら、今の若い人って薄情じゃない？　あらもちろん、照ちゃんやサヤさんは違うけど」

「珠子さんはどうなんですか？」

そう切り返してやると、相手はぽかんとして首を傾げた。

「万一寝つくようなことになったら、ですよ。面倒見てくれるような人、いるんですか？」

「さあ」小首を傾げたまま、珠子さんはにこりと笑った。「どうにかなるんじゃない？　先のことなんて、考えても仕方がないわよ。昔っからそう、考えても仕方ないことは、考えないの」

極力呆れた表情を浮かべないように努力はしたつもりだ。けれど珠子さんは私の顔をちらりと見て、なぜかくすりと笑った。

「……久代ちゃんにはよく、そんなんでどうするのって叱られたわ。私、勉強はてんでできなかったから」ふいに、独り言のようにつぶやく。「将来困るのはあんたなんだからって」

言葉を切って、庭をぼんやり眺めている。

私には、珠子さんが言いたいことがわかってしまった。何よ、勉強できたってできなくたって、結局は似たような境遇じゃない？　全然ぱっとしない、貧乏たらしい、独居老人……。

別にそんなこと、わかりたくもなかったけれど。珠子さんはうっとりとした口調で言う。

「私ねえ、これでも若い頃は、すごく可愛いって言われてたのよ。こう言っちゃなんだけど、久代ちゃんやお夏さんよりはずっときれいだったわ」

なんでこの人はこんなことを今、わざわざ私に言うのだろう？　無性にイライラした。

「誰よりきれいとかきれいじゃないとかって、意味ないじゃないですか、全然」

尖った声で返したら、珠子さんは少しむっとしたらしかった。

「あら、信じないのね。ほんとなんだから。なんなら今写真を見せて上げる」

「今？　持ち歩いてるんですか？」

「まさか。でもあるわよ、写真くらい。私たち、同じ女学校を卒業してるんだもの」

早口に言いながら、珠子さんは素早く部屋の中をもう一瞥した。何と主人の留守中に家捜《やさが》しするつもりなのだ。

「お二階に物入れはある？」

「え、ええ」

あまりのことに呆気にとられ、思わずうなずいてしまった。

「じゃ、お二階ね」

言うなり、年寄りとは思えないスピードで階段を駆け上がっていく。止める間もあらばこそ、私の私室の襖をさっと開けてしまった。

「あらまあ」

ややカンに障る甲高い声で、珠子さんは叫んだ。「どうしちゃったの？　ずいぶん散らかしたものね」

そんなばかなと思った。布団はきちんと畳んで隅に寄せ、久代さんにもらった余り布のカヴァーをかけてある。衣類はボックス収納の下段に、その他の小物は上段にわけて片づけてある。ちなみにこのカラーボックスもどきは、市場で木箱を二つもらってきて積み上げただけの代物だ。内側にカレンダーの裏紙を、外側にきれいな包装紙を貼って、それなりに見栄えを良くしたつもりである。ボックスのてっぺんには、目覚まし時計とオルゴールが飾ってあった。横の部分にはフックを取りつけて、手提げバッグや巾着なんかをぶら下げてある。

狭くとも自分のお城、なんて思っていたわけじゃない。お金がないなりの、居心地のよい、女の子らしい部屋を目指したわけでもない。

ただ、疲れただけだ。カバンに荷物を一切合切詰め込んで、いつでも飛び出せる態勢を整えておくことに。ある日突然両親が迎えにきて、「さあ、今すぐ帰りましょ」なんてことは絶対に起こりっこないと、気づいてしまっただけ。

この部屋はあくまで久代さんのものだ。入ってくるのになんら遠慮はしない（仕方がない。当たり前のことだ）。そして、常にきちんと掃除して風を通しておくことを要求されている（別に困難なことじゃない。片づけるのが大変なほどの荷物なんてないのだから）。だから散らかすなんてもっての外《ほか》。ましてや、久代さん当人がいないときになんて。

このおばあさんは、何をおかしなことを言っているのだろう？

入り口にたたずむ珠子さんの後ろから、そっと部屋を覗き込んだ。啞然とした。

散らかっているなんてものじゃなかった。無茶苦茶だった。床一面に物が散らばっている。まるで小さな台風が吹き荒れたみたいだった。けれどその台風は明確な意思を持っていて、ある一ヵ所のみを重点的に荒らしていた。私が決して手を触れなかったところ。今まさに珠子さんが開けようとしていたに違いないところ。

違い棚の下の、小さな物入れ……。

そこに久代さんの私物が入っているのはわかっていた。別に手を触れるなとも言われていなかったけれど、人の家で勝手にプライバシーを覗き見るような真似はごめんだった。珠子さんじゃあるまいし、それは私なりのささやかなプライドのつもりだ。なのに、今のこの情況は……。

「まあまあ、アルバムね」

楽しそうに言いながら、珠子さんが部屋に入っていった。部屋を埋め尽くしているのは夥《おびただ》しい数のアルバムだった。その大部分は、小学校の卒業アルバムであるらしい。生徒一人一人のバストアップや、ひな壇に立った集合写真の顔という顔が、すべて節目の目立つ天井板を見上げていた。

「駄目じゃない、こんなに散らかしちゃ。片づけるの、手伝って上げるわね」

恩着せがましく、珠子さんは言った。

私じゃない、とつぶやいた声は、珠子さんには届かなかったらしい。紺色の表紙の卒業アルバムをきちんと閉じて、積み上げていく。ときおりクスクス笑いながら「まあ、久代ちゃんたら若いときも今とおんなじ、むすっとした顔しちゃって」などとコメントしたりしている。

もう一度「私じゃない」と言ったって、きっと信じてはもらえないだろう。家の主が入院している隙にアルバムみたいなものを盗み見るなんて、私なら死んでもやらないけど。でも、珠子さんには何でもないことなんだろう。自分が普通にやることだから、不思議とも何とも思っていない。むしろ、当然だと思っている。そして私のことを、同志を見る目で見たりする。

頭にくるけど。馬鹿馬鹿しいとは思うけれど。だけどやっぱり言えない。

これはきっと、幽霊の仕業なんですとは。

間違っても泥棒の仕業じゃない。だってついさっきまで、私はこの二階の部屋にいたのだ。カヴァーリングした布団をソファ代わりに、図書館で借りた本を読んでいた。そして玄関のベルが鳴り、珠子さんがやってきた。階段は居間のすぐ脇にある。誰も、二階に上がれたはずはないのだ。

入り口でぼうっと立ったままの私を尻目に、珠子さんは「ほら、あったわ」と嬉しげに言った。彼女が指し示したのは、表紙が取れかかった古い古いアルバムだった。

「女学校時代の写真よ。ほら、これ私」

そう指差す先に、なるほど大昔の珠子さんがいた。全部で六人が写っていて、皆揃いの黒っぽい制服を着ている。白い大きなえりと、上着に付いたバックルが印象的だ。バックルに浮き出た模様はおそらく校章だろう。全体にぼってりと重たげな雰囲気の服だ。下は同じ色のスカートに、黒い長靴下という組み合わせ。

「和服じゃなかったんですね」

それだけ言うと、珠子さんは口を尖らせた。

「いくつだと思っているのよ。それより、ね、本当だったでしょ？」

ボケッとしている私に、珠子さんはもどかしそうに言った。

「だから、昔の私よ。この中でいちばんきれいでしょ？」

言われて見返したが、写真が小さい上に白黒で、正直誰がきれいとかそうじゃないとかまでは判別しにくい。私の表情を読んだのか、珠子さんはさらに数ページめくり、「あら、傑作なのがあったわ」と指差した。バストアップで三人の女の子が写っている。

「私と久代ちゃんとお夏さんよ。こんな写真あったのね。私、持ってないわ」

にっこり笑った若き日の珠子さんは、確かに、可愛らしいと言える容姿をしていた。そう言うと、珠子さんは満面の笑みを浮かべた。正直、その皺だらけの顔には、かつての面影はかけらも残っていない。

その意味では、隣に写っているお夏さんの方が、「ああなるほど」とうなずける程度には相似性を保っている。ややふっくらとした輪郭や、眼のあたりなどは今とさほど変わらない感じがする。もっとも体重に関して言えば、確実に三割増しといったところか。

お夏さんの隣に写っているのが、久代さんなのだろう。背が高くて、棒のように痩せている。顎なんか尖って、ツンケンした感じ。いかにも賢そうではあるけれど、意地が悪そうでもある。年相応の女の子らしさとか、可愛げなんて、ひとかけらもない感じ……。

胸の中で、チリッと何かが焦げる音がした。

「珠子さん」私の口から出てきた声は、何となく平べったい。「あとは、私一人で片づけられます」

「あら、そんな。手伝ってあげるわよ」

「いえ、もういいです……どうもありがとう」

重ねて言うと、珠子さんはひどく残念そうに腰を上げた。それを誘導するように、私は先に立って階段を下りる。そのまま玄関脇に、見送るように突っ立った。ゆっくり下りてきた珠子さんは私を見やるとひょいと肩をすぼめ、下駄箱につかまりながら靴を履いた。

去り際、珠子さんは意味ありげに目配せしてから言った。

「久代ちゃんには内緒にしておいてあげるわね」

別に、と口の中でつぶやいたけれど、もう珠子さんには聞こえていなかったかもしれない。

珠子さんに出したコップを片づけてから、また二階に向かった。本当に片づけなければ。あのままにしておくのは、生理的に気持ちが悪い。

部屋に一歩入って、私は「あっ」と声を上げた。先ほど二人で半分ほど片づけたはずのアルバムや何かが、最初と同じようにまた部屋中に散乱していたのである。

3

自分でも不思議だったけれど、「怖い」という思いはなかった。ただ、これほどに必死なのだと感じた。

あの子が。

この家に現れる、女の子の幽霊。あの子が、この私に何かを伝えたがっている。そう思った。

私は部屋の中央に散らばった一冊のアルバムを手に取った。それだけが、開いたページを上にして置かれていたのだ。

それは佐々良小学校の卒業アルバムだった。三十年近く昔のものだ。開かれたページに載っているのは、学校生活の様々な場面を切りとったスナップ写真だった。朝礼、夏のプール、給食、人形劇を見ているもの、そして授業風景……。

最後の一枚を見て、「あっ」と声を上げた。そこに写っているのは、紛れもなくあの子だった。

痩せた陰気な顔つき、だらりと伸びた髪。その不揃いな前髪は眼を半ばまで隠していてひどくうっとうしい。そして見憶えのある、千鳥格子のジャンパースカート……。

急いで、クラス別の個人写真のページを開く。たったの三クラスだから、一人一人を見ていってもそれほど大変な作業ではない。一組から始めて三組まで見終えても、あの子は載っていなかった。念のため、もう一度見てみる。やっぱりいない。卒業式の、クラス別集合写真も見てみる。こちらは個人個人は小さいから確認しづらいけれど、やはりいないように見える。冒頭の、入学式の写真も見てみる。こちらの方は、六歳分幼いということもあって、いるんだかいないんだか判然としない。そのまま、アルバムのページを順繰りにめくっていく。運動会の写真、遠足の写真、修学旅行の写真、クラブ活動ごとの写真……どこにも、あの子の姿はなかった。結局、最初に見つけたただ一枚にのみ、あの子は写っていたことになる。

どういうことだろう？　一枚きりとはいえ、アルバムにその姿がある以上は、あの子はこの学校に在籍していたはずだ。ただし、あらゆる行事を欠席していた。もちろんどのクラブにも入っていなかった。そうとしか思えない。でなければ、卒業アルバムに一枚しか写真がないなんて異常なことが起きるはずもない。そして、間違いなく言えること。

あの子は、佐々良小学校を卒業していない。

それはなぜなのだろう？

転校したから？　それとも……。

死んでしまったから？

トクンと心臓が鳴った。あの子は幽霊になっている。写真に写ったそのままの姿で。そしてあの子のことを知っているであろう久代さんは、何ひとつ語ってくれない。語りたがらないだけの、何か理由があるのだ。

教職員のページに、久代さんの姿もあった。ひき結ばれた口許や眼鏡をかけた目許には、今よりはずっと浅いけれどもくっきりとした皺がある。厳しそうで、きつい顔立ちだった。

さっき珠子さんと一緒に見た、まだ十代の久代さん。そして教師をやっていた、たぶん五十代頃の久代さん。そしてすっかり歳をとった、今の久代さん……。

どの久代さんも、笑ってはいない。

一緒に暮らし始めて、久代さんが一度も笑わなかったはずはない。いや、確かに笑ったじゃないか。家電製品の話をしていたとき。病院で『備えあれば憂いなし』と言ったとき。他にも、何度も笑った。当たり前だ、久代さんだって血の通った人間なんだから。

なのに、今、笑った顔がどうしても思い浮かばなかった。

夢に出てきた久代さんもやっぱり、にこりとも笑わない、厳しそうな先生だった。たぶん、生徒からは煙たがられていたんだろうな。新学期になって、いきなりあのむすっとした顔で教壇に立たれたら、私だってブルーになるよ。

あの子はいったい、久代さんのことをどう思っていたのだろうか？　なぜ今になって、久代さんの家に出てくる？　それも、久代さん本人じゃなく、私の前にだけ。

私は散乱したアルバム類を眺め渡した。

やっぱり何か調べて欲しいのだとしか思えない。

あれ、と思った。一冊だけ、スクラップブックみたいな物が交じっている。

開かれたページには、セロハンテープで補修した画用紙が貼ってあった。二つに折りたたまれたその紙に触れると、劣化したテープがぱらぱらと剝がれてこぼれた。紙もひどく黄ばんでいる。慎重に広げてみて、あっと思う。

いつか夢の中で見た絵だった。水色のクレヨンで描かれた、おかしな長方形の箱。夢の中では気づかなかったけれど、左下に名前が書かれていた。

汚い字で、沢井やす子、とある。

これが、あの子の名前なんだろうか？　姓にもそして名前にも、まったく見憶えはない。あの子がバラバラに破り捨てたのを拾い集め、丁寧に補修したのだ。おそらくは久代さんが。だけど、なぜ？　手抜きで投げやりな、わけのわからない絵なのに。

ページを捲ろうとスクラップブックを取り上げたとき、ぱらりと一枚の紙切れが落ちた。紙質からすると、週刊誌か何かの切り抜きらしい。

「悲痛。少女はケチャップやマスタードで生き延びた」という題字が躍っている。小さな囲み記事だった。

アメリカのフロリダ州で、二歳の女の子が母親に三週間放置され、冷蔵庫にあったケチャップやマスタード、乾燥パスタなどで生き延びていたという内容だった。

何これ、と思う。本当にあったこと？

記事によると、少女の母親は収監され、「子供はベビーシッターに預けている」と嘘を言っていたらしい。別居していた夫が、連絡がとれないのを不審に思い、訪ねたところ娘を発見。脱水症状は起こしていたものの、命には別状ない状態だった。体中、ケチャップやマスタードだらけだったという。発見されたとき、女の子は冷蔵庫をぼうっと見つめていたそうだ。

読み進めるうちに、胸苦しいような苛立ちを覚えた。なんて母親だろう。どうしてこんなひどいことができるのだろう。相手は実の娘、それもたった二歳の子供じゃないか……。

腹は立つ。非道だとも思う。けれどわからない。どうしてこの記事が、このスクラップブックに挟んであったのか。日本でだって、児童虐待事件はごまんと起きている。炎天下の車の中に子供を放置する母親、育児放棄する母親、毎年毎年たくさんの子供が死んでいる。それを報《しら》せる新聞記事だって山ほどあるだろう。その中から、なぜこの記事だけが選ばれたのか。なぜフロリダ？　なぜケチャップ？

見たところ切り抜きはさほど古いものじゃない。久代さんは何か意図を持ってこの記事を切り抜き、ここに挟んだのだろうか。それとも偶然挟まったのか。何ともわからない。

次のページ以降に貼ってあるのは、算数や国語のプリントだった。膨大な数である。そのすべてに、同じ名前が書かれていた。沢井やす子。六年四組とも書き込まれている。その年、六年生は三組までしかない。つまり四組は、先生一人、生徒一人きりのクラスなのだ。

プリントに書き込まれた文字は、六年生とは思えないほど稚拙で、しかも内容はひどいものだった。簡単な計算をぽろぽろ間違え、漢字の書き取りにも空欄が目立つ。何これ、沢井やす子って馬鹿じゃん。

そう思ったけれど、さすがに口に出しては言わなかった。今さら別に怖くはなかったけれど、無駄に怒らせたくもない。

それよりどのプリントも、シワを伸ばした跡があった。普通、こうした物は児童が自宅に持ち帰るはずだ。沢井やす子はすべて、くしゃくしゃに丸めてその場に捨てていたのだろうか。それをまた、久代さんは丹念に広げ、スクラップしていた。やす子が描いた絵と同じように。自分の指導でこれだけ向上しましたなんて、後で自己満足するためにだろうか？　だとしたら、その目論見は外れたことになる。沢井やす子はいつまで経っても、簡単な計算をぽろぽろ間違え続け、何度も何度も同じ漢字が読めず、そして書けなかった。

こんなの、最初からやる気がないとしか思えない。ページを捲るに従って、久代さんの個人授業はまったくの無駄だったという思いがどんどん強くなる。馬鹿みたい。砂漠に睡蓮《すいれん》を咲かそうとするようなものだ。

ガラスを灼熱の炉で溶かし、金魚鉢を作ることになら意味はある。市場で山ほどの段ボール箱を開けることにも、壊れた電気製品を修理することにも立派に意味がある。

けれど、穴のあいたバケツに水を注ぐような、そんな努力もまた仕事なら、教師にだけはなるまいと固く思う。

ぱらぱらと捲った最後のページで、ふと手が止まった。そこにだけ、新聞の切り抜きが貼ってある。さっきの切り抜きとは違い、一見して古いものだった。そして私は、沢井やす子がなぜ卒業アルバムに載っていなかったか、その理由を知ることになった。


台風禍。小六女児、川で溺れ重体。助けようと飛び込んだ母、死亡。


見出しには、そう書かれていた。

十月のことだ。遅れてやってきた台風のため増水していた佐々良川で、沢井やす子があやまって橋から転落した。それを助けようと飛び込んだ母親も溺れ、二人は居合わせた付近住民によって救助されたが、母親は死亡、娘は意識不明の重体である、云々《うんぬん》。

私はファイルのページを一枚戻した。最後のプリントの日付は、事件が起こる前日のものだった。個人授業が始まった初日と同じく、惨憺《さんたん》たる出来だった。久代さんの赤字で正解と、短いコメントが記されている。内容まで同じだ。

もうすこしがんばりましょう。

おしまいの記事と見比べてみると、これほど虚しい言葉もない。がんばったって、無駄じゃないか。もう少しだろうと、とてもたくさんだろうと。結局死んでしまうんなら。

ふいに、わかった気がした。なぜ沢井やす子が私の前に姿を現すのか。

小学生の頃から、先生たちはずっと言っていた。もっとがんばって勉強しなさい。今がんばるのは、将来の自分のため。がんばればきっと、いいことがある……。

そんなふうに、言われ通してきた。

沢井やす子はどうか知らないけれど、私はがんばった。有名な進学校に合格するために、とにかくがんばった。見たいテレビ番組も読みたい漫画も我慢して、睡眠時間も削って、一生懸命がんばった。でもその結果は？

確かに、見事合格することはした。なのに今、それまで名前も知らなかった街にいて、会ったこともなかった遠い親戚の家に身を寄せている。未来に繋がることなんてあり得ない、お手伝い仕事を渡り歩いてその日の小銭を稼いでいる。馬鹿みたいだ。がんばった意味なんて、何ひとつなかった。全部、まるっきり無駄だった。

だからなの？　やす子。だから私の前に現れるの？　久代さんの前にではなく。

……そんなことで、親近感を抱かれてもイヤなんだけど。それも、よりにもよって幽霊なんてものに。同病相憐れむなんて、うんざりだ。

でも、だから、きっと。怖くないのだ。あの子が出てきても。そういう意味でなら、納得がいった。もっと根本的な、なんで幽霊が出てくるのよ、といったことには到底納得できそうにないけれど。

いつまでも、ぼんやりとはしていられなかった。そろそろ片づけて、夕食の準備に取りかからなくてはならない。今は正真正銘の一人だ。ひとりでにご飯が出来上がってくるはずもない。私はまた、さっきと同じようにアルバムを種類ごとにわけて積み上げていった。違い棚の下の物入れに、久代さんがそうしていたように、きちんと収納しなくてはならない。

数冊目のアルバムを取り上げて、手が止まった。そこにある物を見て、ぎょっとする。それは私の卒業アルバムだった。とんでもなく強い力が加わったように、それだけがまっぷたつに引き裂かれていた。

4

浅い流れが、つるつると丸い小石を洗っていく。中州で川が一部せき止められている場所があり、そこで幼い子供たちがすっぽんぽんになって水遊びをしていた。天然の子供プールである。流れはのろのろと緩やかで、水も太陽熱ですっかりぬくもっている。

いつものメンバーで子供たちと一緒に川遊びをしましょうとサヤさんに誘われて、のこのこついてきたのは決して人恋しさからではない。久代さんが入院してもう一週間になるけれど、それがたとえ一ヵ月だって私はへっちゃらだ。一人で寝起きすることには、もう慣れていた。私は何だって、人に頼らず自分でできるのだから。

ただ、サヤさんが簡単なお弁当をこしらえていくと言ったので、ちょうど仕事も入っていなかった私は「行きます」と即答してしまったのだ。一人だと料理をする気にもなれなくて、バイトでもらった缶詰で食いつないでいたのだが、さすがにもう飽きがきていた。

お弁当目当てで参加するなんて、いくらなんでも浅ましすぎやしませんか、照代さん。サヤさんだって一応、気を遣ってくれたんだろうに。

自分で自分に突っ込んでから、でも仕方ないよねと自己弁護。礼節なんてものは、衣食が足りてこそなのよ。食べ物も、そして着るものも、決して満ち足りているとは言えない今日この頃。情けない思いで、自分が着ている服を見下ろしてみる。プリントが剝げかかったTシャツに、小学生が着るみたいなキュロットスカート。どちらもフリマで百円だったものだ。

まあ、別にこれでいいんだけど。どこへ行くってわけでもないし。お洒落したって、誰が見るってわけでもなし。

お弁当はとっくに食べ終わっていて、申し訳程度に水に足も浸けて、だからそろそろ帰ろうかなあと水辺で遊ぶ子供らやその親たちを眺めた。ユウ坊はぺたんと坐り込み、両手でパシャパシャ水を叩いて大喜びしている。ダイヤくんは生真面目な顔つきで、せっせと川原に石を積み上げている。その友達のあゆかちゃんは、隙あらばそれをくずそうと、虎視《こし》眈々《たんたん》と狙っている。賽の河原みたいな情景だ。

小さな女の子の手を引いてそばに立っているのは、あゆかちゃんのお母さんだ。彼女があからさまに帰りたがっている理由を私は知っている。エリカさんのことが苦手なのだ。だけどあゆかちゃんがダイヤくんを大好きなので、一生懸命我慢して付き合っているのがありありと見て取れる。エリカさんはそれを承知の上で、わざと馴れ馴れしく振る舞っている。ほんと、いい性格をしているよと思うし、子供の親になるってことはめんどくさそうだとも思う。

エリカさんには昨日、病院で会ったときに聞かれた。

『あんたもそろそろ、先のこと考えなきゃね。何かやりたいことくらいないの？』と。エリカさんにそんなことを言われたくはなかった。それこそ先のことなんてちっとも考えていそうもない、極楽トンボのエリカさんにだけは。

だから私は、ことさら憎たらしい口調で返した。

『そう言うエリカさんはどうなんです？　国民年金だって払っていないんでしょ』

『あら、あたしはいーのよ。この美貌があればいくらでも男は釣れるし、現に今、男いるし』

遠回しでも何でもなく、あんたはブスだとはっきり言われたも同然だった。

私は不快感を隠さず、そのまま病院を後にした。その一幕はサヤさんだって見ていたはずなのに、どうしてまた私を誘ったんだか、なかなかどうして、天然である。エリカさんとあゆかちゃんのお母さんの、微妙な緊張関係にも気づいていないっぽいし。

サヤさんはいつものメンバーと言ったけど、入院中の久代さんはもちろん、家業の旅館に珍しく団体客が入ったとかで、お夏さんも来ていない。そして私はギャラリーよろしく、ぼんやりと土手に腰を下ろしている。河面《かわも》は夏の陽を受けてギラギラ光っている。草いきれがむっとして、水辺だからと言って特に涼しいわけでもない。

「……こんな川で、人が死んじゃったりするんだなあ」

独り言のようにつぶやくと、傍らで日傘を差していた珠子さんが振り返った。

「佐々良川は別に暴れ川ってわけじゃないんだけどね、それでもやっぱり、何年かに一度は子供や釣り人が溺れたりもしてるわねえ」

まるで人間みたい、と小声で付け加える。意味がわからず首を傾げると、珠子さんはピンクの口紅を塗った唇を曲げて笑った。

「ほら、人間だって、この人は私のことを好きでいてくれるって信じていても、突然裏切られることがあるでしょ。人間だって自然の一部ですもの、海や川や山や何かと、おんなじなのよ。安心しているとね、足許をすくわれるの」

「何か、そういうことがあったんですか?」

少し意地悪な気持ちで、私は尋ねた。珠子さんのことだもの、例の好奇心が災いして、それまで穏やかだった人を切れさせちゃったに違いないのだ。それを自然災害と一緒にするなんて、ちゃんちゃらおかしいじゃないか? そういうのは、人災と言うのだ。

「この川……佐々良川にね、私、毎年小さな灯籠《とうろう》を流すのよ……流し灯籠ね」

珠子さんはふいに、はぐらかすように話題を変えた。やっぱりねと、私は内心で笑う。

「もう大昔のことだけどね。初めて授かった子供が大変な難産で……生まれてすぐに、死んでしまったの。男の子だったわ」

どきりとした。

私は困ってしまい、ちらりと珠子さんを見やった。意外なことに、うっすらと微笑んでいる。けれど声にはやはり、涙がにじんでいた。

「私ね、恋愛結婚だったのよ。若い人はみんな、昔はお見合い結婚しかなかったって思ってるかもしれないけど、そんなことないのよ。ちゃんと自由な恋愛だってあったのよ。望まれて結婚して、とても幸せだった。なのに、もう私には子供を産むことができないってわかったとたん、主人は私にそっぽを向いてしまったの。主人のご両親だって同じよ。とても可愛がって頂いていたのに……跡継ぎを産めない嫁は、里に帰れと言われたわ」

「そんな……理不尽じゃないですか」

思わず声を上げていた。

「そういう時代だったのよ。主人の家は旧家だったしね」何もかも諦めたように、珠子さんはつぶやいた。そしてふと、顔を上げて遠くを見やる。その視線の先には、水の中で遊ぶ子供たちがいた。「だからね、私はあの子たちが可愛くて仕方がないの。ちゃんと元気に産んで上げられて、すくすく育っていたら、きっとあんなふうになっていただろうなって思うから」

何年経とうと。たとえ何十年経とうと、癒えない傷というものはやっぱりあるのだ。

チクチクと、胸が痛む。私の中にもやはり、傷はある。物心ついた頃からそれはあって、ことあるごとに自分の存在を主張していた。これはいつか、癒える日がくるんだろうか……。

ぱたぱたと軽い足音がして、子供たちが近づいてきた。もっともユウ坊だけは途中でぼたりと転び、泣きはしなかったもののサヤさんに抱き上げられている。

「……テルちゃんが、なかしたの？」

真っ黒い眼で私をじっと見上げ、いきなりダイヤくんがそう言った。

「泣かした？　誰を？」

面食らって聞き返すと、ダイヤくんは考え深げに私と珠子さんを見比べた。

「たまちゃんがないてるっていうから……」

「えっと……誰が？」

ダイヤくんは黙って川の方を振り返る。そちらには、ユウ坊を抱っこしているサヤさんがいた。

「あら、変ねえ。珠ちゃんは、泣かされてなんかいませんよ」

おどけた口調で、珠子さんが言った。ダイヤくんはまた私たちを見比べ「ん」と言って踵《きびす》を返した。子供って、本当にわけがわからない。あとに残ったあゆかちゃんが、その真似をするように私たちをじろじろ見やっている。

「あ、あゆかちゃんは、大きくなったらダイヤくんのお嫁さんになるのかなあ？」

何となく沈黙に耐えかねて、私もことさらおどけた口調で言ってみた。言った瞬間、似合わないことをと思ったし、あとから考えたらひどくつまらないことでもあった。

あゆかちゃんは小馬鹿にしたように私を見上げ、

「しーらんぺったんゴリラ」

と叫んだ。は？　と首を傾げると、あゆかちゃんはにやっと笑ってさらに言う。

「そーんなの、いまからきめられるわけないじゃない」

おっしゃるとおり、である。

あゆかちゃんは、私なんかにはまるで興味を失ったように、また川を目掛けて（と言うよりはダイヤくんを目掛けて）たたたっと走っていった。あゆかちゃんのお母さんはチャンスとばかりその手を引き、「そろそろ帰りましょうか」と言った。その提案は、邪険に手を振り払われるという行動によって、瞬時に却下されていた。

「私、またちょっと水に足、浸けてきますね」

そう断って、私は立ち上がった。珠子さんと並んで坐っているのは、やっぱり少し気詰まりだった。それに何より、暑かった。フリマで二百円也のサンダルを脱いでいると、そろそろとエリカさんが近づいてきた。ひどくバツの悪そうな顔をしている。

「えーっとさ、昨日はゴメンね。ああいうことをああいうふうに言いたかったわけじゃないのよ。あたし馬鹿だからさ、なーんか上手く言えないんだよね」

派手なメッシュの入った頭をぽりぽりと掻く。

謝られたってさ、困るんだけどな。てか、この人こういうタイプだっけ？

「とにかくゴメンね」

重ねて謝られて、どういうわけか、眼の縁から涙が一粒こぼれ落ちた。それを見てエリカさんが、ひゃっというような声を上げた。私は慌ててしゃがみ込み、川の水に浸した右手で顔をごしごしこする。それで誤魔化したつもりだったが、なぜか、涙が次から次へと頰を伝い落ちてくる。涙と一緒に湧き上がっていたのは、猛烈な悔しさと嫉妬だった。

エリカさんもサヤさんも、そしてあゆかちゃんのお母さんだって、みんな人並み以上にはきれいだ。そして彼女たちは皆、誰かから選ばれ、その結果結婚している。子供たちは、彼女らだけを切実に必要としている。サヤさんは旦那さんと死別、エリカさんは離別しているけれど、でもエリカさん自身が言っていたようにきっとこれからだっていくらでも選ばれるだろう。彼女たちならば。

なのに私は、誰からも選ばれることはない。今も、そしてこれからも。誰からも必要とされない、好きになってはもらえない。せいぜいが、同じように冴えない容姿だった女の子の幽霊に親近感を抱かれるだけ。

それは、瞬時に爆発し、足許が崩れ去るような絶望感だった。

馬鹿みたいに突然泣き出した私を、皆が遠巻きにしているのがわかる。傍らでエリカさんがオロオロしているのもわかる。ダイヤくんが母親を「なかした」と責めているのも聞こえる。

なのにどうしても、涙を止めることができなかった。頭のてっぺんは、夏の太陽に焦がされてちりちりと熱い。けれど溢れ出る涙は、それよりももっと熱かった。

ふいに、頭の上にカサリと何かが載った。サヤさんが被っていた、大きな麦わら帽子だった。

「上げるね。私、もうひとつ持ってるから」

優しくサヤさんは言い、ワンピースの裾が濡れるのにもかまわず私と同じようにしゃがんだ。

次の瞬間、私は帽子ごと、サヤさんの胸に抱き寄せられていた。

心優しくてきれいで、誰からも好かれるサヤさん。

何よ、私はあんたなんか大嫌い。珠子さんよりもエリカさんよりも、もっとずっと嫌い。

大嫌いなのに……。

サヤさんの体は細っこいくせに柔らかくて温かで、だから無性に切なくなって、余計に涙が止まらなくなって困った。

5

川遊びから帰ると、久代さんが退院していた。昨日は一言もそんなことは言っていなかったのに。

「言ってくれれば迎えに行ったのに」

なんだか腹が立ってそう言ったら、子供じゃあるまいしと一蹴された。それからいつもの、鷹のように鋭い目で私を見やって言う。

「おや、それはサヤさんの帽子だね」

「みんなで川に行ってきた」

ここらでは普通、川と言えば佐々良川である。そりゃあ良かったねと返しかけるのに先んじて、私は言った。

「あの川で溺れた女の子のこと、教えて。お母さんと一緒に死んじゃった、沢井やす子って子のこと」

久代さんの頬のあたりが、ぴくりと震えた。

「驚いた。いったいぜんたい、どこからそんな名前を引っ張り出してきたんだい」

「だってあの子は、この家に出てくる幽霊は、沢井やす子なんでしょう？　あの子は私に何かを伝えたがっているんでしょう？　だから教えて」

しばらく黙っていた久代さんは、やがてふっと笑った。

「まあそんなとこに突っ立ってないで、坐りなさい。お茶でも淹れようかね」

茶簞笥から、湯呑みと急須を取り出し、丁寧にお茶を淹れ始めた。まるで急須が鉄でできているかのように、それを持つ手が細かく震えている。怖がっているのかもしれないと思った。

けれどここで話をやめるわけにはいかない。

「この間ね、珠子さんが来たときなんだけど、二階の部屋中にアルバムや何かが散らばってたことがあるの。珠子さんは私がやったって思ったみたいだけど、そう思うのが当たり前なんだろうけど、でも違うよ」

久代さんはどこか苦しげにうなずいた。

「そう、違う。あんたは他人のものを勝手にいじるような子じゃない。やったのはあの子なんだろう？　ほんとに今さら、あの子は何を考えているんだろうねえ……」

つぶやきながら、久代さんは熱い湯呑みを私の方に押しやった。

「冷たい方が良かった」

文句を言うと、じろりと睨まれた。私は肩をすぼめて続ける。

「ファイルを見たよ。プリントも、新聞記事も……私に見ろって、そういうつもりで出したんだと思う。ついでに私の卒業アルバム、真ん中から二つに裂かれた」

久代さんはさすがに驚いたのか目をむく。少し気持ち良かった。

「あの子……ひょっとして、チョー性格悪い？」

「いいとは言えなかったねえ、お世辞にも」久代さんは苦笑する。「まったく、あの子には色んな意味で打ちのめされたよ。何十年も教師やってて、それまで培《つちか》ってきた経験だとか、自信だとか、そんなものを見事に打ち壊してくれた。最後の生徒で、最悪の生徒で、それにあの事故……だから忘れるなんてことはできないね。台風の日には、あの川のことを思い出して今でもぞっとするよ。教師になんてなるんじゃなかったって、あれほど思った日はなかったね」

「どうして先生になろうなんて思ったの？」少し不思議になって聞いてみた。「別に子供が好きだったわけじゃないんでしょ」

私の言葉に、久代さんは苦笑した。

「まあ、時代さね」珠子さんと、同じようなことを言う。「あたしが若かった頃、それも佐々良みたいな田舎じゃね、お勉強のできる女は、教師になるのが手っ取り早く自立できる道だったのさ」

「いくら手っ取り早くても、私なら絶対教師になんてならない。学校なんて嫌い。先生も大嫌い。大人になってまで学校に行くなんて、ぞっとする」

私の剣幕に、久代さんはおやおやという顔をした。

「一人くらい、尊敬できる先生はいなかったのかい」

一人も、と首を振ると、「それも寂しい話だねえ」と久代さんは首をすくめた。元先生に、学校の先生が嫌いだなんてわざわざ言うことなかったなと、ほんの少しだけ反省する。反省ついでに、告白してみた。

「ほんと言うとね、関係ないものも見たよ。久代さんのアルバムとか。珠子さんが……」女学校時代の写真を探し出して、と続けかけて、告げ口めいていると思い直し、別なことを言った。

「けっこう可愛かった。お母さんほどじゃないけど」

「アルバムを見たのは別にかまわないよ。だけどねえ、大昔、珠ちゃんの容姿がどんなだって、あんたにゃなんの関係もないだろうに。あんたって子は、変に容姿に固執するところがあるねえ。あたしにはさっぱりだ」

本当にわからないのか、それともとぼけているのか、久代さんは首を傾げ、それはともかくさ、と続けた。

「勉強が取り柄なら、それを活かす道もある。あたしがそうだったみたいにね」

「何の話？」

一口すすったお茶は、まだ火傷《やけど》するほど熱かった。

「あんた来年、佐々良高校を受験しなおしてみたらどうだい？」

いきなり言われて、私は呆気にとられた。熱い湯呑みをカタリと座卓に置く。久代さんは、人の悪い笑みを浮かべた。

「何を惚けた顔をしているんだい。ちゃんと中学を卒業しているんだから、受験資格はあるだろう？」

「でも……でもお金が」

結局それが根本的な問題なのだが、久代さんはあっさりと首を振った。

「道はあるさ。奨学金制度だってある。あんたが自分で言うほど賢いなら、もらう手段もあるだろうさ。もちろん、勉強もアルバイトも、今までみたいな片手間じゃ駄目だよ。もし合格したって、やっぱり仕事はしてもらわなきゃならないだろうしね。とにかく、あんたに死ぬ気でがんばるつもりがあれば、道は拓《ひら》けるよ。あとは、やる気の問題」

おしまいの部分に、久代さんは意地悪く力を込めた。

その意味は、充分すぎるほどわかっていた。

今年、私が高校に進学できなかったのは、両親のせいだ。あまりにも浅はかで、無計画で子供じみたお父さんとお母さんのせい。

だけど、来年も進学できないとしたら、それはもう、誰のせいでもなく私自身の責任なのだ。

私に、やる気がなかったせい。努力が足りなかったせい。一瞬にして、そういうことになってしまっていた。

それって酷じゃない？　ヒドくない？　容赦なくない？

だけど……涙が出るほどに、ありがたい。

それはとっくに閉ざされていると思い込んでいた、けれど諦められずにいた道だったから。

私はしばらく、コイのように口をぱくぱくさせていた。

久代さんは本当に魔女のような笑いを浮かべて言った。

「道に迷っている年少者がいれば、教え諭して最善の道を示すのが、あたしたち年長者の務めさね。何しろあたしは教諭だったわけだし」

「……それは、でも、つまり……」ようやく私は声を出すことができた。「来年も、この家にいていいってこと？　その先も、高校生の間ずっと？」

散々、早く出ていけみたいなことを言っていたくせに。

けれど私の淡い希望は、あっという間に砕け散ってしまった。久代さんはまるで蠅《はえ》でも追い払うみたいに手を振って、あっさり言った。

「さあ、それはどうかね。あたしにも、都合ってもんがあるしさ」

無慈悲に言い放つ。そうだよ、こういう人だよこの人は。

「沢井やす子の勉強を見ていたのは、それが仕事だったからだけ？」

「まあ、そうだね」当然、とばかり久代さんはうなずく。「じゃなかったら、誰があんなややこしい子」

ずきんと胸が痛む。

「じゃあ、私の面倒を見てくれているのは、親戚だから、仕方なく？」

「まあ、そうだね」軽く答えてから、久代さんはため息をつくように言った。

「あんたのお母さんは……慶子《けいこ》さんはどうしているかねえ。いつまで子供をほったらかして、フラフラするつもりなんだか。あの人も、何を考えているんだかねえ」

そんなこと、こっちが知りたいよ。泣きたい気持ちでそう思う。

だけどもう、親は関係ないのだ。両親に見捨てられた時点で、私はもう彼らの庇護下にある子供じゃない。だから知らない。あゆかちゃんじゃないけど、「しーらんぺったんゴリラ」だ。

「久代さん、私……」にっと笑って、私は久代さんを真っ直ぐに見た。「決めたから」

「決めたって、何を？」

「佐々良高校、受けるから。絶対合格して、ここに居座ってやるから。久代さんが嫌だって言っても、卒業するまでは絶対、柱にしがみついてでもここにいてやるから、覚悟しといてね」

久代さんの顔は、見物《みもの》だった。目と口をまん丸に開き、それからみるみる顔中がくちゃくちゃになったかと思うと、あっはっはと腹を抱えて笑い出したのだ。

「覚悟しておくよ」

笑いながら久代さんは言い、私は本気だからねと念を押した。思い立ったが吉日、今から勉強を始めよう。近いうちに、問題集もそろえなくてはならない。もちろん、お金の問題もないがしろにはできない。

あれこれ算段しながら二階へ行きかけ、ふと気づいて振り返った。

「あ、言い忘れていたことがあった」

「なんだい？」

まだ何かあるのかと言いたげに、久代さんは身構える。私はゆっくりと、言った。

「おかえりなさい」

久代さんはまるで背中に芋虫でも這っているような、ひどく複雑な表情を浮かべた。それから背筋を正し、真面目くさって答えた。

「――ただいま」

花が咲いたら

1

お迎えの時間には少し早かったらしい。

子供たちは園庭で、バラバラになって遊んでいた。フェンスのすぐ向こうがわで、二人の子供が向かい合って「お寺の和尚さんがカボチャの種を蒔きました」とやっている。子供の遊びなんて意外と変わらないもんだなあと眺めていると、「芽が出て膨らんで、花が咲いたら枯れちゃって」と続いたからびっくりした。おいおい、枯れちゃうの？　と思っていたらさらに続けて「忍法つかって空飛んで東京タワーにぶつかってくるりと回ってジャンケンポン」でようやくジャンケンにたどり着いた。

こういうのもやっぱり、ゼネレーションギャップと言うのだろうか。まるきり理解ができない。別の生物みたいだ。

そんなことを考えて、自分がまるで五十歳みたいだと思う。全然そんな歳ではないのだけれど、でも五十ってこんな感じなんじゃないかと想像する。子供がいればもういい歳で、親の保護だの干渉だのはうっとうしがる頃だろう。配偶者がいたところで、新婚時代のラブラブさとはほど遠いに違いない。将来に夢を持とうとしても、選べる未来の間口も狭ければ、残された時間もたかが知れている。人生なんて、家族なんてこんなもんさと、どこか諦めている……それが、私の考える五十歳だ。

想像ではなく現実の話をすれば、この九月で十六になった。けれど、まるで五十歳の誕生日みたいに、特に嬉しいという感慨があるでもなく、誰に祝ってもらうこともなく、淡々とその日は過ぎていった。ここでは誰も私の誕生日なんて知らない。私だって、誰の誕生日も知らない。それで別にかまわなかった。去年までならその日には一応、ケーキがあってプレゼントがあった。けれどそれがなんだと言うのだろう？　もらった洋服も小物もＣＤも本も、みんななくしてしまった。ケーキの味なんて、とっくに忘れた。そういう、お金で買える物を除けば、取り立てて普通の日と変わらない一日でもあった。そうだ、去年の誕生日なんか「これで好きな物を買いなさい」と現金でもらった。そのお金は細々とした物と引き替えに消え、なんに使ったかも忘れた。

思い出なんて残っていない。

佐々良に来てもう半年近く経つなんて、嘘みたいで笑えてくる。そりゃあ、行方の知れない両親のことを考えると、恨みとも心配とも愛情ともつかないごちゃごちゃした思いで胸はざわめく。特に最後の愛情というものをクローズアップすると、果たしてそれが本当にそんな名前で呼ばれるべきものだったのか、それとも単なる金銭的、精神的な依存に過ぎなかったのか、ひどくあやふやになってくる。正直言って、あの、あまりにも愚かしくて享楽的で自分勝手な両親を、軽蔑し、見下していた。決定的に価値観が異なっているとも感じていた。たぶん同じことは、向こうだって感じていたのかもしれない。

うちの親子関係は、どこかがひどく歪んでいた。それに気づいたのは、佐々良に来ていくつかの親子を間近に見るようになってからだけど。

私は今、ぼんやりと幼稚園の園庭前に佇んでいる。目指す子供はすぐに見つかった。エリカさんの一人息子、ダイヤくんとそのお友達のあゆかちゃん。他の園児たちと一塊になって走っている彼らに合図を送ると、先にあゆかちゃんが気づいてこちらにやってきた。

「なにして遊んでたの？」

フェンス越しに尋ねると、「ばらそん」という答えが返ってきた。

たぶんマラソンのことなのだろうけれど、バラバラに走っている様子は確かに「ばらそん」の方がふさわしい。

「へえ、あゆかちゃんは大きくなったらマラソン選手になるの？」

どういうわけか、あゆかちゃんにはこういう間の抜けた質問ばかりしてしまう。案の定、小生意気で口達者なあゆかちゃんは、ふんと馬鹿にしたようにこちらを見上げて言った。

「しーらんぺったんゴリラ」

「……ダイヤくんと一緒に、支度しておいてね。玄関からお迎えに行くから」

あゆかちゃんはうんともすんとも言わずに踵を返し、ダイヤくんの方に走って行ってしまった。どすっと相手に投げつけっぱなしの、ドッジボールみたいな会話だ。

たとえ幼稚園児じゃなくったって、十六にもなった私だって、今、将来何になるかなんて尋ねられても困ってしまう。いや、幼稚園児じゃないからこそ、困ってしまう。

子供らしい無邪気さで「ようちえんのせんせいになりたい」とか「うちゅうひこうしになりたい」なんて絶対に言わないあゆかちゃんは、五歳にしてクールなリアリストだ。

そのあゆかちゃんの妹、ほのかちゃんが病気で入院した。生死に関わる病状ではないものの、治療にはひと月ほどもかかるという。入院した病院では完全看護制を採っていて、面会時間は午後一時から六時まで、困ったことに患者以外の子供は病室に立ち入り禁止だった。

ほのかちゃんはまだやっと二歳になったばかりだから、母親や家族から引き離されて長い時間を過ごすことでひどく辛い思いをしている。だからせめて面会時間目一杯はそばにいてやりたい。けれど病室にあゆかちゃんを連れては行けない。あゆかちゃんが通っているのは幼稚園だから、お昼過ぎには帰ってきてしまう。五歳児をそんな長時間、しかも連日一人にはできない。実家の母親は遠く北海道に暮らしているから頼れない。といって、同じ市内に住んでいる姑《しゅうとめ》には死んでも頼りたくない……というような葛藤が、あゆかちゃんの母親にはあったらしい。

『うちのあゆかが赤ちゃんだった頃、離乳食だって言ってくちゃくちゃ噛み砕いた食べ物を上げるのよ。不衛生でしょう、思い出してもぞっとするわ』

いつだったか、そんなことを言っているのを聞いたことがある。

この話を聞いたおばあちゃんズは……と言うよりはもっぱらお夏さんが、あゆかちゃんママに批判的だった。

『そんなに姑が嫌いかい、汚いのかい。ダンナを産んでくれたのはいったい誰だと思っているんだろうね』としつこく何度も言っていた。珠子さんは『さぞドロドロした闘いがあったんでしょうね』と嬉しそうに言い、久代さんは『人それぞれ、色々事情があるんだろうさ』とコメントしていた。『けどまあ、今どきの母親としちゃ、真っ当な方じゃないのかね。何しろエリカみたいなのが平然と母親をしているような時代だからね。ありゃあもう、何を考えているんだか、あたしにゃまるきり理解できませんからね』

そんなことをわざわざ付け加える。厳格な久代さんには、エリカさんが宇宙人か何かに見えるらしい。

外野のそんな反応はさておき、あゆかちゃんママは葛藤のすえ、姑に頼るくらいならと人を雇うことを考えた。けれど一日二日ならともかく、一ヵ月ともなると、その料金は決して安くはない。そこで、私に白羽の矢が立ったというわけだ。

正確に言えば矢を立てたのはエリカさんで、その提案にあゆかちゃんママは難色を示しそうな気配だった。けれど母親が何か言うより早く、あゆかちゃんがこう言ったのだ。

『別にいいよ、ダイヤくんが一緒なら』と。

『ダイヤも一緒に預かってくれんの？　ラッキー。そんならあたし、今やってるアルバイトをフルタイムにしようかな』とエリカさんが叫び、『料金はちゃんと払うんだよ』と久代さんが釘を刺した。

こうして私は、平日の午後だけとは言え、一ヵ月間のまとまった仕事にありついた。無認可の保育所やなにかと比べると格安価格だけれど、私にとってはありがたい額の収入になる。エリカさんはアルバイトができるし、あゆかちゃんはダイヤくんとずっと一緒に遊べるとご満悦だ。もっともダイヤくん本人がどう思っているのかは、いまいちつかめないけれど。無口で無表情なので、何を考えているのかよくわからないのだ。対照的によくわかるのが、あゆかちゃんのママで、「ホントに大丈夫かしら」と考えているのがまるわかりだった。けれど久代さんが元学校の先生だったと知ると（エリカさんが教えたのだ）、『一緒に見ていただけるのなら、まあ……』と、どうにか納得してくれたらしい。

あとでその話を聞いた久代さんは例によって、「あたしは手伝わないからね」と素っ気なく言っていた。もちろんこっちだって、最初からそんな都合の良いことは期待していないけど。

私はフェンスから離れ、正面玄関に向かった。事前に、私がお迎えに行くことについては園の許可を取ってある。私がするのは、あゆかちゃんとダイヤくんを久代さんの家に連れて行き、そこで夕方まで二人を預かること。もちろん間違っても怪我をしたり事故に遭ったりしないよう、きちんと見守り、遊び相手をすること。

歩きながら、これは仕事なのだと自分に言い聞かせた。単に近所の子供を預かるのとは違う。小遣い銭をもらうためのお手伝いとも違う。

これは仕事だ。お金をもらう以上、責任を伴う。そしてしんどい。我慢もいる。それが仕事だ。

すべて、佐々良に来てから学んだことだ。

子供たちを連れて行く途中、エラ子にばったり会って「あんた、いつから子守りになったのよ」とからかわれた。創立記念日だとか言ってたけど、絶対嘘だ。何しろあの子は大嘘つきだから。

「バーカ、仕事だよ」きっぱり言ってから、付け加えた。「私、来年佐々良高校受けるからね。そのときにはよろしく、セ・ン・パ・イ」

エラ子は意表を衝かれたらしく、目をまん丸に見開いている。おかしくなってさらに言ってやった。

「あ、でも、あんまサボッてばっかいると、ダブるよ。そんときは同級生だね」

「てるちゃんのおともだち？」

嫌そうな顔をするエラ子を尻目に、あゆかちゃんが大人びた口調で会話に割り込んできた。〈ただの知り合い〉なんて言葉は子供の語彙《ごい》にはなさそうだったから、面倒になって「そうだよ」と答えた。そのとたん、エラ子の顔がぽっと赤くなった。

「……来年、もし受かったらさあ……」

ふいに、早口で言いかける。

「あんたも受かったんだもん、絶対受かるよ」

私の言葉に、エラ子は唇をねじ曲げた。

「万一、受かったらさ、一年の教科書とか教材とか、使わないやつは上げるよ」

いきなりの申し出に、面食らってしまった。

「でも、復習とかに必要でしょ」

「そんなの、しないし」

「しないしって言われても……」

「じゃね」

エラ子はくるりと踵を返し、さっさと歩き出す。その背中に向かって、叫んでやった。

「それじゃ、もらって上げるよ。あんたがダブらなかったらね」

エラ子は知らんぷりして角を曲がっていった。

「そういうときは、ありがとうっていうんじゃないの？」

やり取りを聞いていたあゆかちゃんに、たしなめられてしまった。

「そうだったね」

思わず苦笑する。

「あかくなった」

ダイヤくんに冷静に指摘され、私はもう一度苦笑した。

子供ってのはけっこう色んなことをよく見ているし、よく憶えている。そしてシンプルで真っ直ぐな分、大人より正しいことがしょっちゅうある。

これも佐々良に来て学んだことのひとつだ。

2

階段を上がって、引き戸を開けたとたん、私はさらにもうひとつ、子供について学ぶことになった。

子供とは一瞬も目を離せない、油断のならない生き物である、と。

それは、妙に既視感を憶える光景だった。床一面に、物が散らばっている。物入れが勝手に開けられ、中のアルバム類が引きずり出されている。大好きな漫画本が、表紙が折れた状態で投げ出されているのを見て、危うくトレイを取り落とすところだった。トレイの上には、二人分のジュースと蒸しパンが載っている。初日だからと張り切って、おやつは手作りの物を出すことにしたのだ。だから確かに手間取りはした。けれど私が部屋を後にしたとき、子供たちは大人しく裏白のチラシにクレヨンでお絵かきをしていたのだ。『おやつを用意するから、いい子で待っていてね』と私は言い、二人とも『はあい』と答えたはずなのに……。

私はとりあえずトレイを置き、手製のカラーボックスの中に漫画本をきちんと入れ直した。表紙は折れているばかりか、端が少し破けている。怒鳴りつけてやろうと二人を見やって、思わず小さな悲鳴が漏れた。

子供たちは入ってきた私には目もくれず、チャンバラごっこをしていた。刀代わりに使われているのは、（どっちがどっちだかはわからないが）丸めた卒業証書と読書感想文の表彰状だった。それらが入っていた円筒形のケースは、あゆかちゃんの足許に転がっている。あっと思う間もなく、それに足を取られてあゆかちゃんはずでんとひっくり返った。

私は呆然と、あゆかちゃんの体の下で蛇腹になってつぶれている紙と（後で確認したら卒業証書だった）、ダイヤくんの手の中でぺこぺこに折れ曲がった紙（こちらは表彰状）とを見比べた。

あゆかちゃんは「いったあ」と言いながら体を起こしたけれど、その際に手には紙の刀を握り締め、一方の端はお尻の下だったものだから、傷んだ証書はとどめのようにぴりりと二つに裂けた。

「なにやってるのよ……それも、それも……」私は震える声で、子供たちが手にした紙を指差した。「それからその本も。みんな私が大切にしている物なんだよ。人の物を勝手に出して、こんなにして、いいと思っているの?」

ダイヤくんがうなだれて「ごめんなさい」と言った。あゆかちゃんは尻餅をついたまま、唇をへの字にひき結び、こちらを睨みつけている。

「ごめんなさい、は?」

「あゆ、わるくないもん」

「人の大切な物で、チャンバラごっこするのが悪くないの?」

「ちがうよ、××ごっこだよ」

あゆかちゃんは私にはわからない、カタカナ言葉みたいな単語を口にした。おおかた、アニメだか特撮物だかの名前を挙げたのだろう。

「あゆかちゃん」

語調を少し厳しくしたら、とたんに少女の目に涙が溢れ出た。

おいおいと泣き崩れるあゆかちゃんを見て、ダイヤくんが咎めるように言った。

「なかした……」

泣きたいのはこっちだよ、まったく。

私はあゆかちゃんをなだめすかして、持ってきたおやつを食べさせた。ダイヤくんはぺろりと平らげたが、憎たらしいことにあゆかちゃんは「おいしくない」とつぶやいて半分以上も残してしまった。もっとも、自分で食べてみたら、ジュースはぬるくなっていたし、蒸しパンは膨らみが悪くてぼそぼそしていた。その上、カップ代わりに使ったアルミホイルを思い切りかじってしまい、嫌な感じだけは何倍にも膨らんでしまった。

　私は子供たちに部屋を片づけさせようとしたが、あゆかちゃんはぷいと横を向いているし、ダイヤくんはその辺の物を持ってウロウロするばかりである。仕方なく、自分で片づけることにした。いつかのことといい、どうして私は自分で散らかしたわけでもない部屋を片づけてばかりいるのだろう。理不尽だ。

　部屋が元どおりになると、おいたもなかったことになったらしく、あゆかちゃんはみるみる上機嫌になって遊び始めた。見ていると、ダイヤくんに無理難題をふっかけたり、いいようにこき使ってばかりいる。まるで下僕を連れた女王様だ。これで「ダイヤくん大好き」なんて言っているのだから子供はよくわからない。その「好き」は根本的に間違っている気がするよ、あゆかちゃん。

　そう心には思ったけれど、口には出さず私は参考書とにらめっこしていた。けっこうなブランクで、受験勉強のカンがすっかり鈍ってしまっている。久代さんやエラ子に大口叩いた手前、何がなんでも合格しなければならない。

久代さんはあらかじめ宣言していたとおり、まったく手伝ってくれる気はないようで、今日もサヤさんのところに行ってしまっている。もちろん最初から期待もしていないけれど。

「……あのさ」あゆかちゃんがトイレに行ったとき、ふいにTシャツの裾を引っ張られた。ダイヤくんである。

「なあに？」

「あゆかちゃんのママにきょうのこと、いっちゃだめだからね」

実のところ言いつける気満々だった私は、「どうして？」と尋ねた。

「どうしても」

理由になっていない。と言うより、理由なんてないのだろう。

子供なんて勝手でずるい生き物だ。好きか嫌いか、心地好いか悪いかですべてが決まる。あゆかちゃんが好きだから、肩を持つ。可愛くて、ダイヤくんのことが大好きなあゆかちゃんだから。だから、庇う。非はあきらかにあゆかちゃんにあるっていうのに。

トイレからあゆかちゃんが出てきて、子供たちは何事もなかったかのように庭で遊び始めた。猫の額よりも小さくて、雑草なんて一本も生えてなくて、野菜だのハーブだの、食用になるものばかりが植えてあるつまらない庭だ。

その庭に、ぎらぎらときつい西日が差してきた頃、あゆかちゃんのママは戻ってきた。開口一番、彼女は言った。

「今度から外で遊ばせるときにはちゃんと帽子を被らせて上げてね。まだ日差しは強いから」

「はい」と私は答える。

「あゆかはいい子にしてました?」相手が言い、私が「それが」と切り出す間もなく言葉は続いた。「あゆかは大人しいから、ダイヤくんとこんなに長い時間遊んでついていけるかどうか心配で……あ、ダイヤくんが乱暴だとか言ってるんじゃないのよ。ただやっぱり男の子だから」

大人しい? 何を言っているのかと思う。どっちかって言えば、ダイヤくんよりはあゆかちゃんの方が乱暴なくらいだ。

ふと、ダイヤくんがじっとこっちを見ていることに気づく。

「とっても元気に遊んでいましたよ……その、いい子で」

思わずそう言っていた。視界の端で、ダイヤくんがにこりと笑う。

目の前で、あゆかちゃんのお母さんが安心したように笑った。

「あゆかもねえ、ほのかが生まれてからしばらくは赤ちゃん返りして手がつけられなかったけど、やっぱりお姉ちゃんの自覚ができたのね、あっという間に、びっくりするくらい聞き分けが良くなって」

「あゆ、ダイヤくんといいこであそんでいたよ」

傍らから、あゆかちゃんが割り込んできた。その頭を撫でて母親は微笑む。

「そうだってねえ……偉いね、あゆか」

その言葉に、あゆかちゃんは小鼻を膨らませて、この上なく誇らしげな顔をした。

その顔を見て、ふと思い出したことがあった。

小学校低学年だったとき。持ち帰った通知表を母に見せたら、『照代は頭がいいのね、すごいすごい』と褒めてくれた。

だから私は一生懸命勉強した。誰からも何も言われなくても、宿題もきちんとやった。漢字テストでも計算問題でも、満点が取れるようにがんばった。

——母に、もっと褒めてもらいたくて。母が私を褒めてくれるなんて、滅多にないことだったから。

頭がいいと褒められたことが、誇らしかった。その言葉に、しがみついて、ずっとがんばってきた。他になんの取り柄もなかったから、余計に。

なのに母は平気で言ったものだ。中学に入ったばかりの頃、『照ちゃんてばガリ勉ばっかりしてないで、ちょっとは女の子らしいことにも興味持ったら？　つまんない子ねえ』と。

……嫌なことを思い出してしまった。

母子が帰って行った後、私はダイヤくんに聞いてみた。

「あゆかちゃんって、お母さんの前だと大人しくていい子なの？」

「……あゆかちゃん、いいおねえちゃんになろうとがんばってたんだ」一拍も二拍も遅れて、ダイヤくんが答えた。「えっとね、あかちゃんきたとき、ママをとられちゃったから、あかちゃんのことがきらいだったんだって。それでね、つねったら、ママがみてて。こんなわるいこはいらないっておこられたって、あゆかちゃんいってた」

懸命に言葉を手繰《たぐ》り寄せるようなしゃべり方だったけれど、言っていることはよくわかった。そして愕然とした。

ほのかちゃんが生まれた頃と言えば、二年も前、あゆかちゃんは三つかそこらのはずだ。なのに憶えている。友達にこれほど語れるくらいに。

――こんな悪い子はいらない。

母親から発せられた言葉は、楔《くさび》となって今もあゆかちゃんの胸に刺さっている。それはある種の呪いとなって、あゆかちゃんを縛り続けているのだ。

母親が欲しがっているのはいい子であり、いいお姉ちゃんなのだ。そうでなければいらないのだ……。

その思いはどれほど幼い心を苦しめ、支配してきたことだろう。

「テルちゃん、どうしたの？」

眼の縁に、温かい液体がじわっと溜まっていた。

どういう連想の果てだか、つまらないことまで思い出していた。

――どうして照代は、パパに似ちゃったんだろうなあ。ママに似れば良かったのに。

いつ聞いたのだかも憶えていない、父親の台詞である。

父はいつも、どこか私に対してよそよそしかった。私を見るとき、どこか辛そうだった。今なら何となくわかる。父は自分の外見が良くないことに、ひどくコンプレックスを持っていた。だからきれいな母に熱烈に憧れた。

なのに生まれてきた女の子が自分にそっくりで、失望しているのだ。あるいは、後ろめたく思っている。もし私が母に似ていれば、きっともっとずっと……可愛がってもらえただろう。

「……ううん、どうもしないよ。お日さまが眩《まぶ》しかっただけ」

私はぐっと顔を上げ、出かけた涙を苦い思いと共に呑み込んだ。

思えば以前佐々良川で、子供たちを前にして大泣きしたのはカッコ悪かった。今またここで泣いたりしたら「泣き虫毛虫、はさんで捨てろ」くらい言われちゃうよな、きっと。

子供を産んだ母親がみんな、聖母マリアになれるわけじゃない。配偶者が出産した男の皆が皆、自動的に〈理想の父親〉になるわけでも断じてない。

きっと今の私みたいに、心が狭くて利己的でコンプレックスの塊で感情的でややこしい人間が、ただずるずると歳ばかり喰い、そして父親になったり母親になったりするのだ。

そうして、言っちゃいけないこととか、すごく適当なこととかをぺろっと言ったりする。あまつさえ、さっさと忘れる。子供の心に五寸釘を打ち込んでおきながら。無責任極まりないとはこのことだ。

「……親なんてしょーもないもんだよね」

誰にともなく、私はつぶやく。ダイヤくんはただ黙って聞いている。

「親だって色々大変なんだろうけどさあ、子供でいるのだって、けっこうしんどいよねえ、ダイヤくん」

同意を求めると、子供はこっくりとうなずいた。

「それにしても君のお母さん、遅いね。もう約束の時間はとっくに過ぎたのに」

するとダイヤくんはぼそりと言った。

「いつものことだから」

その子供らしからぬ言い方に、笑えてしまった。

「それじゃ、二人で気長に待つとしますか」

ダイヤくんと二人並んで縁側に坐り、足をぶらぶらさせながら、しょーもない親の一員たるエリカさんの帰りを待っていた。

3

あゆかちゃんの傷を理解したからと言って、にわかに打ち解けたかといえばもちろんそんなことはなく、やっぱり毎日が闘いだった。

どうやら私は完全になめられているらしい。ダイヤくんですら、「いつもはこんなにきょうぼうじゃない」と当惑気味である。私の部屋は毎日小さな台風が吹き荒れているようだった。とにかく物を引っ張り出す、壊す、暴れる、大声を出す。この小さな身体のどこにそんなエネルギーが詰まっているのかと呆れてしまう。注意しようが叱ろうが平気の平左《へいざ》、馬耳東風、なのである。

もっとも、あゆかちゃんが「きょうぼうになる」のは久代さんが不在のときに限られる。見るからに怖そうで厳しそうな久代さんが、苦手なのだろう。子供ってずるいよなあと、つくづく思う。

ともかくこれだけエネルギーがあり余っているなら、外で思い切り遊ばせた方が発散できるだろうし、あわよくば疲れて寝てくれるかもしれない。けれど、あゆかちゃんのお母さんからは、「お庭まではいいけど絶対外には出さないで」と強く言われている。道路には車が走っているし公園では犬を放している人もいるし近頃は変質者も多いしと、色々理由を並べられたけれど、要するに私は信用がないのだろう。そして、私にはよくわからないけれど子供を他人に預けるのは、ものすごく心配で勇気のいることなのだろう。

けれど実際問題として、元気いっぱいの五歳児二人を雨でもないのに家の中や狭い庭だけに閉じ込めておくのは大変だった。しばらくは二人で坊主めくりやお絵かきなんかをしているけれど、三十分も経たないうちにあゆかちゃんは言い出す。

「あきた、おそといきたい」

とりあえず庭に連れ出すけれど、遊具やおもちゃがあるわけでもないから子供は納得しない。

「こうえんいく」

「駄目」

の押し問答になってしまう。

あゆかちゃん台風が暴れ出すのはこの辺からだ。

駄々をこねている子供って、心底憎たらしいと思う。一人じゃなんにもできなくて、ついこの間までハイハイしてたチビのくせに、自己主張だけは大人顔負けだ。子供のきかん気ってのはどうやら伝染するらしく、ダイヤくんまでが一緒になって暴れ出す。騒々しさに頭が痛くなりそうだ。

本当は、子供たちを見ながらでも少しくらいなら自分の時間が取れるだろうと思っていたのだ。英単語のひとつくらい、年表の語呂合わせひとつくらいは憶えられるだろう、と。

大きな間違いだった。私は監獄の看守みたいに、子供たちに付きっきりでガミガミと怒鳴りまくる羽目になっていた。でなければあゆかちゃんとダイヤくんのどちらかが、二階の窓から落ちるか、階段を転げ落ちるか、そこまでいかなくてもハサミで指を切るか鉛筆の先で怪我をするかしていただろう。

午前中は今までどおり飛び込みのアルバイトを入れていたし、その合間には家のこともしていたから、勉強する時間は夜にしか取れなかった。疲れのせいでなかなか思うようにははかどらず、睡眠不足で眠かった。そのイライラが最高潮に達した頃、またあゆかちゃんがやってくれた。

私が宝物のように大切にしていた、オルゴールを壊してしまったのだ。宝石箱を模したきれいな陶製で、入っていたメロディも好きだった。小学生のときにデパートで見つけて、欲しくて欲しくて、さんざねだってやっと買ってもらったものだ。

『中に入れる物もないくせに』と母には笑われたけれど、そして実際そのとおりだったけれど、手に入れたときには死ぬほど嬉しかった。だから持って出たのだ……夜逃げの荷物としては不向きだってことは百も承知の上で。壊れやすい上にかさばりすぎるし、いつか壊したガラスのリンゴと違って飾り物としては中途半端に過ぎる。あくまで〈オルゴール付きの物入れ〉に過ぎないのだから。その物入れのスペースもごく小さいもので、ダイヤの指輪なんかを入れるにはもってこいかもしれないけれど、母にも言われたように、生憎《あいにく》私はそんな物は持っていない。つまりは何の役にも立たない物なのだけれど、置いてくるなんてことはとてもできなかったのだ。

ただ、ねじ巻き式のオルゴールは子供がいかにも目をつけそうな品だってことはわかっていた。だから危ないからと、わざわざ手の届かない違い棚のいちばん上に載せておいたのだ。

なのにあゆかちゃんは物入れの上に足を載せ、違い棚の下段によじ登るというとんでもない方法でそこに到達してしまった。そしてそのいちばん高いところから、オルゴールもろとも落下した。

またしてもそのとき、私はおやつの準備をしていた。二階で起きた不吉な物音と、すぐに続いた泣き声に、私は慌てて階段を駆け上がった。そして泣いてはいるけれど怪我もなく無事なあゆかちゃんと、全然無事じゃないオルゴールとを見つける羽目になった。

白状してしまうと、私は卒業証書と表彰状の件をまだ根に持っていた。子供のやったことだから仕方ないと口では言いつつ、実はまったく許していなかった。

だから私は、砕け散った陶器のかけらを拾い集めながらねちねちクドクドと言った。

「これはね、私の宝物だったの。とってもとってもと一っても大切な物だったの。あゆかちゃんはパパやママと一緒に暮らしているでしょう？　だけど私は、パパやママとは別れ別れになっちゃって、お家《うち》も車も冷蔵庫も着る服も食べ物も、何もかもなくしちゃったの。だからこれはね、私に残された最後の宝物だったの。あゆかちゃんだったらどうする？　お家から追い出されて、たった一人で知らないおばあさんの家に住まなきゃならなくなったら。パパやママは迎えに来てくれなくて、大切な本は破かれて、たったひとつ残ったきれいな物も誰かに壊されちゃったら、どうする？」

あゆかちゃんは、ひくひく唇を震わせながら黙って聞いている。ダイヤくんは例によって、オロオロと私とあゆかちゃんの顔を交互に見ていた。

あゆかちゃんの頬を、新たに大粒の涙が伝い落ちていた。私の言葉に、ショックを受けたらしい。いい気味だった。少しは私の気持ちがわかった？　泣きたいのはこっちだよ、ホント。

私は大げさにため息をつきながら、ほうきとちりとりで破片を掃除した。そしてオルゴールの小さな機械だけを残し、燃えないゴミを入れたバケツに、ざらざらと流し込んだ。それから牛乳と鈴カステラを二階に運んだけれど、あゆかちゃんは部屋の隅にうずくまったまま見向きもしなかった。ダイヤくんは下の歯が一本抜けた間抜けな顔で、もそもそと不味そうにおやつを食べた。

部屋の中は気味が悪いほどに静かだった。これ幸いと私は参考書を開いたが、なかなか頭には入ってこなかった。

一時間ほど経った頃だろうか。

「テルちゃん」

妙に切羽詰まった声で、ダイヤくんが言った。

「なあに、オシッコ？」

慣れない家でのトイレは幼児には怖いらしく、そのたびに付いていくことになっていた。一人二階に残されるのも嫌らしく、結局いつも三人でぞろぞろ行くことになる。

「ちがう。あゆかちゃんが」

ほとんど叫ぶようにダイヤくんは言った。

部屋の片隅で、あゆかちゃんはいつの間にかころんと横になっていた。見るとその顔は真っ赤だった。

慌てて駆け寄り額に手を当てる。ひどく熱かった。

居間から救急箱を取ってきて、体温計を取り出す。あゆかちゃんの脇の下に押し込むと、水銀柱はみるみる伸びていき、三十八度を示したところでようやく止まった。

「大変。あゆかちゃん、熱があるよ。病院に連れてかなきゃ」

時計を見ると五時近い。いちばん近くの内科は、何時までだったろうか。ともかく、急がなければならない。

万一の場合に備えて、あゆかちゃんの保険証は預かっていた。手提げカバンに必要な物を放り込み、ダイヤくんに声をかける。

「さ、行くよ。大急ぎで戸締まり」

ダイヤくんは弾かれたように立ち上がった。

あゆかちゃんを負《お》ぶい、よろめくように歩きながら私はひどい自己嫌悪に陥っていた。

あゆかちゃんが熱を出したのは、私のせいだ。こんな小さな子供に対して、グチグチ、ねちねち、つまらないことを言ったせいだ。あゆかちゃんはショックを受けた顔をしていた。大人だって、心に受けた衝撃が、そのまま身体に伝わることはある。こんな幼い子供ならなおさらだ。

背中の熱さが、辛かった。不安げに私を見上げてくるダイヤくんの瞳が、辛かった。

まだ、たった五歳の子供たちだ。そばにいる年長者にすがらなくては、生きていけないのだ。

たとえそれが、どれほど馬鹿で自分勝手で心が狭くて頼りない、半人前の人間だろうと。

背中のあゆかちゃんが「ママ」とつぶやいた。それを聞いて、涙が出そうになった。

診療時間が終わるギリギリに、受付に保険証を出すことができた。問診票に記入させられたけれど、母子手帳までは預かっていなかったのでわからないことが多かった。しばらくして、名前を呼ばれた。ダイヤくんも一緒に診察室になだれ込む。禿頭《はげあたま》のお医者さんは、どう見ても母親とは思えない年頃の私が、二人も子供を連れているのを眼にして、怪訝そうな顔をした。

簡単な説明をして、だるそうなあゆかちゃんを坐らせた。お医者さんはあゆかちゃんの胸に聴診器を当てたり喉の奥を覗き込んだり耳の下に手を当てたりした後、あっさりと言った。

「おたふく風邪だね、これは。ほら、耳の下が腫《は》れている。これからもっと腫れるよ」

は？　と首を傾げかけ、思い出した。

「そういえば……幼稚園の掲示板に、おたふく風邪が出たって……」

「流行ってるね、最近」

はあっとため息が漏れた。とりあえず、私のせいじゃなかったらしい。

「この子は？　弟さん？」

先生はじろりとダイヤくんを見やった。

「いえ、お友達です」

「移ってるよ、たぶん。まだやってなければ、だけどね」

ずっと一緒だったのだ、きっとそうだろう。

私はまた、ため息をついた。とりあえず私のせいではないと言っても、まるっきり責任がないと言うのは虫が良すぎるだろう。それといじましい話ではあるが、この後私の仕事はどうなってしまうのだろうと不安になった。入学金に授業料に教材費にその他諸々……。公立だとは言っても、私一人で稼ぐには相当難儀な金額だ。今回の仕事で、その土台が作れると踏んでいたのだけれど……。

しかしそれよりも何よりも、今は子供たちのことが先決だった。

薬をもらい、支払いを済ませて家に帰り、何はともあれあゆかちゃんを寝かせた。ほっぺたが痛いから嫌だと駄々をこねるのをなだめすかして水分も摂らせる。氷嚢《ひょうのう》で頭を冷やして上げたら、気持ちが良かったのかすうっと寝入ってしまった。

やがて、あゆかちゃんのお母さんが時間どおりにお迎えに来た。赤い顔をして眠っている娘を見て、当たり前だが驚いたらしい。

「どうしてすぐに連絡くれなかったの？」

と咎めるように言う。

「何度も電話したんですが、繋がらなくて……」

相手は「あ」という顔をした。

「ごめんなさい。病院で携帯の電源を切ったままだったわ」

「いえ」

「……でも困ったわ。これで当分幼稚園はお休みしなきゃならないし、寝込んでいるあゆかをほっとくわけにもいかないけど、ほのかのところへも行かなきゃならないし……」

私に向かって言っているというよりは、困惑の余り心の声が漏れたといった感じだった。

「あゆ、だいじょうぶだよ」

ふいに、低い位置から声がした。いつの間にか、あゆかちゃんが目を覚ましていた。

「あゆ、だいじょうぶだから。おねえちゃんだから。てるちゃんといっしょにいいこにしてるから。だからへいきだよ、だからほのかのところに……」

懸命に笑おうとしているのを見て、たまらなくなった。

「無理することないのよ、あゆかちゃん」思わず横から口を出していた。「あゆかちゃんはまだ子供なんだから。病気のときくらい、わがまま言ったっていいんだよ。ママと一緒にいたいって言ったって……」

「ほのかだってびょうきだもん。あゆ、おねえちゃんだもん」

余計なことを言うなとばかり、きっと睨まれてしまった。

「いい子ね、あゆか」あゆかちゃんのお母さんが、少し眼を赤くして言った。「偉いよ、さすがお姉ちゃんだね」

母親の手がそっと自分の頬を撫でると、あゆかちゃんはうっとりとした笑みを浮かべた。顔の筋肉を動かしたことで、腫れている箇所が痛んだのか、ぴくりと睫が震える。蝶々の、微細な触角を思わせて、ひどく儚《はかな》げだった。

その夜、あゆかちゃんのお母さんから電話があった。翌日からのことを相談するためだ。あゆかちゃんは幼稚園を当分お休みしなければならない。午前中はお母さんが看病できるけれども、問題は午後である。ほのかちゃんが病室で、ひたすら母親を待っているのだ。

『子供って、いつもいちばん罹《かか》って欲しくないときに限って病気になるのよね』とあゆかちゃんのお母さんはため息をついていた。けれどエリカさんに言わせれば、それは甘いのだそうだ。

『ダイヤなんて予防接種ひととおり受けてるから、へーキだよ。働く母親のジョーシキだよね。一週間も十日間も仕事休んだら、干上がっちゃうもん、あたしたち』

と偉そうに言っていた。

もっとも、いくら予防接種を受けていても百パーセント感染を防げるわけではないらしいから、あゆかちゃんとダイヤくんを一緒に預かるわけにはいかない。第一、熱を出しているあゆかちゃんを動かすこともできない。

各家庭と話し合った結果、ダイヤくんは一時的に珠子さんが預かってくれることになった。幼稚園のお迎えも、珠子さんがしてくれるそうだ。私は午後にあゆかちゃんの家に行き、彼女の看病をする。順調にいけばほのかちゃんの退院までの、四、五日の話だ。

「……あの、それで……さっき、あゆかを寝かせるときに聞いたんですけど」最後に、あゆかちゃんのお母さんが言った。「あゆかったら、照代ちゃんの大切な宝物を壊しちゃったんですって？　ひどく気にしていました。あの、失礼ですけれどおいくらくらいの物なんでしょう？　弁償させて下さい」

「いいんです、ほんと、そんな大したもんじゃないですから」

慌てて叫んだ。頬がかっと熱くなった。

「でも、とてもきれいな、お姫様が持ってるみたいな箱だったって……」

あゆかちゃんの眼にはそう映ったのだろう。小学生だった私の眼にも、あのオルゴールは胸苦しくなるほどに美しく見えた。お姫様が宝物を入れる箱だと、当時の私も思った。だけど。

宝石箱は中に宝物を入れる箱だから……要するにただの箱だから。

「どうせ宝箱は空っぽだったんです。今の私には、意味なんかないんです、だから……」

「でも、あゆかが気にしているんです」あゆかちゃんのお母さんは繰り返した。「私だって気が済みません」

「でしたら、あゆかちゃんにお伝え下さい。あゆかちゃんが大きくなったら、同じ物じゃなくていいから、お姉ちゃんに似た物をプレゼントしてねって。それまでには、中に入れる宝物を見つけておくからって」

たぶん、あゆかちゃんのお母さんは面食らったのだろう。けれどエリカさんとは違って礼儀をわきまえている人だから、「あんた、何言ってんの？　馬鹿じゃない？」なんてことは言わなかった。

「わかりました。そう伝えます」とだけ答え、それからお休みの挨拶をして、電話は切れた。

私はなんとなく捨てずに取っておいたオルゴールの機械を手に取った。ねじを巻くと、細い金属質の音が美しいメロディを響かせた。

バッハのメヌエットである。最初は速く、ねじがほどけるに従ってだんだんスローなテンポになっていく。

一間限りの二階の部屋は、まるで夜の中に浮遊する頼りない箱だ。その真ん中で、私はシンプルなメロディに、ただじっと耳を傾けていた。

4

それから四日間のうちに、あゆかちゃんは以前とはうって変わって私と打ち解けて……というようなことは全然なかった。

「しかたないから、てるちゃんでがまんしてあげる」という態度がありありだった。それでも以前よりは、私たちの距離も近づいたのではないかと思う。むしろあゆかちゃんに対して変に構えていたのは私の方だったかもしれず、その点に関して言えばごく普通に話しかけることができるようになった。

絵本を読んで上げると喜んだので、図書館に行って何冊か借り出してきたりした。熱のせいか、それとも薬のせいかお昼寝も一、二時間はしてくれるから、その間は勉強することもできた。また暑さがぶり返していたから、クーラーの効いた部屋の中でずいぶん勉強ははかどり、とても助かった。

一度、サヤさんが陣中見舞いに来てくれた。もちろんユウ坊がいるし、他人の家でもあるから玄関までだったけれど。プリンとバナナを差し入れてくれながら、サヤさんがにっこり笑って言った。

「以前、ユウスケも入院したことがあるから、あゆかちゃんのお母さんの気持ちはとてもよくわかるのよ。だから私からもお礼を言わせてね。力になってくれて、どうもありがとう」

「そんなこと……」

返答に困って口ごもる。この人は何だって、こんなにすらっと〈ありがとう〉が言えるのだろう。自分のことでもないくせに。

サヤさんはふと笑顔を引っ込め、小声で言った。

「それでね、あの……もしかして久代さん、何かトラブルでもあったの？」

「え？」私は首を傾げた。「別に何も、聞いてませんけど」

「ならいいんだけど。この間うちに来られたときにね、電話をお貸ししたのよ。私は仕事をしていて、内容までは聞いていなかったんだけど。帰られたあとでユウスケが電話を悪戯して、リダイアルボタンを押しちゃったのね。そしたらいきなり弁護士事務所に繋がっちゃって」

「弁護士」

馬鹿みたいに私はつぶやく。普通に生活していたら、滅多にお世話になることはない人種だ。

「もしかして、何か困ったことでもあったのかなって。そうでないならいいのよ。ごめんなさい、余計なことだったわね」

優しい微笑みを残して、サヤさんは帰っていった。手を引かれたユウ坊が、振り返って「バイバイ」と言った。この子も初めて見たときにはまるきり赤ちゃん然としていたのに、バギーに乗っていないときには立派な幼児である。

子供って、本当にあっという間に大きくなる。色んなことがわかるようになり、色んなことに傷つくようになる。いっちょまえな口をきくようになり、底意地が悪くなったり、小憎らしくなったりもする。

「バイバイ」と返したら、ユウ坊はにこっと微笑んだ。不覚にも「可愛い」なんて思ってしまった。

子供なんて、大嫌いだったのに。いや、今でも決して好きじゃないのに。

その日があゆかちゃんの面倒を見る最終日でもあった。あゆかちゃんのお母さんの誘いで、夕食は皆でおうどんを食べた。

「ほんとはお寿司でも取って上げたいんだけど、子供たちが食べられないから、また今度ね」

あゆかちゃんのお母さんは申し訳なさそうに言った。「ありがとう。本当に助かりました」

そして約束どおり、礼金をもらって帰った。後で封筒の中身を見たら、約束の金額より少し多めに入っていた。

久代さんが珍しくにこにこ笑って、「お疲れさん」と出迎えてくれた。弁護士のことを聞くつもりだったけれど、なんだか体がだるくて、早々に眠ってしまった。たぶん仕事が終わって、ほっとしたんだと思う。

翌朝、久代さんは早々にいつもの病院に出かけた。私は久しぶりに仕事のない一日で、だから勉強するべきなのだけれど、何となくごろごろして過ごしてしまった。体が重くて頭も痛い。あれ、と思って熱を測ると三十八度もあった。私は平熱が低めだから、そんなに出ることは滅多になかった。数字で確認したとたん、急にへなへなとなってしまって、布団を敷いて横になった。

寝ころんでしまうと体は少しラクで、することもないので熱ばかり測っていた。水銀柱がみるみる上がっていくのが、怖いようなちょっと楽しいような気がする。熱はじりじりと上がり続け、三十九度を超えたあたりでうとうとしてしまったらしい。

夢を見た。大昔、幼稚園の頃の夢だ。

私はおもちゃのピアノを、デタラメに弾いていた。そんな物が家にあったことさえ、忘れていた。私はお母さんに言う。

「ママもひいて」と。

お母さんはあまり気乗りしない様子で弾き始める。片手で、たどたどしく。

シンプルで、きれいなメロディだった。
ソ、ドレミファ、ソ、ド、ド、ラ、ファ、ソラシド、ソ、ソ、ファ、ソファミレ、ミ、ファミレド、シ、ドレミド、ミレ……。メロディはその先へ進まない。同じところばかり、繰り返し繰り返し弾いている。まるでオルゴールだ。小さなドラムが一回りして、数小節の美しいメロディを奏でる。曲は先に進まないし、終わらない。ねじがほどけきるまで、同じ部分をひたすら繰り返すのだ。
ソ、ドレミファ、ソ、ド、ド、ラ、ファソラシド、ソ、ソ、ファ、ソファミレ、ミ、ファミレド、シ、ドレミド、ミレ……。
その音はいつの間にか、オルガンのものになる。弾いているのは、教師だった頃の久代さんだった。真剣な顔で弾いている。決して上手じゃないけれど……。

ああ、これはバッハのメヌエットだと、聞いているうちに思い出した。バッハが二人目の奥さんのために作った、弾きやすくてとてもシンプルで親しみやすい曲。私はこのメロディが、大好きだった。

夢の中は、どこかの小学校の教室だ。古いオンボロのオルガンを、久代さんは生真面目な顔で一生懸命弾いている。傍らで聞いているのは……。

あの子だった。

ちっとも楽しそうじゃなく、聞いている。仕方なさそうに、聞いている。伸びすぎた前髪の合間から、暗い瞳を覗かせて。

なぜか、はっとした。そのとき、目が覚めた。枕許に置いた手提げカバンの中から、バッハのメヌエットとは別な音楽が聞こえてくる。『てるてる坊主』のメロディが。

カバンを引き寄せ、携帯電話に出てみると、相手はエラ子だった。

「あのさー、また数学の宿題が出たんだけどさ、全然わかんないから教えてくんない?」

いきなり用件をずばっと言う。しかも厚かましいことを堂々と。

私は力が出ないままに苦笑した。

「あんたの宿題どころじゃないよ。なんかヤバい感じ。熱九度くらい出てるし」

「なに、風邪ひいたの?」

「かも。動けないし」

「あんたそれマジヤバくない？　病院行けよ」

　一応、心配してくれているらしい。

「駄目だよ、保険証ないもん。うち、夜逃げだから。保険証ないとすごいお金取られるって言うじゃん？　そんなお金ないもん」

　熱のせいで、なんか余計なことまで口を衝いて出てしまう。

　それを聞いたエラ子が信じられないことを言った。

「じゃあ、あたしの保険証貸して上げる。今からすぐそっち行くね」

「だってそんなの詐欺じゃん」

「だーいじょうぶだって。あたしこの近所の病院には行ったことないし。年頃同じで性別同じならバレないよ」

　バレないかもしれないけれどやっぱりそれは犯罪行為だろう。第一、エラ子の〈大丈夫〉はあんまり当てにならない。大嘘つきの口先女だから。

　けれどエラ子はさっさと電話を切ってしまった。そうして本当にすぐにやってきた。ずいぶん近いところから電話していたらしい。

　エラ子に引きずられるようにして、私はいちばん近い病院に出かけた。先日あゆかちゃんを診てもらったところである。

　問診票や何かは全部エラ子が記入してくれた。今度もあまり待たされることもなく診察してもらい、待合室に出て行くとエラ子が「どだった？」と女性誌から顔を上げた。

言いたくなかったけれど仕方がないのでぼそりと言った。

「おたふく風邪」

あゆかちゃんのがバッチリ移っていたのだ。そういえば、小さい頃その病気に罹った憶えもなかった。

エラ子はぶひゃひゃひゃと、遠慮なく笑ってくれた。むかっときたけど、なぜか一緒に笑ってしまった。笑うと耳の下が、じんわり痛かった。

5

ほどなくして、私は見事なおたふくさんになった。自分の容姿に関しては完全に見切りをつけている私だけど、それでもよりひどくなり得るんだってことはわかった。嬉しくも何ともない発見だ。

とにかく情けないやら辛いやら、もちろんアルバイトは全部キャンセルである。

それでも大人しく寝ていたら、数日で熱は下がり、腫れも引いてきた。喉が渇いたので階下に降りると、久代さんが庭で何やらごそごそやっていた。

「おや、どんな具合だい？」

スコップで穴を掘る手を休めて、久代さんは顔を上げた。

「もう、だいぶんいいです……何をしているんですか？」

「イフェイオンを植えてるのさ。お夏さんとこからもらってきたんだよ」

にっと笑って久代さんは言う。

「イフェ……？」

「イフェイオン。ハナニラさ」

「また食べる物ですか」

声のトーンが落ちてしまう。庭で何か野菜を作ると、そればっかり食べさせられる羽目になるのだ。第一ニラは苦手だった。

「ハナニラは食べられないよ、残念ながら、ね」またにっと笑って久代さんは言った。「あんたの受験の願掛け用に、春に咲く花が欲しくてね、お夏さんに頼んでわけてもらったんだよ」

「……もし枯れたりしたら、超縁起悪いよ」

不意打ちのようにして優しいことを言われると、反射的に憎まれ口が出てしまう。私の良くない癖だと、今では自覚していた。

「大丈夫。これは雑草みたいに丈夫な花でね。植えっぱなし、手入れなしで、どんどん増えるよ」

なんと答えて良いかわからず、私は黙って久代さんの手許を見つめていた。

「ああそうだ、サヤさんがあんたに言ったそうだね。あたしが弁護士事務所と何か話してたって」せっせと手を動かしながら、久代さんは言った。

おたふく騒動で忘れていたけれど、そういえばそんなことを聞いたのだった。

「最近ずっと出歩いてたことと、関係あるんですか？」

心配になって聞いてみる。九月に入って、久代さんは家を空けることが多かった。子守りを手伝うのが嫌で、わざとそうしているのかとも勘ぐったけれど、どうやらそういうわけでもなかったらしい。

久代さんは手のひらで、ハナニラの周りの土をとんとんと固めた。

「なに、あんたのことでちょっとね」

「私のこと？」

「今回のことで身に沁《し》みたろうけど、住民票を放り出したまんまってのは、実際生活していくにはずいぶん不便なもんだよね。病院には行けない。学校にも行けない。もちろん入学試験だって受けられない。人は地面に根っこを張らずには、なかなか生きていかれるものじゃないんだよ」

あ、と声を上げそうになった。私ときたら、ものすごく根本的なことを失念していたのだ。

「あんたの住民票だけをこっちに移すことも考えたけど、そうすると借金取りがやってくる可能性が高いらしくてね。金融業者はしょっちゅう債務者の住民票を取りに、役所へ通っているらしいよ。そりゃあ、貸した金は何がなんでも回収しなきゃならないから、向こうさんも必死さね」

「……でも、じゃあ……どうすれば……」

絶望感に押し潰されそうになって、私は縁側にぺたんと坐り込んだ。久代さんは両手の土を払い、植えたばかりのハナニラにじょうろで水をやった。

「とにかく、なんとかしてあんたのしょうもない親御さんたちを見つけ出して、自己破産の手続きをさせる。もちろんそれにもお金はかかるけど、そこはあんたの両親にどうにか工面してもらうしかないね。車を売り飛ばすとか友達から借りるとかさ。とにかくその手続きが済んでからでなけりゃ、住民票には手をつけられないね」

「でも、見つけられるんですか?」

一人娘の私にすら、電話一本寄越さなくなってるのに。

「だからそれを今、やっているところさね」つけつけとした口調で、久代さんは言う。その物言いはいつものとおりなのに、突き放すような感じには聞こえなかった。

「でも、もし間に合わなかったら……」

私は試験さえ、受けることができない。青くなる私の横に、久代さんはゆっくり歩いてきて坐った。

「そうならそうで、手はあるよ。正式入学は無理でも、仮入学って方法があるらしくてね。それと、佐々良市には入学金貸付制度ってのがある。これは進学を希望しているけれど金銭的に困難な子供が対象だから、あんたは間違いなく当てはまるさね。通っている中学を通して申し込みすることとあるから、あんたの場合は卒業校に連絡を取って、あれこれ書類を整える必要があるだろうよ。ま、あらかじめ電話の一本も入れてから行くことを勧めるね。それと佐々良高校には、奨学金制度があってね、月々一万一千円、返済の義務なしだとさ。まあ豪気な話さね。こっちは入学後の申請で、取れるかどうかは、ま、あんた次第だよ」

機関銃のようにまくし立てるのを、私は呆然と聞いていた。

「……ずっと、私のために、調べてくれていたの？」

久代さんが返事をする前に、私は重ねていった。

「ハナニラも、私のためにわざわざ植えてくれたんだよね」

久代さんはまるで粗相を叱られた子供みたいな顔をして、決まり悪げにスカートの皺を意味もなく伸ばしたりしている。

庭いじりをしていたせいで、その爪には泥が入り、皺だらけの手も土で汚れている。そのしなびた手の上に、私はおずおずと自分の手のひらを重ねた。

「――ありがとう」

こういうときにはそう言うのだと、私は子供から教わった。

久代さんはびっくりしたように手を引っ込め、それからあたふたと立ち上がった。

「別に、あんたのためにだけやったんじゃないよ。あんたが来年学校に入れなかったら、あんたのことだから再来年を目指しかねないじゃないか。こっちとしては居座られるのが一年も延びちまうってことさね。そんなことになったらたまらないからね、はやいとこ、こんなお荷物とはおさらばしたいんだよ、あたしは」パタパタと服の土埃を払ってから、さらに早口で言った。「ああもう、こうしちゃいられないよ。はやいとこ、夕ご飯の支度にかからなきゃね。時は金なりって言うだろ。あんたもさ、もう支障なく起きられるんなら、英単語のひとつも暗記にかかったらどうなんだい。ほら、ぼさっとしないで」

いつもの調子でつけつけと言われ、私は笑って立ち上がった。

「そうだね。そうする」

久代さんが植えたハナニラの、青々とした葉が目に入った。

そうだ。芽が出て膨らんで、花が咲いたらそれでメデタシメデタシ。なーんて思ったら大間違いだ。

春になって、花が咲いた後だって、人生は続く。花が咲いたら実がなり、こぼれ種で株はどんどん増えていく。もちろん枯れてしまうことだってあるだろうし、ある日突然、東京タワーにぶつかるようなとんでもないことにだってなるかもしれない。

ハナニラは、雑草みたいに丈夫な花だと久代さんは言っていた。

私も雑草になってやろうじゃんと思う。肥料なんてもらえなくても、たとえほとんど陽が当たらなくても、葉を茂らせ、根っこを張ってやる。たとえ踏まれたって、すぐに立ち上がってみせる。何度でも。

そうして春になったら……。

「……芽が出て、膨らんで、花が咲いたら枯れちゃって……」

大声で歌いながら、私は部屋を横切った。久代さんはそんな私を振り返り、「あたしにゃまるきり理解できません」という顔で見送っていた。

実りと終わりの季節

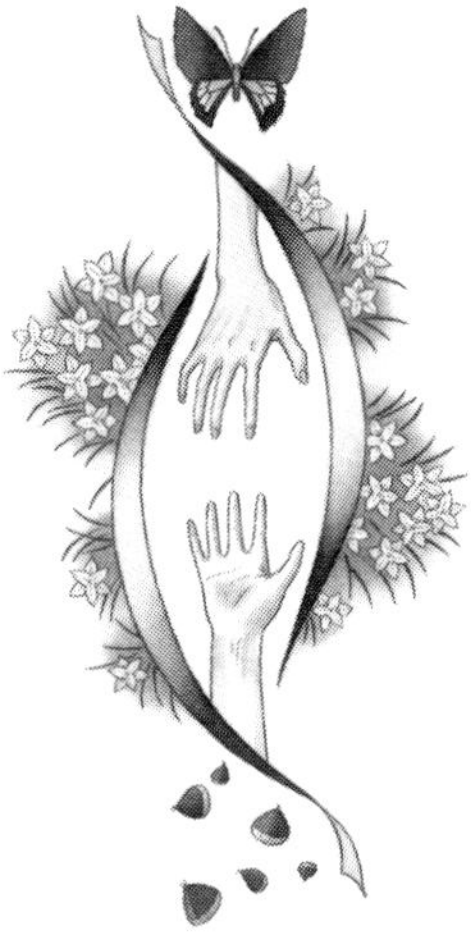

1

「──今年の夏はまた、やけに長《なが》っ尻《ちり》だねえ。もう十月だってのにさ」

ばたばたと盛大にうちわを動かして、お夏さんはボリュームのある胸許に風を送り込んでいる。

「長っ尻と言やあ、あんただろ。年がら年中サヤさんとこに居座っててさ」久代さんがいつものつけつけとした口調で言う。「長いばかりかえらくまあ大きなお尻だから、場所塞《ふさ》ぎだったらありゃしないよ、まったく。デのつく人はいるだけで暑っ苦しいってのにさ、暑い暑いとまあうるさいったら」

私はサヤさんと顔を見合わせた。いつもの、じゃない。いつも以上に辛辣《しんらつ》だ。対するお夏さんも負けてはいない。たちまちくわっと鬼の形相《ぎょうそう》を浮かべて、「またこの女は相変わらず人の悪口を言うときには一段と舌ベロが回ること回ること。暑っ苦しいデの字で悪ゥござんしたね。だけどさ、暑っ苦しいのはそちらさんもご同様でしょうが。暑い盛りから思ってたことだけどさ、なんだいその毛糸のぞろっとしたご衣装は」

「生憎あたしはあんたみたいに厚い脂肪で覆われていないんでね。秋風が骨身にしみるのさ。大体ね、女が体を冷やすのは毒だってのに、エリカ、いくら暑かろうが、今はれっきとした秋なんだからね。よくもまあ、そんな下着みたいな格好で天下の往来を歩いてきたもんだよ。お巡りさんにとっ捕まらなかったのが不思議さね」

いきなり矛先がエリカさんに向かう。キャミに細身のハーフパンツという出で立ちのエリカさんは、菓子鉢のあられをつまみながら悠然と言った。

「だって今日は九月上旬並みの暑さだってテレビで言ってたよ。むやみとエアコンで調節するよりは、暑けりゃ脱ぐって方が地球に優しいし環境省も喜ぶんじゃないの？」

「あんたの場合、喜ぶのは変質者だけだろうよ」

久代さんの言葉だけは、室温とは正反対に冷ややかだ。

「ま、調節しようにもこの家にはエアコンないけどね。それにしてもさあ、お夏ばあちゃんの言うとおりだよ。久代ばあちゃんたら、よくそんなカッコで平気だよね。歳取るとさァ、暑さを感じるセンサーが鈍くなんだよねえ」

まったくだ、と思う。久代さんの衣類ときたら、毛糸で編んだ物が基本なのだ。すべてお手製で、その腕前も大したものなのだけれど、ぞろりとしたスカートやショールが久代さんをますます魔女っぽく見せていることは否めない。

今はさすがにショールまでは羽織っていなかったけれど、桔梗《ききょう》色のサマーウールで編まれた上着はしっかり長袖である。その袖口から覗く手首を見やって、ドキリとした。

それは異様に細く、まるで枯れ枝みたいだった。

「……あの、久代さん、また痩せたんじゃ……」

私と同じことに気づいたのか、サヤさんが気がかりそうに言った。

「ますます鶏ガラに近づいていくねえ。ロクな出汁《だし》も出そうにないけどさ」

お夏さんが茶々を入れる。久代さんはうるさそうに手を振った。

「年寄りってのは夏痩せするもんさ。まあ、世の中には反対にどんどん肥えてく手合いもいるみたいだけどね」

嫌味たらしい口調で言いながら、トンと立ち上がった。お茶の湯を入れ替えようとしたのかもしれない。それともそのまま帰るつもりだったのかもしれない。けれどそのとき、久代さんはそのどちらもしなかった。

ゆっくりと、まるで枯れ木が倒れるようにして、その場にくずおれてしまったのである。

とっさに駆け寄ったお夏さんとエリカさんが久代さんを抱きかかえ、サヤさんが救急車を呼んだ。久代さんは完全に意識を失っている。顔は紙のように真っ白だ。サヤさんは受話器を置くなり、外に飛び出していった。車は路地に入ってこられない。だから角まで迎えに行ったのだと、後で気づいた。異様な雰囲気に怯える子供たちを珠子さんが穏やかになだめ、やってきた救急車にはお夏さんが同乗した。

私だけ、何ひとつできなかった。ただオロオロと、立ち竦んでいた。

救急車のサイレンが遠ざかると、ふいに柔らかい物が頰に当たった。サヤさんの手のひらが、そっと触れていた。

「照ちゃん、しっかりして。一度、家に帰るのよ。久代さんはいつもの病院に向かったから、入院のための荷物をそろえて持っていくの。私たちは一足先に病院に向かうわ。わかった？」

こくりとうなずいた。それと同時に、涙が溢れ出してきた。

「わ、私、自分のことしか考えてなかった。高校に行くことで頭がいっぱいで、それと、オヤから全然電話がかかってこないこととか、お金のこととか仕事のこととかでいっぱいいっぱいで、久代さんのことちっとも気にしてなかった。あ、あんなに痩せちゃってるのに、私がいちばんに気づかなきゃいけなかったのに、気づいて上げられなかった。自分のことばっかりで。久代さんにあんなにお世話になっておきながら、心のどこかでは私は可哀想な子なんだから、久代さんは親戚なんだからって甘えてあぐらかいてた……」

倒れる直前の、久代さんの姿はフィルムに捉えたみたいに脳裏に焼き付いている。骨に皮を張り付けたみたいな手首に喉許。こけた頰。おそろしいほどに落ちくぼんだ眼窩《がんか》。両の眼だけがらんらんと、どこにも焦点を結ばないままに輝いていた。

「私、馬鹿だ。気づかないなんてどうかしてる。何にもできなかった。ぼうっと、馬鹿みたいに突っ立ってるだけで。これじゃ、ダイヤくんやユウ坊と一緒じゃん。馬鹿だよ、大馬鹿の、何にもできない子供だよ」

泣き喚きながら、めちゃくちゃに手を振り回した。サヤさんの手も弾き飛ばし、さらに肩を突き飛ばすような格好になった。サヤさんは二、三歩よろけて尻餅をついた。あ、と思った瞬間、ぴしゃりと頬を張られた。

エリカさんだった。

「ホントに馬鹿な子だね。今はそんなこと言ってる場合じゃないでしょうに」

じんじんする頬を押さえる私に、起き上がったサヤさんはにっこりと笑いかけてきた。

「馬鹿じゃないよ、何にもできないなんてことないよ。子供とか、大人とかってことも、全然関係ないのよ。私なんて、ついこの間までそれこそ馬鹿で、一人じゃ何にもできなかったわ。大人のくせにね。弱いってことに甘えてた。私はあの人みたいに強くないから無理。あの人みたいに頭がよくないから無理。そうやっていつも逃げていた。でもそれじゃいけないんだって教わったの。佐々良に来てから、このエリカさんや、おばあちゃんたちにね」

「……だから今、そんなことを言ってる場合じゃ」

苛立つエリカさんを尻目に、サヤさんはもう一度笑って言った。

「しっかりして、久代さんなら大丈夫」

まるで、自分自身に言い聞かせているように聞こえた。

みんなだって、怖いのだとようやく気づいた。久代さんのことが心配でならないのだと。

私は手のひらでぐいと涙を拭った。

「……荷物取ってきます」

短くそうつぶやくなり、靴の踵を踏みつけて飛び出した。生け垣の横を通ったとき、「荷物が役に立てばいいんだけど」とエリカさんがため息をつくように言うのが聞こえた。サヤさんが何かたしなめるようなことを言ったようだったが、すべて聞く気もなかった。

万が一とか、もしかしたらとか、考えたって仕方がない。今はただ、少しでも早く久代さんに入院用の荷物を届けること。

久代さんのあのつけつけした物言いを早く聞きたかった。あの意地悪そうな皺の寄った魔女顔に、一刻も早く再会したかった。

2

私としてはけっこう悲壮な気持ちで病院に着いたのだが、ちょうど入り口のところで出くわしたサヤさんたちの表情はずいぶんと能天気なものだった。

「心配してたのにさあ、あの言い方はないよねえ」

エリカさんは一人ぷんぷん怒っている。

「あんたが、『喪服をクリーニングに出しちゃってるから、どうしようかと思ったわあ』なんてケラケラ笑ったせいと違うかね」

お夏さんは気がゆるんだような笑みを浮かべている。珠子さんと子供たちの姿は見えない。

「あら、照ちゃん」サヤさんが気づいて声をかけてくれた。「安心して。久代さん、ただの貧血ですって」

「あんたたちは大騒ぎしすぎだって叱られちゃったわよ」唇を尖らせて、エリカさんは言った。

「良かったじゃん、その荷物無駄にならなくて」

「また例によって検査入院だとさ。待ってて上げるから、そのカバン持っていっておやりよ」

「あたしは先に帰らせてもらうからね。一回珠ちゃんちに寄って、ダイヤを連れて来なきゃ。まったくもう、行ったり来たり、ゲルマン民族大移動だよ、もう……あらやだ、あんた、何泣いてんのよ」

エリカさんに指摘されて初めて、自分の両頬を涙が盛大に流れ落ちていることに気づいた。

佐々良に来てから、私は色んな物をなくしたり壊したりしてきた。洋服も窮屈になり、靴もサイズが合わなくなった。着いたその日に折りたたみ傘が壊れ、ガラスのリンゴもオルゴールも壊れた。卒業証書や表彰状は破けてしまった。大好きな漫画本も同じく破けた。好きなミュージシャンの音楽を詰めたカセットテープは、人に上げてしまった。その人は、壊れた時計を直したり、古い自転車を新品同様に再生してくれたりしたから。

だから、決してなくしてばかりだったわけじゃないけれど。それに物に対する執着だって、今となってはない。いっそすがすがしかった。なくすものなんてもう何もない。もう私にはなんにもないんだ、まっさらのゼロなんだと思うことが。

けれど違った。大間違いだった。

久代さんにもし何かがあったら。私は即、居場所を失う。佐々良だけじゃない。日本中のどこにも、私のいられる場所はない。

本当言うと、私は未だに久代さんのことが怖かった。久代さんは決して折れないし、常に正しいし、自分にも他人にも厳しかったから。そういう人はとても怖いと私は思う。正しい人は怖い。強い人も怖い。自分の軟弱さや甘さやずるさを、否応なく思い知らされてしまうから。相手を心の底で見下して、相対的に自分の価値を上げるなんて姑息な手段はとうてい使えないのだから。だから、怖い。

けれど……。久代さんがいなくなってしまう方が、その十倍も百倍も怖い。それが、よくわかった。居場所がなくなるから、だけじゃない。久代さんのことが大好きだなんて、とても言えない。いつも恐れている。緊張を強《し》いられている。でもそれ以上に、尊敬しているのだ……心の底から。

いつの間にか、自分の中でそんな殊勝な思いが育っていたことに、我ながらびっくりするけれど。

「……待ってなくていいから」ぷいとそっぽを向いて私は言った。「先に帰ってて」

そのまま早足に、受付に向かった。

久代さんはまだ少し白い顔をして、ベッドに横たわっていた。

私を見て、少し気まずそうな表情を浮かべ、もぞもぞと起き上がった。その動きは緩慢で、ひどくだるそうだった。

私の手を離れ、どさりと荷物が床に落ちた。

「……あのまま、久代さんが死んじゃうかと思った」

「エリカみたいに縁起でもないことを言うんじゃないよ」

「エリカさんだって、ちゃんと、すごく、心配してた」

「……わかってるよ、そんなこたぁ」消え入るような声で言ってから、ふいに陽気な調子で付け加えた。「ま、どっちにしたところでここまで生きりゃ、寿命みたいなもんさね。今すぐおっ死《ち》んだところで、薄命だの夭折だの、誰一人言っちゃくれないだろ」

「あと五十年くらい生きれば、みんなから妖怪とか魔女とか山姥《やまんば》とか言ってもらえるよ」

軽口には、軽口で返す。久代さんは吐き捨てるように言った。

「魔女なら今だって言われてるよ。知ってるんだ、あたしは」

思わずぷっと吹き出す。ご近所の陰口を知ってたんだ、この人は。それでもって、けっこう気にしてたんだ。

ふと思い出し、私はジーンズのポケットからハンカチにくるんだ品物を取り出した。

「はい、お見舞い」

「なんだい、これは」

包みを開いて、久代さんが怪訝そうな顔をする。

「オルゴール。外側の箱は壊れちゃったけど、でも、いい音で鳴るよ」

ひょいとつまみ上げ、ネジを回して上げた。小さく、細く、可憐なメロディが室内に響く。

「久代さん好きでしょう？　この曲。昔、オルガンで弾いていたでしょ。だから持ってきたの」

「……そりゃ、例の夢の話かい？」

「そうだけど。でも本当でしょう？」

あの子の出てくる夢。たぶん、あの子が見せている夢。それはすべて実際にあったことなのだと、今の私は確信している。ひどくリアルでなんだか切ない、胸が掻きむしられるような夢……。

久代さんは惚けたような顔でオルゴールが奏でる音に耳を傾けていた。

「……不思議なことが実際起こるってのは……不思議なもんだねえ……」どこか独り言のように、久代さんはつぶやく。だからいきなり名前を呼ばれたときは、少しびくりとした。

「ねえ、照代」

「はい」

「あんたの親御さんのことだけど。あの子に頼んでみたらどうかねえ」

あの子。かつて沢井やす子という名前だった女の子。台風の日、佐々良川で溺れて幽霊になった子。久代さんの元の、そして最後の教え子だった子。

〈あの子〉と口にするときいつも、久代さんはどこかが痛いような顔をする。今も久代さんはひどく顔をしかめた。

「腰が痛いんでね、少し横にならしてもらうよ」

そう断ってから、久代さんはパタリと枕の上に頭を落とした。

「パジャマに着替える？」

「あとでね」

まだ腰が痛いのか、久代さんは顔をしかめたままだ。

「無性に眠たくってね。さっき藪《やぶ》医者に注射を打たれたから、たぶんそのせいさね」

「……幽霊に、お父さんとお母さんをここに呼んでって頼むの？　そんなこと、できるのかな」

久代さんはふいに、にやっと笑った。そしてはぐらかすように言った。

「――てるてるあした、今日は泣いても明日は笑う」

「何で知ってるの？」

驚いて叫んだ。それは、佐々良に来たばかりの頃、誰かが私の携帯電話に送って寄越したメールの文面だった。わけのわからない、歌のような、詩のような……。

わけがわからないなりに、届いたいくつかのメールは私を少しだけ慰めてくれた。

久代さんは横になったまま、器用に肩をすぼめて見せた。

「おや、なんのことかい？　今のは沢井やす子が作った詩だよ。国語の時間にね、無理矢理作らせたんだ。けっこういいと思わないかい？」

「あのメールの送り主、久代さんだったの？」

だけど、久代さんは携帯電話なんて持っていない。使い方を知っているとも思えない。

オルゴールの音がだんだん間延びし出し、やがて止まった。

「勉強なさい。誰のためでもない、自分のためにね」

教師の口調で、偉そうに久代さんは言う。

「わかってるよ。やってるよ。今、そういう話してるんじゃないでしょう」

腹を立てる私を見て、久代さんがなぜかくすりと笑った。

「ワカッテルヨ、聞イテルヨ、知ッテルヨ、ヤッテルヨ、のテルヨさん。昔のまんまだね、あんたは。ちっとも変わらない……」

「ちょっと、何言ってるの？」

そう聞き返したときには、久代さんはすうっと寝入っていた。

「お、薬が効いたみたいだな」

頭越しに声がした。前にも会ったことのある、久代さんの主治医である。この、ごま塩頭のおじさんもまた、久代さんの元教え子だった。

「先生。久代さんは……大丈夫ですよね」

かみつくように尋ねた。

嚙み合わないちぐはぐな会話、どこか混線したみたいな唐突な話題。久代さんらしくなかった。薬のせいだろうか？

「大丈夫だよ、嬢ちゃん。このばあさんは、百以下じゃ死にゃしねえよ。何しろ地獄の閻魔大王様だから」

そう言って、先生はニカッと笑った。

その顔をひと睨みしてから、私はそのまま病室を飛び出した。

先生の笑った顔が、私の大嫌いな〈嘘をついている大人の顔〉だったから。

3

幽霊は、一向に出てこなかった。

私は午前中にアルバイトを、午後には久代さんのベッド脇で勉強をして過ごす日々を送っていた。

サヤさんもエリカさんも、珠子さんもお夏さんも、代わる代わるお見舞いに来てくれた。ひとつ二つの果物や小さな花束や本を持って。そして私にも、容器に詰めたお総菜やおにぎりを持ってきてくれる。

そして病室から離れたところで私を捕まえては、物問いたげな眼差しを向けてくる。それから目を逸らして私は言う。

「久代さんなら大丈夫。もうじき退院できますよ」

鏡を見たらきっと、自分がもっと嫌いになるような表情になっているだろう。

病室で、時間は穏やかに過ぎていく。そして同じ病室の人たちは、少しずつ入れ替わっていく。治って退院したり、個室に移ったり、あるいはもっと他の理由で。

「……ねえ」

ふと、思い立って私は口を開いた。

「なんだい？」

ひどく大儀そうに、久代さんが身を捻る。

「久代さんとうちが遠い親戚って、具体的にどういう関係筋なの？」

考えてみれば、一度もちゃんと聞いてみたことがなかった。母方の大伯母さんか何かだろうと、漠然と考えていた。

そんな基本的な質問さえ、今の今までしなかったのは、それだけ私がいっぱいいっぱいだったことの表れなのだろう。それに密かに恐れてもいた。あんまり遠すぎる関係であることを。

「そうだねえ」のんびりとした口調で、久代さんは答えた。「簡単に言ってしまえば、あんたのお母さんと昔、知り合いだったって関係かねえ」

ふうん、と答えかけて単語帳から顔を上げた。

「何、それ。全然無関係ってことじゃない」

「そういうことになるかねえ」

「そういうことにって……つまり血が繋がっていないどころか、そもそも親戚でも何でもないってこと？」

「まあ、そういうことさね。半年と少しばかりの付き合いだったよ」

ごくあっさりと久代さんは言う。

「それっぽっちの？　じゃあどうしてお母さんは……それにどうして久代さんは私の面倒を見てくれているの？」

久代さんはそっと痩せた肩をすぼめた。

「だって仕方がないだろう？　あんたみたいな子供、まさか放り出すわけにもいかないし……あんたのお母さんがどういうつもりだったかなんて知るもんかね。最初に言ったとおり、嫌がらせかと思ったよ」

「何で今の今まで教えてくれなかったの？」

「別に聞かれなかったしね、今の今まで」

人を喰った表情で、久代さんはしれっと答えた。そしてにっと笑う。

「だけど、もしかしたら甘えてくれてるのかなとも思ったよ。あんたの名前を聞いたときにね。テルヨってのは、あんたのお母さんにあたしがつけたあだ名だったからさ」

はっとした。

ワカッテルヨ、キイテルヨ。シッテルヨ、ヤッテルヨ、のテルヨさん。

数日前、薬で眠りに落ちる直前に、久代さんはそんなことを言っていなかったか？

「ちゃんと食べているのかしつこく聞いて、よく食ってかかられたもんさね。食べてるよ、何でそんなこと聞くのよってね」

「ホントに、何でそんなこと聞いたの？　お母さん、ダイエットでもしてたの？」

「ダイエットねえ」久代さんは皮肉な笑みを浮かべた。「お夏さんみたいに健康上必要がある人ならともかくさ、昨今の若い娘の、とにかく痩せたい細っこくなりたいなんて願望ほど馬鹿げたものはないとあたしは思うね。そんなに痩せたきゃ、世界中、飢えに苦しむ国はたんとあるんだ、そういうところに住む子供たちと、代わってやればいいのさ。何も遠い外国に行かなくたっていい。目と鼻の先に、同じ苦しみはいくらでも転がっているんだからさ」

「……いきなり何を怒っているの、久代さん？」

相手の剣幕に、何か空恐ろしいものを感じてしまった。久代さんは虚を衝かれたように黙り込み、ずいぶん経ってから言った。

「怒ってるよ、あたしは。ふがいない自分に、腹を立ててるのさ。もう少し……もっと、いくらでも、何かしてやれたろうに。馬鹿だね、何十年も経っているのにさ、今さら……今になってさ……」

声は震え、まるで泣いているみたいだった。

「何を言っているの、久代さん？」

慌てて言った。けれど久代さんは皺の寄った口許をきゅっと引き締め、それ以上何も言ってはくれなかった。

白いベッドに横たわる久代さんは、まるで押し花みたいに、乾いてぺっしゃんこだった……今にも消えてなくなってしまいそうに見える。

入院した日から、うすうす感じていた。今の久代さんはもう、私が知っている理性的で知性的な久代さんじゃなかった。どこかおかしい。順序だとか感情だとか、色んなことがぐちゃぐちゃになっている。

それが、どういうことを示唆しているのか。

胸がどきどきしていた。混乱しているのは、私の方かもしれない。誰かに助けを求めたかった。誰かに助けて欲しかった。

「……お父さん、お母さん……」

喉の奥から、絞り出すような声が漏れる。

「おかあさん……」

ずいぶん前から、電話ひとつ寄越さない。こちらからかけても、繋がりもしない。どこで何をしているんだか、まるっきりわからない。

無責任で、自分勝手な人たち……。

たまらなくなって、立ち上がった。廊下を早足に歩き、そのまま久代さんの家に向かう。

――ほんとにあんたは、興奮して飛び出しちゃあ、渋々帰るの繰り返しだね。進歩がないったら。

そんなことを言われたこともあったっけ……。まったくだ、久代さんはホントに正しいよ。

そう考えて、それだけで涙がこぼれ落ちた。

手提げ袋から携帯電話を取り出して、ただひとつ登録してあるメールアドレスに宛ててメッセージを入力する。

タスケテ、と。

返事なんかくるはずもない宛先だ。今までに数度、わけのわからない文章を送って寄越した、誰か。

馬鹿げた、意味のないことだ。

助けてくれる人なんて、誰もいない。世界中で、私は正真正銘、独りぼっちだ。

送信を終えて電源を切り、私はただ一人早足で歩く。

玄関のドアを開けた瞬間、空気がぴりぴりと緊張しているのがわかった。

あの子の幽霊だ。とうとう出てきてくれた。

おかしなことだ。あんなに怖かったくせに、今では心待ちにしている。

沢井やす子の幽霊を。

靴を蹴り飛ばすように脱ぎ捨て、部屋を見渡す。狭い台所と、居間。どこにもその姿はない。そっと階段に向かう。以前、顔を上げたその視線の先にいて、ひどく怖かった。今はそこに彼女はいない。踏み板を鳴らして、二階に向かう。いる。きっといる。引き戸の取っ手に手をかける。すっと開く。

あの子は私に背を向けて、立っていた。閉まった曇りガラスの前に立っている。見えないはずの外を眺めているように、立っている。

「お願い、お父さんとお母さんに伝えて」幽霊の背中に向けて、私は叫んだ。「お母さんに言って。今すぐ来てって言って。久代さん、ひどく衰弱しているの。どんどんひどくなるの。もしかしたら、死んじゃうかもしれないの」

ひと息に叫んでから、自分で自分の言葉にショックを受けた。

〈死〉という言葉が、これほど間近く感じられたことはなかった。それは重くのしかかり、まとわりつき、離れない。

「久代さんが、あんたに頼んでみろって言ったの。久代さんがそう言ったからには、きっと何かあるんだと思うの。お願い……私にはもう、他に方法がないの」

沢井やす子の幽霊は、いつも私とは無関係に、ただそこにいた。私の姿など目に入っていないみたいだった。私の言葉も届いていないようだった。いつも、そうだった。彼女はただ、そこに空気のように存在しているだけだった。

その彼女の肩が、ふいにぴくりと動いた。そうしてゆっくりゆっくり、小さな弧を描き出す。焦れったいほどスローモーに、けれど確実に。

ようやくこちらを振り返ったとき、彼女の顔には相変わらず表情は見えなかった。なのに、両の眼からはぼやけたしずくが伝い落ちていた。

あの子が泣いている……なぜ？

そのとき背後から、「照ちゃん」と大声で呼ばれた。ユウ坊を胸に抱いたサヤさんだった。どたどたと足音が響き、後からエリカさんとダイヤくんも続く。

「良かった、無事だったのね。助けてって、どうしたの？　玄関も開けっ放しで、何があったの？」

呆気にとられながらも、サヤさんの言葉で、わかったことがあった。

「――サヤさんだったんですね、あのメールの送り主」

やっぱり、という思いはある。一度返信したとき、目の前で鳴り出したのはユウ坊がおもちゃにしていたサヤさんの携帯電話だった。

「久代さんに頼まれて、私に何度かメールをくれましたよね」

重ねて、尋ねた。

確かに、久代さんは携帯電話を持っていないし、使い方すら知らないだろう。だけどそんなのは、人に頼めばいいだけの話だ。そう、たとえばサヤさんとか。

私は初めて久代さんに会った日のことを思い出した。ある日突然やってきた見知らぬ女の子に、自分の家でぶっ倒れられてしまったら、誰だってその子の荷物を調べるくらいはするだろう……その子の身元を知るために。カバンの中には、アドレスと番号の貼られた携帯電話が入っていた。それから久代さんはサヤさんに電話して、色々なことを知ったのだろう。妙に聞き覚えのある私の名と、夜逃げの顛末《てんまつ》や何かを。

「そんなことより」私の質問を否定せず、サヤさんはもどかしげに言った。「いったい何があったの？　病院に電話したらもう帰った後だって言うし……」

「てうち、まー」

ふいに、高く可愛らしい声が響いた。サヤさんの腕に抱かれたユウ坊が、私たちにはわからない言葉で何か言っている。「あー」とか「ばー」としか聞こえない言葉で何かを伝えようとしている。そのぷっくりとした指先が差す先には、間違いなくあの子がいた。

――見えている？

もしかして、最初からユウ坊には見えていた？

ひょっとしたら、とは思っていたけれど……。

「……あのおんなのこが、テルちゃんのママだっていってる」

ダイヤくんが私を見上げて言った。それが、ユウ坊の喃語《なんご》を翻訳してくれているのだと気づいたのは、ずいぶん経ってからのことだった。

4

その夜、変にリアルな夢を見た。

いつの間に眠っていたのか、よくわからない。サヤさんたちが帰っていった後、ずっと一人で考えていた。

幼い子供たちが教えてくれたこと――沢井やす子が私の母だってこと――は事実なのだと、直感的に理解していた。

実のところ、しばらく前からなんとなくそうじゃないかと感じていた。けれどそれ以上に、そんな馬鹿なという思いが強かった。

だって顔は似ても似つかない。第一、名前が違う。母の旧姓は鷹野だ。名字だけなら変わることもあるかもしれないけれど、名前は慶子《けいこ》なのだ。それにやす子はとうの昔に死んでいる。台風の日、佐々良川に流されて……。古い新聞の切り抜きに、そう書いてあったじゃないか？

いや、違う。死んだとは書いてなかった。重体、とあったのだ。けれど重体というのは通常、もう助からないってことと同義語ではないのだろうか。もちろん、重体と言われながら助かる人だってたくさんいるのだろうけれど。

それにしたところで。

そんなことがあるわけがない。あの幽霊がお母さんだなんて。第一私の母は生きているじゃないか？

そのとき、ロクでもない想像が頭をよぎり、ぶるりと震えた。落ち着け、落ち着け。自分に言い聞かせてみる。初めて幽霊を見た後でも、確か母から電話があったじゃないか？　あれ、それともあれは幽霊を見る前だったっけ……？

記憶が覚束ない。だんだん頭がぼうっとしてきた。

人が生きたまま、昔の姿で幽霊になることが、果たしてあるものなんだろうか。いやそもそも、〈幽霊が出る〉という前提からして相当に怪しくてあやふやなのだけど。

けれど……。

そんなことあるわけがないと思っても、妙に納得してしまうのだ。

あの子がこの家に現れる理由も。母が私を久代さんに預けた理由も。なぜ私に〈照代〉という名がつけられたかも。

何となく、わかってしまうのだ。

もちろんわからないことは多いけれど。と言うよりもわからないことだらけだけれど。でもこれだけははっきりと言える。

あの女の子の幽霊は……お母さんが切り捨てた、過去のお母さんなのだ。

夢に出てきたのは、冷蔵庫を覗き込む幼い女の子の後ろ姿だった。中にろくな食べ物はなく、白い冷気だけがゆるゆるとこぼれ出していた。そんな場所にいたら寒いよ、と言って上げたかったけれど、声を出すことも身動きすることもできなかった。

薄暗い部屋の中、冷蔵庫から漏れる灯りが、不思議と温かそうに見えた。

白い冷気がゆったりとひろがる。それはいつの間にか、地面に当たって跳ね返る白い水しぶきになっていた。

猛烈な雨の中、女の子が走っている。苦しそうな息づかいに、私の胸まできゅっと痛くなる。女の子は上から下までびしょ濡れだ。嵐の中、傘もささずに駆けているのは、私が知っている姿にまで成長したやす子だ。

すぐ傍らを流れる川には、茶色の濁流が凄まじい音を立てている。折れた枝や大きなゴミが、どんどん川下に流れていく。何でそんなものがと思うような、下駄とか壊れた傘や戸板みたいなものまで流れていく。

少し川上にかかる橋があった。その真ん中に、同じように濡れそぼった人影があった。

やす子は乱れた呼吸のままで叫んだ。

「おかあさん」

人影は、ちらりともやす子を見ようとしない。強い風に押されるように、その上体はぐらりぐらりと傾《かし》いでいる。

「おかあさん」

だんだん大きくなってくる人影に、やす子はもう一度叫ぶ。もっと近づいてからも、また。

橋桁《はしげた》に向かって佇む人影は、振り返りもしない。その背中に、やす子はむしゃぶりついていった。

「おかあさん。どうしてなの？　裏切られたからってどうして死ぬの？　どうしてよその男の人のために死ねるの？」

やす子は泣き喚いたけれど、やはり女の人は振り返らない。

「どうして……私のためには生きてくれないの？」

女の人はやす子の腕を邪険に振り払った。離されまいと、やす子は細い腕にいっそう力を込める。

突然、豪雨に霞む世界がぐらりと傾いだ。二人の体は荒れ狂う川面に叩きつけられる。水煙、鼻と口に容赦なく入り込んでくる濁った水、くるくると反転する水と空、伸ばした手の先も見えない茶色い水、水、水……。

冷たい暗い、水。

泣きながら、夜半過ぎに目が覚めた。もしかしたらおかあさんもまた、今同じように泣いているのかもしれないと思った。


その日は早朝から市場の手伝いに行く予定だったから、そのまま起き出して支度をした。市場の責任者である大木さんに、久代さんが入院していることを伝えたら、ずいぶんと心配してくれた。

「そんならさ、こいつを持っていってくれよ。これは美味いぞ。粒が大きくて、甘くて、ほっこりしてる」

と、袋いっぱいの栗をくれた。嬉しくて、さっそく持って帰って茹でた。茹であがったのをひとつ味見してみたら、ほんとに甘くて上等の栗だった。

サヤさんたちにもわけて上げようと小袋に入れ、久代さんの分は食べやすいように包丁で半分に切ってスプーンを添え、密閉容器に詰めた。

確か、久代さんは栗が好物だった。いつだったか誰かにもらった栗羊羹《ようかん》を、「ケチくさい栗羊羹だねえ、よくまあこんなに薄く切って、上から見えるとこにだけ並べたもんだよ」なんて文句を言いながら、それでも美味しそうに食べていたっけ……。もしかしたら大木さんもちゃんとそれを知っていて、だからたくさんある市場の食べ物の中からわざわざ栗を選んでくれたのかもしれない。

栗の入ったポリ袋をぶら下げ、いつものように病室に入りかけ、中の様子がおかしいことに気づいた。

「すみません、ちょっとどいて」

後ろから怒鳴られ、びくりとして道を空けると手押し式の重そうな医療機械を看護婦さんがずんずん押して通っていった。久代さんのベッドの周りは白いカーテンで囲まれ、中で何人もが慌ただしく動いているのがわかる。そのカーテンが少し捲られ、病院の先生が出てきた。つかつかと近づいてきて、私の肩に手を置く。

「今、鈴木先生のご家族に連絡に行く。君も、先生の友達に報せて上げるんだ。いいね?」

私はギシギシ鳴りそうな首を懸命に振った。「いいね?」と言われても、意味がわからない。いや、わかりたくなかった。

「早くするんだ……もう……あまり長くはないかもしれない」

息が止まりそうになった。

「大丈夫って言ったじゃないですか」悲鳴を上げるみたいにして私は言った。「嘘つき。大丈夫だって、そう言ったじゃないですか……」

嘘つきなのは私だ。いずれはこんな日が来るだろうと、心のどこかでは思っていた。覚悟をしていた、つもりだった。

けれどそのときが来るのは、こんなにすぐではなかったはずだ。

先生は辛そうに目を伏せた。

「鈴木先生から、そう言うように頼まれていたんだよ。本当はもっとずっと前から入院していなきゃならなかったんだ。だけどやるべきことがあるからって、薬と注射で痛みを……」

先生の言葉はもう、耳に入っていなかった。

私の手からポリ袋が落ち、そこら中に栗の実が散らばった。

やるべきこと。しょうもない私の両親を捜すこと。やるべきこと。私の高校進学のために必要な調べ物をすること。やるべきこと。私の耳にタコができるくらい繰り返すこと。

『勉強しろ、勉強しろ、誰のためでもない、自分のために』

「わ、わたし……私、電話してきます」

病院内では携帯電話は使えない。こんな際にもそんな常識が働いて、私は病院のエントランスを飛び出した。植え込みの脇に立ったまま、真っ先に報せるべき人を考える。

馬鹿げているとは思うけれど、最初にかけたのは母に繋がる番号だった。酔っぱらっているらしい母と話して以来、二度と繋がることのなかった番号……。

それが、ふいに今繋がった。

「――もしもし？」

どこか不安げに、語尾の上がった声が応答する。紛れもなく、母の声だった。

「おかあさん？　今どこにいるの？」

聞いてはみたけれど、なんとなく返事は予想していた。

「佐々良よ」

どことなく苦い、乾いた口調で母は言う。

私は大声で病院名を告げた。

「早く来て。今すぐ来て。久代さんが死んじゃうよ。早く、早く、早く……」

嗚咽が漏れた。

「わかった」

短く母は答え、電話は切れた。

啞然としている時間はなかった。まずサヤさんとこの番号をコールする。幸い、サヤさんは家にいてくれた。ほっとしたのも束の間、「久代さんが」「病院に」「早く」と三つの単語を繰り返すうちに、自分でもどうしようもないくらい取り乱してしまった。

サヤさんもひどく混乱したらしかったけれど、私がまだ他の人には連絡していないことを確認し、その役を引き受けてくれた。

「とにかくすぐ行くから、落ち着いて」

サヤさんの最後の台詞を反芻《はんすう》し、私は大きく息をついた。頬をびしょびしょに濡らしていた涙を袖で拭い、急いで久代さんの病室に向かう。

一歩室内に入って、ドキリとした。カーテンは開け放たれ、その場所にはベッドもその上に寝ていたはずの久代さんもいない。

「鈴木さんは集中治療室に移しました。ここはすぐに空けていただきます。荷物をまとめておいて下さいね」

その場にいた看護婦さんから事務的に言われた。私は無言でうなずき、久代さんの入院バッグに色んな品物をじゃんじゃん放り込んでいった。

パジャマや下着の替え、タオル類、洗面用具、眼鏡ケース、コップ、スリッパ、カーディガン……。引き出しから、お孫さんがその昔描いたという絵が出てきた。いつも持ち歩く手提げ袋に入れてたものだ。私が一度見つけて「何、これ」と尋ねたら、色々と言い訳がましいことをつぶやいていたっけ……。

「あなたのご家族？　気を確かに持ってね」

同室のおばさんが、そう言いながら栗の入ったポリ袋を差し出してくれた。私がまき散らしたそれを、拾っておいてくれたらしい。

「……家族じゃないんです」

まるで他人がしゃべっているみたいな声が出てきた。

「家族でも、親戚でもないんです。全然、血なんか繋がってなかったんです。大昔、私の母がほんのいっときお世話になっただけの関係なんです。それなのに突然やってきた私を追い出さなかった。すごく嫌な顔はされたし、迷惑がられたし、嫌味も山ほど言われたけど、それでも追い出さないでいてくれたんです」

おばさんがそれに対して何と答えようとしたのかはわからない。気の毒そうな顔で聞いていたし、とても親切そうな人だったから、何とかして慰めなきゃと思ってくれていたかもしれない。けれどその言葉を聞く機会はなかった。

「——鈴木先生は……どこ?」

張り詰めた硬い声が、背中を叩いた。忘れようにも忘れられない声だった。

振り返ると……。

輝くように美しい私の母が、そこに立っていた。

5

母の顔は、青ざめていた。少し痩せた気もする……もともと、ごくスリムな人だったけど。全体にやつれた感じだった。髪の毛も染めた栗色と地色とが、ツートンになっている。服装も、私の記憶にある一分の隙もないようなものじゃなかった。どこかちぐはぐで、アイロンも適当だった。

それでも、母はやっぱり誰よりもきれいだった。

「鈴木先生はどこなの？」

詰問《きつもん》口調でもう一度聞かれた。馬鹿っと大声で叫びたかった。半年以上ほったらかした娘に対して、もっと他に言うことはないのだろうか、この人は。

「こちらです、急いで」

顔見知りの看護婦さんが、先に立って案内してくれた。今は母を詰《なじ》っている場合ではなかった。

考えてみれば、荷物なんてまとめている場合でもなかったのだ。無意識のうちに逃避していたのだろう……久代さんの死という、あまりに重たすぎる現実から。

集中治療室のドアを、母は許可も得ずにいきなり押し開けた。そしてドアは、私の鼻先で閉じられた。

相変わらず、なんて身勝手な人なんだろう。私の気持ちなんてお構いなしだ。私だって久代さんに会いたいのに。会わなくてはならないのに。会って伝えたいことが、まだたくさんあるのに。

ドアに手を触れたとき、中から獣の咆哮《ほうこう》みたいな声が聞こえた。

母が慟哭《どうこく》しているのだった。

それ以上、私は身体を動かすことができなかった。

どれほど経っただろう?

部屋から出てきたとき、お母さんはひどく泣いていた。涙と鼻水で化粧も崩れてぐちゃぐちゃだった。私が知る限り、お母さんがこんなにブスになったことはない。

「照代……呼んでるわ」

鈴木先生が、と付け加える声は、嗚咽に紛れて聞き取れないほどだった。

震える手で、ドアを押し開ける。心電図のコードや呼吸器や点滴のチューブの林の中に、久代さんは横たわっていた。

「てる……よ」

かすれた声で、久代さんは言う。

「ありがと……よ」

「何で久代さんがお礼なんて言うのよ。言わなきゃならないのは……いくら言っても足りないのはこっちだよ」

「勉強……するんだ……よ」

「わかってるよ。やってるよ」私は久代さんに向かって屈み込み、ささやく。「必ず佐々良高校に合格してみせるから……だから、入学式に来てよ。ずっと一緒にいてよ」

聞こえているのかいないのか。魔女みたいな皺だらけの顔に、ふっと笑みが浮かぶ。

「久代さん」

複数の声が重なり、部屋にサヤさんやお夏さんやエリカさんや珠子さんがなだれ込んできた。

「何だよ、憎まれっ子世にはばかるんじゃないのかい」

お夏さんがハンカチをわしづかみにして、おいおいと泣き出した。珠子さんは声もなく泣いている。サヤさんはユウ坊を、エリカさんはダイヤくんを抱きしめて、やっぱりはらはらと涙をこぼしている。

「やめてよ。そんなふうに泣かないでよ。まるで久代さんが……今すぐにも死んじゃうみたいじゃないの」

そうみんなを責めた私もまた、泣いているのだった。

反対側にいた先生が、久代さんの棒きれみたいな腕を取り上げて、脈を取った。心電図のモニタをちらりと見やる。それから腕時計を確認して言った。

「三時十五分……ご臨終です」

え？　と思った。

いや、何も思わなかった。

相変わらず嘘つきのお医者だ、と思った。

でもやっぱり、何も思わなかった。

私はただ、ぼうっと突っ立っていた。悲しみはなかった。いつの間にか涙も乾いていた。みんなが何か喚き立てる声も、泣き声も、ひどく遠かった。フリーズしたパソコンみたいに、何ひとつ入力できず、次の画面に進むこともできなかった。

しばらくして、誰かに肘でこづかれていることに気づいた。エリカさんみたいだった。知らないうちにずいぶん時間が経ったみたいだったけれど、よくわからなかった。

「私たちで清拭《せいしき》しますから」担当だった看護婦さんが言いづらそうに言った。「部屋の外でお待ちいただけますか。それと……着せて差し上げたいお洋服があれば、急いで持って来て下さい。その……あまり時間が経ってからでは、着せられなくなりますから」

死後硬直なんて、ぞっとしない言葉が脳裏に浮かぶ。けれどどんな単語も、誰の台詞も、胸に落ちてはこなかった。

「あたしらが取ってきて上げるよ。あんたにゃあ酷だ」

お夏さんががばっと私を抱きしめて言った。目を真っ赤にした珠子さんが、傍らでうなずく。彼女らに言われるまま、私は久代さんの家の鍵を手渡した。

二人が出て行ったあと、サヤさんとエリカさんにはさまれて治療室をあとにした。久代さんの入院セット一式を入れたカバンを、引きずるようにして運ぶ。栗を入れたポリ袋がガサガサと鳴る。

廊下の突き当たりにソファが置いてあり、そこに誰かが座っていた。背凭《せもた》れにぐったりと身体を預けているのは、母だった。

母は近づく私たちの足音で顔を上げ、サヤさんに抱かれたユウ坊と、エリカさんの傍らを歩くダイヤくんとを交互に見やった。

「……いいね、あなたたちにはお母さんがいて」

そうしてにこりと笑った。

「何言ってるのよ。何笑ってるのよ。久代さんは死んだんだよ」

食ってかかる私の肘を、エリカさんがぐいと引っ張った。

「あんたこそ、何知らない人に当たってんのよ」

その手を振り払い、私は叫んだ。

「半年以上もずっと、どこで何をしてたのよ」

憎たらしいことに、母はまた笑った。

「さあ。どこで何をしていたのかしら？」

「笑わないでったら、お母さん」

え、親子？　というエリカさんの声が背中を叩く。似てない、とかなんとか付け加えられた気もするけれど、どうでも良かった。

「お父さんは？　今どこにいるのよ？」

「さあ、どこにいるのかしら？」

また笑う。極上の笑顔で。

悔し涙が溢れた。母の笑顔を打ち壊してしまいたいと拳を振り上げかけたとき、サヤさんの柔らかな声が背を叩いた。

「照ちゃん。あなたは一度、久代さんの家に帰って待っていてくれる？　あとのことは、私たちがやるから。何かあったら連絡するから、ね。お母さんと一緒に」

こんな人、お母さんじゃない。

そんな言葉が喉許まで込み上げてきたけれど、かろうじてこらえ、うなずいた。「行くよ」と声をかけ、手にしたポリ袋をガサガサ鳴らしながら歩き出した。母がついてこようとくるまいと、どうでも良いと思った。

しばらくして、ちらりと振り返ると母はのろのろと立ち上がり、歩き出していた。ほっとした自分が、悔しかった。私ばかりが大荷物を抱えていて、母が持っているのは小さなハンドバッグひとつきりだった。持って上げようかなんてこと、絶対言わない。そもそもそんなことに気づきもしない。

母はそういう人だった。

家に着いても、二人、ただぼけっと坐っているだけだった。お夏さんたちとはどこかで入れ違ったらしく、鍵がないと一瞬思ったけれど、久代さんのカバンの中にちゃんとあって開けることができた。

「変な匂いがする」

入るなり、母は言った。無視してやった。

この家に来た当初、私も悩まされたその臭気の正体。今ならわかる。久代さんを蝕《むしば》む、病の匂いだったのだ。

家の中は洞窟のように暗く、静まりかえっている。

家の主はもう、どこにもいない。私はこの場にいていい理由を失った。

もともと、いていい理由なんてなかったわけだけれど。

家の中と外とが一緒くたに暗闇に溶けた頃、サヤさんとエリカさんがやってきた。もちろん、その子供たちも一緒だ。

「もうじき、久代さん帰ってくるから」

低い声でサヤさんが言う。

「お夏ばあちゃんたちは一緒に車に乗ってくるよ。久代ばあちゃんの家族は、今日は来られないってさ。お夏ばあちゃんが息子と電話して、じゃあこっちでお通夜をすませとくからいいって啖呵《たんか》切ってた。すっげー怒ってた」

「色々、事情がおありなのよ」

「ま、イワクとかカクシツとかはありそうだよね、珠ちゃんじゃないから、別に知りたくはないけどさ」

そう言いながら、エリカさんは私と母とをちらりと見やる。

「……お布団、敷いておきましょう。照ちゃん、お願いできるかしら」

遺体を寝かせるための布団がいるのだと理解するのに、しばらくかかった。人形のように動かない母を尻目に、座卓を箪笥の脇に立てかけ、押入から久代さんの布団を取り出す。サヤさんたちは途中のスーパーで買ってきたという食べ物や何かを冷蔵庫にしまったり、お湯を沸かしたり人数分の湯呑みを探し出したり、あれやこれや忙しく立ち働いていた。

母はやっぱり、人形のように動かない。

やがて、お夏さんと珠子さんが、久代さんを連れて帰ってきた。黒いスーツを着た男の人が、久代さんが眠る布団の中にドライアイスをぎっしり詰め込んでいった。部屋の温度がすうと下がる。母が細い両腕を抱いて、ぶるっと震えた。

みんなで、スーパーのお稲荷さんや巻き寿司をボソボソと食べた。私は皆に勧められるままにひとつ手に取ったけれど、胸が塞がっている感じがして、どうにも喉を通っていかない。母は最初から手も伸ばさなかった。だんだん乾いていく鉢の花みたいに、生気を失っていくのがわかる。誰が話しかけても、返事もしなかった。

「告別式は明日の午後だよ」ぼそりとお夏さんが言った。「あの人ったら、病院の精算から自分の葬式の手配先から何もかも全部こうしろああしろって書き遺しててさ。病院の先生から渡されたときにゃ、驚いたよ、まったく。自分の墓まで用意してるしさ。呆れ返ったね、あたしゃ」

「久代ちゃんらしいわね」

しんみりと珠子さんは言う。

「用意がいいにもほどがあるよ」

お夏さんは怒ったように言う。

「子供たちをもう寝かせないと」

すでに寝入ってしまったユウ坊を抱っこして、サヤさんが言った。

「そうだね、ダイヤ、歯を磨こ」

眼がとろんとしてきたダイヤくんを促して、エリカさんも立ち上がった。

「あ、お二階に私の布団を敷きますね」

一緒に立ち上がると、お夏さんに「何言ってんだい」と言われた。「あんたも一緒に寝るんだよ。子供はみんなね」

「お母様も一緒に休まれた方がいいわ」

「う……ん」

サヤさんに言われて渋々うなずき、母に声をかける。

「お母さん、二階で寝るよ」

母はやっぱり、ぴくりとも動かない。ふいにエリカさんが割り込んできた。母に向かって、まるで子供に対するように言う。

「ハイハイ、あなたもね。歯を磨いて、トイレ行って寝ましょ。ほら、さっさとする。歯ブラシはさっきスーパーで買っといたのがあるからさ。さ、立った立った」

すると母は素直に立ち上がり、言われるまま流しで歯を磨き、手洗いにも行った。もともと小柄なことも手伝って、本当に小さな子供のように見えた。

布団は私の分ひと組しかなかったから、座布団だの炬燵布団だの替えのシーツだのを駆使して寝床の面積を広げた。その真ん中に、オムツを換えてもらったばかりのユウ坊と半分眠っているようなダイヤくんとを寝かせた。サヤさんとエリカさんが階下に下りていき、私は寝入ってしまった子供たちと、そして母と共に取り残された。

静かだった。子供たちの寝息だけが、聞こえてくる。母はじっと、何もない空間を見つめている。花のようにひろがったスカートの真ん中で、子供みたいに膝を抱えている。

私はただじっと、私の方をちらりとも見てくれない母を見つめていた。

首がガクリと垂れて、そのショックで目を覚ました。

ということはつまり、壁にもたれたまますうたた寝をしていたらしい。母の姿がないことに気づいて、はっとする。できる限り静かに階段を下りた。階下も静まりかえっていた。居間の中央に敷かれた布団の四隅で、丸くなって眠る女たちがいる。皆、つい今し方まで起きていた証拠のように、盆の上の湯呑みからは温かい湯気が立ち上っていた。

まるでいばら姫のお城みたい。久代さんは永遠に眠り続ける姫君みたい。

そんなセンチメンタルなことを考えていると、久代さんの声が聞こえた気がした。

——眠れる森の老婆、かい？

そう言って片目をつぶる姿が見えた気がした。

ぷっと笑いそうになる。おかしい。おかしい。おかしくて、哀しい。

母の姿はどこにもない。まさかとは思ったけれど、押入の中まで捜したついでに、皆にありったけの毛布やタオルケットを掛けて回った。そのまま久代さんのショールを抱えて玄関を見やる。母の靴がなかった。

また行ってしまったのかもしれないと、諦めにも似た気持ちでそう思った。けれど母は小さな庭の真ん中に、何をするでもなく立ち尽くしているのだった。

「——おかあさん」

声をかけてみる。母はゆっくりと顔を上げ、私を見る。

「……私のママはね、冷蔵庫だったの」

ふいに、母は言った。

「……何のこと？」

「ママはしょっちゅう、私を置いてどこかへ行ってしまったの。何日も、何日も。物心ついたときからそうだったわ。食べ物なんて、置いていってくれなかった。だから喉が渇いたら洗面台から水を飲んで、お腹が空いたら冷蔵庫を開けて食べられそうなものを探したの。中にあるのはマヨネーズとかケチャップとかマーガリンとか、そんなものばかりで。私はずっと、そういうものを嘗《な》めて過ごしていたわ。何日も、何日も。冷蔵庫がなければきっと死んでいた。冷蔵庫だけが私を助けてくれた。私は冷蔵庫が大好きだった。夜、真っ暗な部屋の中で、冷蔵庫の灯りはとても温かだった。だから、私のママは冷蔵庫だったのよ」

途中何度も声を上げそうになった。けれどなかなか言葉にならなかった。ようやくのことで私は言った。

「……だから、冷蔵庫の絵を描いたの？　お母さんの絵を描かされたときに」

おそらくは母の日のために描かれた、子供たちの絵。その中の異様で異質な一枚。夢の中で見た。現実に、久代さんのファイルの中でも見た。水色のクレヨンで描かれた、頼りない長四角。

あれは、幼い母の命を繋いだ冷蔵庫だったのだ。

同じファイルに挟まっていた児童虐待の切り抜き。ひどい育児放棄に遭っていたアメリカの子供と、あまりにもよく似たケースを知っていたために、久代さんはあの記事を切り抜き、ファイルに挟んだのだ。おそらくは、胸がふさがれるような思いと共に。

「……私は、ニセモノなのよ」

堰《せき》が切れたように母は続ける。

「私はとってもみっともなかったから。だからママが私のことを嫌いなんだって、ずっとそう思ってた。ううん、嫌いなんじゃない。嫌われていた方がマシよ。全然、無関心だったの。ママだけじゃない、他の人だってそうだった。きれいになりさえしたら、みんなが私のことを愛してくれると信じて、眼や鼻をいじったの。親からもらった顔になんて、何の愛着もなかった。今の私はニセモノの私よ。あなたのお父さんが好きなのも、みんながちやほやしてくれるのもニセモノの私。鈴木先生は……本当の私を真正面から見てくれた、最初で最後の人だった」

ひと息に流れ出す母の告白を、私は呆気にとられて聞いていた。「まさか、そんな」という思いと「そうなのか」と妙に納得する思いとが、複雑に絡み合っていた。

「……これで、誰もいなくなっちゃう。本当の私を……あの頃の私をわかってくれる人は、誰もいなくなっちゃう」

母の白い頬を、涙が伝っていた。

泣きたいのは私だ。辛いのも、本当の私をわかってもらいたいのも、みんな私だ。

母の思いは、私の思いでもある……。

私は体当たりするように、母に抱きつき、抱きしめて叫んだ。

「哀しいこと言わないでよ。私がいるじゃないの。私がママになってあげる。ママの、ママになってあげる。そうしてたくさん、愛してあげる。私を丸ごと、全部あげる。いらないって言ってもあげる。だからそんな哀しいこと言わないでよ、ママ」

いつの間にか私まで、泣いていた。

誰も愛してくれないと、拗《す》ねていたのは私だ。そう言いながら、私の方こそ誰も愛していなかった。誰一人。

子供のように泣きじゃくる母を、もう一度強く抱きしめた。

あまりにも愚かしくて享楽的で自分勝手な、大きな子供。誰からも愛してもらえなかった子供。それが母なのだと、ようやく気づいた。

今の私にできるのは、ただ母を抱きしめることだけだった。ママになってあげるから、と何度も何度も繰り返しながら。

6

そのあと、母と私は夜明け近くまでぼそぼそと話し続けた。前日から何も口にしていない母のために、巻き寿司の残りとペットボトルに入ったお茶を盆に載せ、二階に運んだ。思いついて、容器に詰めたままだった栗も添えた。

「久代さんが食べるはずだった栗だよ」

そう言って、大粒の栗とスプーンを握らせて上げた。そうして二人、栗の欠片《かけら》をぽろぽろこぼしながら、スプーンで身をほじっては口に運んだ。

「……何で私に照代ってつけたの？」

聞きたかったことのひとつだ。

ずっと自分の名前が大嫌いだった。友達から、婆臭い名前なんてからかわれたから。サヤとかエリカとかあゆかとか。そういう、今どきの女の子らしい可愛い名前の方が良かった。

「……久代さんが、お母さんにつけてくれたあだ名だったから？」

返事をしない母の代わりに、私が答えを口にする。母はこっくりとうなずいた。

「……私の結婚前の名字は、照代も知ってるように鷹野だけど、その前は沢井っていったの。名前は、漢字は今と同じ慶子って書いてやすこと読ませてたわ。父方のお祖父ちゃんが勝手につけたって、お母さんが怒ってるの聞いたことある。誰も読めないわよね、やすこだなんて。私は自分の名前が大嫌いだった。半端に難しい漢字で、読みだけひねくれてて」

「……いつから、読みをけいこに変えたの？　て言うか、勝手に変えていいものなの？」

「さあ、知らない」母は私の知っている無責任極まりない笑みを浮かべた。「母が亡くなったあと父に引き取られて……遠くに引っ越したのを機会に読み方を変えるって言ったら、通っちゃったの。名字も変わったから、沢井やす子とはそれっきりおさらばできたわ」

本当にそんなことが通るものか疑問だったけれど、あとで調べたら、戸籍に関してはもともと読み方の記載がないので問題がないらしい。住民票も、読みに関しては必須事項ではないのだ。佐々良市では当時、住民票の氏名欄に読み方の記載がなかった。

そんな制度の狭間で、呆気なく一人の女の子が消えた。沢井やす子はどこにもいなくなった。代わりにどこか他の街に鷹野慶子という、やや堅苦しい姓名の女の子が生活するようになる。鷹野慶子はやがて顔さえも変え、そして雨宮慶子となった。

……やっぱり、そうだったのだ。直感は、正しかった。

あの幽霊は……沢井やす子は母が切り捨てた過去そのものなのだ。ある意味死んだも同じと言えるかもしれない。

母は栗の欠片をスカートにぽろぽろこぼし、両目からは大粒の涙をぽろぽろこぼした。

「ワカッテルヨ、ヤッテルヨ、シッテルヨ、テルヨテルヨのテルヨさん」震える声で、節を付けるように言う。「顔も知らないお祖父ちゃんがつけた名前より、ただ読めるからって変えた名前より、ずっと好きだった……」

私もやっぱり、栗の欠片と涙とをこぼしていた。母は久代さんのことが好きだった。言葉に出してそう言うことはなく、素振りにさえ見せることもなかったろうけれど。

母は久代さんに甘えたかった。でも甘え方なんて知らなくて。久代さんも甘えさせ方なんて知らなくて。そうして長い年月が過ぎたあとになってから、どうしようもない切羽詰まった情況になってから、私を久代さんのもとに送り届けた。

私もやっぱりずっと意地を張って拗ねていて。自分ばっかり不幸だと思い込んで。情けなくて悲しくて、あとからあとから涙がこぼれてくる。

「……どうしてないているの？」

ふいに、思いがけないところから、声をかけられた。うす暗闇の中で、ダイヤくんの目がぱっちりと開いているのがわかる。

「哀しいからよ」

短く答えると、ダイヤくんは布団の中で「うん」とうなずいた。彼の小さな頭の中で、久代さんの死はどういうふうに捉えられているのだろう？

「じゃあ、しゃれをいってあげる。きょうようちえんであゆかちゃんにおそわった」

生真面目そのものの顔で、ダイヤくんは仕入れたばかりの洒落を披露してくれた。

「あのね、チーターがおっこちーた」

しばしの沈黙が落ちた。

「プッ……ククク」

母と二人、同時に吹き出していた。

「おもしろくない？」

不安そうにダイヤくんが聞く。

「ううん、すごく面白いよ」

「じゃあなんでふたりともまだないているの？」

「あのね、涙っていうのは……」目尻を拳で拭いながら母は言った。「あんまりおかしすぎても出るものなのよ」

ダイヤくんは満足そうに笑い、それからまたすうっと寝入ってしまった。

虫の音が、静かに静かに響く。

「……気がついたらもうすっかり秋ね」

茹で栗を口に運ぶ手を止めて、母はつぶやく。

「うん。実りの秋だ」

実りと、そして終わりの季節……。

「美味しいね」初めて味がわかったみたいに、母は言った。そして小さく付け加える。「あの頃……まともな食事は学校で出る給食だけだった。お母さんは、男の人に捨てられちゃあ、当てつけみたいにして自殺未遂を繰り返す人だったわ。私のことなんて、これっぽっちも考えてくれなかった。あんな人、大嫌いだった。憎んでいると、思い続けてた。けど……」

私はまた、母の華奢な肩をそっと抱く。その肩には久代さんのショールが巻かれている。

「うん、わかるよ」

母はこくりとうなずく。そのまま私の肩に顔を預けている。温かな吐息が肩にかかる。眠ってしまったらしかった。右手からスプーンが、左手から栗が、離れてころりと転がる。

ふと、あの気配を感じて顔を上げた。

沢井やす子が立っている。

彼女はゆっくり近づいてきて、眠る母の頭にそっと手のひらを載せた。

そしてそのまま……。

ふっと、フィラメントが弾けるようにして、消えた。


翌朝、霊柩車《れいきゅうしゃ》がやってきて久代さんを連れて行った。久代さんの元教え子たちが集まってきて、棺《ひつぎ》を運んでくれた。その中には市場の大木さんも、病院の先生もいた。どこからか現れた黒い大きな蝶々が、ふと棺の上で羽を休めた。そして次の瞬間には、空高く舞い上がっていく。

「まるであの人の魂が空に上がってくみたいじゃないかね」

お夏さんが言い、おいおいと泣いた。皆もそっとハンカチで涙を拭った。

サヤさんに抱かれたユウ坊が、蝶を目で追い指を差す。その、ぷっくり太った愛らしい指の先には、抜けるように青い秋の空がある。

エピローグ

雨宮照代様

お久しぶりです。

私はこの手紙を、初七日が済んだ頃に投函するよう江藤先生に頼むつもりです。ですから、「お久しぶり」という書き出しにふさわしい日数が経過しているという前提で話を進めますよ。

他にも何通か手紙を書かなければなりません。ですから手短に用件のみ記させていただきます。

あなたに関して、後のことは珠子さんに頼んでおきました。あの人には、夏の終わり頃に私の病気について話してあります。色々考えましたが、珠子さんにお願いするのが最善と判断しました。あの人の住まいだって決して広くはありませんが、照代一人くらいはなんとかなるはずです。現に、珠子さんは快く引き受けてくれましたよ。

もちろんあなたはできる限り、恩義に報いなければなりません。と言って、勉強もおろそかにしてはなりません。わかりましたね。

あなたのご両親は今現在、見つかっていません。もし連絡があったらすぐに、弁護士さんのところに電話をさせるように。名刺を同封しておきます。あらかじめ、話は通してあります。

さてと。

照代相手に、ですます調ってのもなんだかくたびれるね。

照代のお母さんには、もっと何かして上げられなかったものかと、今でも悔いが残っているよ。もっと何かしてやれたんじゃないかって、今でも思う。何十年も経っているのにね。あの子に最初に会ったのが四月で、いなくなったのが十月。あんたと過ごした日々でちょうどすっぽり覆えるよ。風呂敷みたいにね。だからって、罪滅ぼしとか、そういうつもりであんたといたわけじゃないけれど。

あんたのお母さんは、可哀想な子供だったよ。お母さんだけじゃない。可哀想な子供ってのは、どこにだって、いつだって、うんざりするくらいにいる。毎日毎日、日本でも世界でも、子供が殺されていくのをニュースで見るのは、たまらないよね。親が殺す。兵隊が殺す。大人が殺す。ついには子供が子供を殺す。何も昨日今日始まったことじゃない。ずうっと昔から、同じことの繰り返し。情けないものさね。子供を大切にできない社会に、未来なんてありゃあしないってのにさ。

教師といったって、無力なものさね。なんにもできない、誰一人救えない一人の人間さ。

照代が将来何になれるのか、どんなことができるのか、私にはわからない。だけど口やかましく言うことはできる。勉強しなさい、本を読みなさい、とね。

本はいいよ。特に、どうしようもなく哀しくて泣きたくなったようなとき、本の中で登場人物の誰かが泣いていたりすると、ほっとするんだ。ああ、ここにも哀しみを抱えた人がいるってね。誰かが死んだとか、男に振られたとか、人生に絶望したとか、登場人物がどんなことに悩もうと関係ない。ああ、ここにも泣いている人がいると、単純にほっとするんだ。小説なんて絵空事で嘘っぱちだから、現実に誰かが泣いているわけじゃないって我に返ることだってある。それでもやっぱり、ほっとするんだ。泣きたくなるようなことがあったら、試してごらんよ。長い人生、そんな気分になることだっていっぱいあるだろうからね。

最後に。照代の名義で佐々良銀行に口座を作っておきましたので、所在は珠子さんに尋ねて下さい。わずかな金額ですが、あなたの学費の足しにはなるでしょう。

気を抜かず勉学に励むこと。

目上の人を敬うこと。

他人を羨まず、自分に誇りを持つこと。

照代にはまだまだ言っておきたいことがありますが、これくらいにしておきましょう。年寄りの説教は煙たがられますからね。

それでは、あらあらかしこ。

鈴木久代

追伸　ひとつ書き忘れ。
むやみやたらと感情にまかせて家を飛び出さないこと。いつか車に轢かれますからね。

そこで、手紙は終わっていた。

折に触れて、読み返している。初めて読んだときには、涙が止まらなかった。今では泣かずに読める。最後のところで、クスリと笑ったりもする。

久代さんの告別式が終わった後で、珠子さんから通帳を差し出された。彼女が久代さんの病気のことを、二ヵ月近くも前に知りながら口を閉ざしていた事実に驚いた。そしてすんなり私を受け入れる覚悟を決めてくれていることにも。

ただの、知りたがり、しゃべりたがりのおばあちゃんかと思っていた。

いつだって私は、人や物事の、ほんの一面しか見ていなかった。どんな人間にだって――自分自身にだって、思いもよらない部分が隠されているのかもしれない。

久代さんの住まいは賃貸だから、契約者の死亡と共に明け渡すことになる。お夏さんに託された手紙によれば、家財について、入りような物は皆で分けてくれ、それ以外はスエヒロ電気に電話して引き取ってもらうよう書かれていた。スエヒロ電気には私も幾度か行ったことがある。中古電気器具だけでなく、リサイクルセンターみたいに家具とか日用品みたいな細々とした品も取り扱っているのだ。遺族に確認したらそれで良いとの返事だったので、皆で形見分けの後にスエヒロ電気の軽トラに来てもらった。助手席には松ちゃんが乗っていた。

「よ、松五郎」

右手を挙げて挨拶すると、松ちゃんはにやっと笑った。

「松五郎じゃねーよ……まーいーか、どっちでも。オマエもなかなか大変だな」

こちらの事情をどこまで知っているのか、松ちゃんはそんなことを言う。

「なかなか大変なんだよ。でもまー、そんなでもないか」

「どっちなんだよ」

「まーいーよ。どっちでも」

相手の口調を真似て、私は笑う。

品物を売ったお金は（二束三文だったけど）遺族に渡した。久代さんの息子はどこか微妙な表情でそのお金を受け取っていた。お夏さんが無理矢理押しつけた格好だ。

久代さんの孫という男の子にも会った。大学生くらいの年格好である。火葬場の待合いで、ずっとつまらなそうに携帯用ゲーム機をピコピコ言わせていた。ゲームオーバーになったときに、脇からそっと聞いてみた。

「実のお祖母さんが亡くなったのに、哀しくないの？　そんなに嫌いだったの？」

ちょっと当惑したような眼で見られた。

「嫌いって言うか……よく知らないから」

まだ「嫌いだ」と言われた方が良かった気がする。

久代さんはあんたが幼稚園児の頃に描いた絵なんかを、後生大事にずっと持ってたんだよ。入院先に持ってくバッグにまで、入れてたんだよ。

そう言おうかと思ったけど、やめた。言っても仕方がないことだし、言ったら久代さんに怒られそうだとも思ったから。

お夏さんは「あたしへの手紙は後始末のお願いばっかりだ」とぷりぷりしながらも、どこか生き生きと動き回っていた。

エリカさんは「あたしのはお小言ばっかだったよ」と苦笑していた。サヤさんは哀しげに微笑むばかりで何も言わない。

ダイヤくんとユウ坊には、おそろいの手編みのセーターが遺された。色違いであゆかちゃんの分まであった。最後の夏、皆から散々暑苦しいと言われながら編んでいたのは、それだった。

手紙が届いた翌週、卒業した中学に行ってみた。過ぎた日々を懐かしがるためにではない。佐々良市の入学金貸付制度を利用するため、必要書類を整えに行ったのだ。久々に会った先生は、私をつくづくと見やって言った。

「おまえ、なんだか変わったな。色々大変だろうが、頑張れよ」

以前の私だったら、変わったって何よ、どうせみすぼらしいカッコですよ。頑張れって何よ、一生懸命頑張ってるよ、これ以上どうしろってのよ……などなどと、心の中で悪態をつくところだ。

けれど今の私は違う。にっこり笑って「はい」と答えた。先生が本気で私を心配してくれていることがよくわかったから。

「変わった」という言葉が褒め言葉になるか否か。もしくは「頑張れ」という言葉が純粋な励ましとなるか否か。すべては自分次第なのだ、という気がする。


久代さん言うところのうちのしょーもない両親については、母のラインを辿って芋蔓《いもづる》式に父は見つかり、何とか自己破産の手続きを済ませることができた。そうしてきれいさっぱりプラマイゼロになったところで、結局離婚することになった。父は拒んでいたのだけれど、母が強い希望を曲げなかったのだ。父のしおれ方はちょっと可哀想ではあった。今は実家のある神奈川で車の整備士として働いている。母は知人の紹介で、住み込みの仕事に就くことができた。こちらは東京で私は埼玉だから見事にバラバラである。

佐々良に来てから、私は色んな物をなくしたり壊したりした。自分から人に上げたこともあった。大切な人にも死なれた。けれど考えてみたら、いちばん最初になくしたのは、家族だった。もしかしたらそれは、最初から壊れていたのかもしれないけど。

だけど、と私は思う。

壊れた時計は松ちゃんが修理してくれた。ゾンビ自転車だって、見事に甦った。ガラスのリンゴは今頃金魚鉢になって、真っ赤な金魚を泳がせているかもしれない。

だから、壊れてしまった家族だって、いつかは生まれ変われるかもしれない。同じものでなくても、もっと別な、もっといいものに。

けっこう楽観的に、そんなことを考えている。


佐々良に来て、季節は一巡りした。初めて佐々良に来たときは嵐だったけれど、今日は対照的にうららかな陽気である。

この春、私は見事佐々良高校に合格を果たした。ちゃんと入学金も納め、リサイクルショップで制服も購入し、準備万端整えてある。世間一般で言うところの春休みは、アルバイトに明け暮れていた。その貴重な休日と、珠子さんの留守を狙うように現れた人物がいる。エラ子だった。

「よお、後輩。元気?」

偉そうに聞いてくる。奇跡的にダブらなかったのは、誰のおかげだと思っているんだろうか。

「何よ、また宿題がわからないの?」

「違うって。ちょっと寄っただけ」エラ子は勝手に縁側に坐って、足をぶらぶらさせた。

「あれ、可愛い花、咲いてんじゃん。なんて名前?」と庭の片隅を指差す。

「ハナニラ」

素っ気なく、答えた。久代さんの庭から、珠子さんの庭に移してきたものだ。度重なる植え替えにもめげずに青々と葉を茂らせ、今、可憐な花を咲かせている。

「ハナニラね、ちょっと待って」

エラ子はカバンからごそごそと本を取り出した。

「あたしさー、今、花言葉に凝ってんだよね」

嬉しそうに言いながらページを捲る。

「ガラにもないとはこのことだね」

私の憎まれ口は無視して、エラ子は該当ページを見つけ出した。

「あったあった。ハナニラ、〈別れの哀しみ〉だってさ」

胸をつかれたような思いで、花とエラ子の両方を見やった。

「なんかさ、寂しい花言葉だね」

「……そうだね」

うなずきながら、考える。

そんな花言葉を、久代さんが知っていたとは思えない。そんなセンチな真似を、あの久代さんがするとも思えない。あのとき当人が言っていたとおり、雑草みたいに丈夫で枯れっこない花だから、もらってきただけだろう。

けれど、偶然だろうが何だろうが、こうした符合はやっぱりぐっと胸に迫るものがある。あと、何度この花の季節が巡れば、哀しみは癒えるのだろう。

そう考えたとき、がさりと生け垣が鳴って、隣家の小さな小さな男の子が顔を覗かせた。そこはもう、すっかり通り道と化している。

「ユウスケくん、こんにちは」

挨拶すると、にぱっと顔中で笑ってくれる。実に愛想の良い子供だ。

「ばあば、ばあば」

いきなり、庭に向かって小さな手を振り始めた。

「ババアって言われてるよ、照代」

「それはあんたにでしょ、先輩」

なすりつけ合う私たちを無視して、ユウスケくんはとことこと庭の中央に駆けていく。

「ユウスケったら、どうしたの？」

サヤさんが息子を追って現れた。

「ばあば、ばいばい」

回らない舌で、ユウスケくんが言う。そして何もない空間を、無心に見上げる。サヤさんははっとしたように我が子を見やり、「そう……」とつぶやいた。

親子のそのやり取りから、ついつい馬鹿げたことを考えてしまう。もしかして今、庭の真ん中には久代さんが立っていて、人の悪そうなあの笑みを浮かべているんじゃないかしら、と。

いいや、私にとっては、馬鹿げていない。荒唐無稽でもない。それはけっこうリアルで、それなりに自然な想像だ。この佐々良という地では、とりわけそうだ。

人の想いはたぶん、遠く遥かな空間も、そして時間も超える。受け入れる気にさえなれば、聞こえないはずの音を聞き、見えないはずのものを見ることができる。

「……バイバイ、久代さん」私はつぶやく。残念なことに、ユウ坊が見ているかもしれないその姿は、私には見えない。

けれど、久代さんが最後にくれた言葉を、今返せるかもしれないと思った。だからその言葉を口にする。

「どうもありがとう」と。

誰かの軽い手が、そっと頭に触れた気がした。

いい匂いのする風が、柔らかに吹く。

佐々良の春は、まだこれからだ。

初　出

春の嵐　「星星峡」2003年7月号・8月号
壊れた時計　「星星峡」2003年12月号・2004年1月号
幽霊とガラスのリンゴ　「星星峡」2004年3月号・4月号
ゾンビ自転車に乗って　「星星峡」2004年6月号・7月号
ぺったんゴリラ　「星星峡」2004年9月号・10月号
花が咲いたら　「星星峡」2004年11月号・12月号
実りと終わりの季節　「星星峡」2005年1月号・2月号・3月号

〈著者紹介〉
加納朋子　1966年福岡県生まれ。文教大学女子短期大学部卒業。92年に『ななつのこ』で第3回鮎川哲也賞を受賞し、作家としてデビュー。95年には「ガラスの麒《き》麟《りん》」で第48回日本推理作家協会賞(短編及び連作短編集部門)を受賞する。著書に『ささら さや』『レインレイン・ボウ』『スペース』など。

GENTOSHA

てるてる あした
2005年5月25日 第1刷発行

著　者　加納朋子
発行者　見城 徹

発行所　株式会社 幻冬舎
〒151-0051 東京都渋谷区千駄ヶ谷4-9-7

電話:03(5411)6211(編集)
03(5411)6222(営業)
振替:00120-8-767643
印刷・製本所:中央精版印刷株式会社

検印廃止

ISBN 4-344-00784-0 C0093
幻冬舎ホームページアドレス　http://www.gentosha.co.jp/

この本に関するご意見・ご感想をメールでお寄せいただく場合は、
comment@gentosha.co.jpまで。